에이전트의 세계

일러두기

◦ 이 책에 나오는 내용은 원고를 완성한 2023년 7월 30일 현재 기준입니다. 기준 시점 이후 선수의 이적 등 축구계 전반에서 변경된 사항은 반영되어 있지 않습니다.

◦ 특별히 따로 명기하지 않은 경우, 경기 날짜 등은 현지 기준입니다.

◦ 연봉이나 이적료를 나타내는 금액이 한화, 유로, 달러, 파운드 등으로 혼재되어 있으나, 각각의 상황과 필요에 따라 달리 적은 것이므로 별도로 통일하지 않았습니다. 또한 정확한 액수가 아니라 대략적인 금액이라는 사실을 밝힙니다.

◦ 대부분의 선수는 실명을 그대로 넣었습니다만, 사안에 따라 이름을 밝히지 않은 경우도 있습니다.

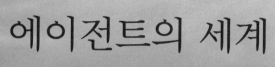

에이전트의 세계

그라운드 뒤편 협상 테이블에서 벌어지는 은밀하고 짜릿한 이야기

장기영 지음

저자의 말

돌아보니 축구 관련 산업에 종사해 온 지도 어느덧 20여 년이 다 되어 간다. 나의 일은 축구라는 커다란 카테고리 안에서 사람과 사람 사이를 조율하고, 구체적인 방안을 협의하고, 계약을 성사시키는 것이다. 나는 늘 선수와 선수의 부모와 감독과 코치와 구단과 협회 사이 그 어디쯤에 있었다. 비록 사람들의 눈에 띄지는 않았지만, 축구장의 푸른 잔디밭과 둥근 공과 커다란 함성 소리 어딘가에 머물렀다. 한국과 일본을 비롯해 유럽의 다양한 나라들을 오가며 여행하듯 살아왔다.

그러니 "축구에 젊음을 바쳤다."라고 말할 수 있는 건 손흥민이나 황희찬 같은 선수들뿐만은 아닐 것이다. 나 또한 축구에 인생을 걸었다. 축구 덕분에 인간으로서도 에이전트로서도 성장했고, 축구에 울고 웃었다. 이 책을 통해 그간의 내 경험을 가감 없이 풀어 봐야겠다고 결심한 건 축구, 특히 한국 축구에 대한 애착 때문인지도 모르겠다.

　경기는 그라운드에서만 벌어지는 건 아니다. 그 뒤편 협상 테이블에서도 펼쳐진다. 여기에 축구만큼이나 치열하지만 동시에 냉정하고, 은밀한 이야기가 있다. 말 한마디에, 서명 하나에 몇억 원, 몇십억 원 혹은 몇백억 원의 돈이 오가기도 하고, 때로 공중에서 연기처럼 사라지기도 한다. 그래서 이 책은 축구에 관해 이야기이기도 하지만 동시에 돈에 관한 책이고 심리에 관한 책이며 결국 사람에 관한 책이다. 축구를 사랑하고, 오늘도 여전히 밤을 새워 가며 축구를 보는 팬들에게 실제 경기와는 또 다른 차원의 재미를 줄 수 있을 거라고 생각한다.

　또 한편으로 나의 이야기는 세계적인 선수를 꿈꾸며 구슬땀을 흘리는 어린 선수들과 그들을 뒷바라지하는 부모들에게 구체적인 도움이 될 수 있지 않을까 싶다. 선수가 자신의 가치를 증명하는 곳은 오직 경기장뿐이다. 하지만 경기장에 서기 위해서는 계약을 맺어야 하고, 계약을 맺기 위해서는 협상을 거쳐야 한다. 이 지난하지만 중요한 과정을 간과하는 경우가 많다.

　나는 한국 축구의 발전이나 선수 개개인의 성공을 위해서라면 가급적 유럽으로 가야 한다고 생각한다. 최고의 무대에서 세계적으로 이름난 스타들과 어깨를 나란히 하는 선수와, 그런 경험을 해 보지 못한 선수는 실력 차이가 벌어질 수밖에 없다. 그 간극은 시간이 흐르면 흐를수록 점점 커질 것이다. 물론 실력이 부족하거나, 적응을 못 해서라면 어쩔 수 없다. 다만 뛰어난 재능과 실력이 있는데도 기회가 닿지 않거나 방법을 몰라서, 혹은 좋은 에이전트를 만나지 못해 더 넓은 세계로 나가지 못한다면 선수 본인과 가족들은 물론 나아가 한국 축구를 위해서도 너무 아쉬운 일이다. 이 책을 통해 한 명의 축구 선수가 유럽 빅 리그에서 뛰려면 어떻게 해야 하는지, 어떤 절차를 거쳐야 하는지 등을 알 수 있도록 필요한 정보를 구체적으로 담았다. 이 책이 축구 꿈나무들에게 어떤 방향을 알려 줄 수 있는 이정표가 될 수 있다면 더 바랄 것이 없겠다.

현재 우리나라 축구 협회에 등록된 축구 선수들을 연령별로 모두 더하면 약 2만 7천 명이고, 그 외에 소위 학원 축구에 등록된 숫자까지 모두 더하면 약 10만 명에 달한다. 그 10만 명 중 프로 선수가 될 수 있는 비율은 약 1%이고, 대표 선수까지 되려면 상위 0.1%에 들어야 한다. 선수로 이름을 날리고, 한 나라의 국가 대표가 되어 피파가 주관하는 월드컵 같은 곳에 출전한다는 것이 사실은 말도 안 되게 치열하고 어려운 일이라는 의미다.

이 냉혹한 사실 앞에서 우리에게는 필연적으로 하나의 질문이 남는다. 프로 진출에 실패한 나머지 99퍼센트의 선수들은 어디로 갔을까? 이 실패라는 단어가 누군가에게는 무척이나 크고 무겁고 아프다는 것을 잘 알고 있다. 나 역시 선수들과 마찬가지로 매 경기 승과 패가 갈리는 승부의 세계 한가운데 살고

에이전트의 세계

있기 때문에 더욱 절실하게 느낀다. 하지만 선수로서 실패했다고, 인생에서 실패하는 건 아니다. 어쩌면 축구에선 자신에게 주어진 단 한 번의 기회를 놓치면 영원히 다음이 없을 수도 있지만 인생이란 길고 긴 경기에서는 그렇지 않다. 기회는 몇 번이고 다시 온다. 나는 이 책이 그 기회를 읽는 하나의 지도이기를 바란다.

현존하는 축구 관련 직업군은 에이전트, 스카우터, 피지오테라피스트, 스포츠 기자, 영양사, 스포츠 심리학자, 스포츠 변호사, 스포츠 마케터, 이벤트 매니저 등 30여 개가 넘는다. 적다면 적을 수도 있지만 흔히들 생각하는 것처럼 축구 관련 일이 오직 선수 혹은 코치진만 있는 것은 아니라는 얘기다. 축구는 선수만 있다고 되는 게 아니다. 이 세계에 있는 모두가 각자의 자리에서 각자의 역할을 할 때 비로소 축구를 둘러싼 거대한 산업이 돌아간다. 나는 축구 선수뿐 아니라 축구를 업으로 살아가는 모든 사람과 축구를 사랑하는 팬들이 부디 이 사실을 알았으면 좋겠다.

누구에게는 재미가 되고, 누구에게는 이정표가 되고, 누구에게는 새로운 기회를 읽는 지도가 되는 것을 목표로 하는 저작이라니, 고작 책 한 권 세상에 내놓으면서 포부가 너무 거창하다. 이 불가능에 가까운 목표가 얼마나 이루어졌는지는 이제 독자들의 판단에 맡기는 수밖에 없겠다.

이 책이 세상에 나오기까지 도와준 많은 이들이 있다. 나의 파트너 티스 블리마이스터, 정세종 이사 및 김수현 팀장을 비롯한 회사 식구들, 권단 변호사 그리고 무엇보다 지금까지 나와 함께해 준 모든 선수들에게 깊은 감사의 인사를 전한다.

누구에게 축구는 그깟 공놀이일 수도 있겠지만 누구에게는 더할 나위 없는 즐거움이고, 누구에게는 꿈이고, 누구에게는 삶이다. 우리는 모두 인생이라는 경기장에서 각자의 방식으로 각자의 플레이를 펼친다. 그것은 단순히 승과 패로 말할 수 없고, 숫자로 표현할 수 없으며, 기록으로 측정할 수 없는 복잡하고 아름답고 또 재미있는 게임이다.

당신의 플레이를 응원한다, 온 마음을 다해.

2023년 8월
장기영

목차

PART 1

나는 축구 에이전트입니다

1

에이전트의 일상 ∘ 영국

나는 현재 대한축구협회 공인 중개 회사 중 하나인 CAA 스텔라 스포츠 코리아CAA Stellar Sports Korea 대표로 재직 중이다. 스텔라 스포츠는 런던에 본사가 있고 한국을 비롯해 독일, 프랑스, 스페인, 포르투갈, 미국, 네덜란드 등 전 세계 14개국에 18개 지사를 두고 있는 명실공히 세계에서 가장 큰 스포츠 에이전시다. 축구를 비롯해 웬만한 스포츠 종목은 대부분 포함하고 있고, 관리하는 선수만 1,400여 명에 달한다. 스텔라 스포츠의 한국 지사인 스텔라 스포츠 코리아는 한국과 일본의 선수 발굴 및 성장, 그들의 유럽 진출, 유럽 선수들의 K 리그나 J 리그 이적 등이 주요 업무다. 이 외에 선수들이 축구에서 얻는 수입과, 광고 출연이나 이미지를 활용해서 창출하는 수입 등을 관리한다.

2021년 10월 함부르크 구단에서 열린 CAA 스텔라 스포츠 세계 지사장 워크숍 당시

유럽 이적 과정

이 때문에 나는 두세 달 간격으로 영국과 한국을 오간다. 영국에 있을 때는 보통 본사로 출근하면서 한국과 일본 선수를 유럽으로 진출시키기 위한 가능성을 타진하기도 하고, 어느 정도 이야기가 진척된 경우라면 실무 차원에서 협상을 벌이기도 한다.

구체적인 과정은 이렇다. 우선 좋은 선수를 발굴하는 게 첫 번째다. 유럽에서 주로 선호하는 동양 선수들의 유형이 있다. 양발잡이에 스피드가 좋은 윙백 혹은 윙어 들이다. 아마 축구

15

에 조금만 관심이 있는 사람이라면 오른발잡이인 축구 선수가 왼발을 자유자재로 쓰기 위해 얼마나 피나는 연습과 노력을 했는지 이야기하는 걸 들은 적이 있을 것이다. 물론 그 반대의 경우도 마찬가지다. 주축이 아닌 발을 연습해서 강한 발과 비슷한 수준까지 올리면 이제 그 선수는 유럽으로 갈 수 있는 확률을 높이는 강력한 무기를 얻은 셈이다. 양발을 다 쓸 수 있다는 건 감독의 전술에 따라 왼쪽에서도, 오른쪽에서도 뛸 수 있기 때문에 활용도가 높다. 예를 들면 조영욱 같은 선수가 유럽 무대에 적합하다고 생각한다. 주 포지션은 최전방 스트라이커이지만, 윙어, 공격형 미드필더 등 다양한 포지션을 소화하고 있는 유틸리티 플레이어이다. 또한 골 결정력 및 공격 진영에서 적극적이고 시원함 움직임을 장점으로 꼽을 수 있고 적극적인 수비 가담 능력까지 갖추고 있다. 평소 성격이 적극적이고 말주변이 있어 유럽 무대에서도 금방 적응할 수 있을 거라고 판단한다. 또한 김민재 같은 빠른 중앙 수비수도 유럽에서 선호하는 유형 중 하나다. 나는 5년 전인 2018년 8월에 있었던 아시안 게임 경기 때부터 유럽에서도 김민재 선수를 탐낼 것임을 짐작한 바 있다.

그즈음, 레버쿠젠 구단 감독을 하다가 중국 베이징 궈안 구단으로 옮긴 로저 슈미트 감독이 나와 내 파트너인 티스 블리마이스터를 중국 FA컵 결승전에 초청한 적이 있었다. 경기 후 슈미트 감독과 욘 수석 코치가 내게 김민재 선수에 대해 매우

2018 중국 FA컵 결승전 당시 나, 욘 에릭 울프 수석 코치, 로저 슈미트 감독, 티스

꼼꼼하게 물었다. 나는 2018년 아시안 게임 경기부터 K 리그 전북 경기까지 꾸준히 지켜봐 온 만큼 김민재 선수에 대해 잘 아는 편이라 이것저것 설명해 주었다. 우선 김민재는 스피드와 힘이 좋고, 저돌적이며, 장신임에도 발밑 테크닉이 매우 뛰어난 데다, 잘 웃고 대범한 성격이라 적응에 문제가 없을 것이라고 얘기해 주었다. 그 후 베이징 귀안은 2019년 1월 29일 김민재를 영입했다. 김민재는 중국에서 2년 반 동안 꾸준히 성장한 후 튀르키예 페네르바흐체, 이탈리아 나폴리를 거쳐 현재 독일

조영욱 선수

김민재 선수

분데스리가 최고 구단인 뮌헨으로 이적했다. 즉, 슈미트 감독과 욘 수석 코치는 유럽인의 눈이었고, 김민재 선수는 그 유럽인의 눈에 포착된 것임을 나는 직감했다.

이렇게 유럽 진출 가능성이 있는 선수를 발굴하면 우리는 우선 그 선수에 관한 이력서와 관련 영상을 만든다. 그걸 가지고 나를 비롯한 선수 분석관들이 포지션은 어디인지, 스피드가 좋은지, 힘이 좋은지, 몇 살인지, 중앙 미드필더인지, 윙어인지, 성인 팀에서 뛰어 본 경험이 있는지 등 이 선수에 관한 거의 모든 부분을 종합적이고 총체적으로 분석한다. 이렇게 선수에 관한 분석을 끝내면 그에 맞춰 스페인 리그에 맞을지, 영국 리그에 맞을지, 독일 리그에 맞을지를 분석하고, 다음으로 더 세부적으로 들어가 이 선수와 가장 맞는 팀이 어디일지를 파악한다. 이 과정을 통해 제일 가능성이 큰 구단을 선정하는 게 무엇보다 중요하다. 어떤 구단과 접촉하느냐에 따라 대단히 뛰어난 능력을 가진 선수라도 계약이 안 될 수 있고, 상대적으로 능력이 뛰어나지 않은 선수라도 계약이 성사될 수 있기 때문이다. 가령 독일 SV 베르더 브레멘 구단에서 뛰고 있는 윙어가 부상을 당했다면 당장 대체할 선수가 필요할 것이다. 이때 괜찮은 우리 윙어가 있어서 베르더 브레멘에 연락한다면 계약이 성사될 확률이 높다. 구단 측에서는 윙어를 필요로 하는데 수비형 미드필더를 들이민다면 당연히 그 계약은 무산될 가능성이 크다. 혹은 어떤 구단의 감독이 롱 패스로 한 번에 문전 쪽으로 보내는 전술을 많이 구사한다면 힘이 좋은 선수보다는 패스 정확도가 좋은 선수를 보내는 식이다.

선수의 조건과 구단의 상황 등을 고려해 적당한 조합을 찾으면 보통 두세 클럽 정도에 관련 자료를 보낸다. 구단에서 테스트를 하고 싶어 하면 날짜를 조율한 다음 일단 내가 먼저 날아가서 우리 선수의 장점과 능력치를 최대한 자세히 설명한다. 테스트 과정에서 내가 할 수 있는 일은 여기까지다. 남은 것은 선수 본인의 몫이다. 테스트를 통해 선수 자신이 스스로를 증명해야 한다. 보통 계약까지 성사되려면 구단이 보유하고 있는 선수에 비해 기량이 월등해야 한다. 그래서 우리 일은 선수의 장단점을 정확하게 파악하는 동시에 다른 구단의 선수 기량 및 이적 동향, 감독 성향, 전술 등을 모조리 꿰고 있어야 한다. 혼자만의 눈으로는 이 모든 것을 살피고 조율할 수 없기 때문에 수많은 분석관과 매니저 들이 협업한다.

그다음, 선수가 무사히 테스트를 통과하고 구단에서도 괜찮다고 하면 선수 및 선수 부모와 의논하여 조건을 조율한다. 계약까지 무사히 이루어지면 그때부터 담당 직원을 붙여 선수가 잘 적응하고, 경기에 꾸준히 뛸 수 있도록 관리하는 것까지가 계약 때 우리가 하는 일반적인 일이다.

하루 일과

영국에 있을 때는 보통 아침 6시 정도에 일어나 K 리그와 J 리그에서 뛰고 있는 우리 선수들의 기사를 확인하는 것으로 하루를 시작한다. 경기가 있었다면 결과는 어땠는지, 플레이는 괜찮았는지, 혹시나 구단에 어떤 분란은 없는지 등을 살핀다. 이후 직원들이 국내에 있는 우리 선수들과 리그 전체 동향을 보내오면 꼼꼼히 살핀 다음 주의해야 할 내용을 전달한다. 예를 들어 어떤 구단에 선수가 새로 들어온다면 혹시 우리 선수와 포지션이 겹치지는 않는지, 실력이 어느 정도인지 확인하는 식이다. 상황에 따라 우리 선수의 이적이나 임대를 준비해야 할 수도 있고, 선수가 불안해한다면 조치를 취해야 할 수도 있다.

또한 우리 선수가 소속된 구단에서 재계약 오퍼가 들어오면 구체적인 조건에 대해 정리하고, 타 구단에서 선수 임대 제안을 해 오면 조건이 적절한지 등을 판단한다. 그 외에도 새로운 선수를 발굴하거나 다른 에이전시에 속해 있던 선수가 우리와 계약을 맺고 싶어 하면 가부를 결정하기도 한다. 물론 이런 일들은 주로 시즌이 끝날 무렵이나 그 이후에 벌어지는 일들이지만 시즌 중에도 얼마든지 발생할 수 있다. 그래서 우리는 모든 상황에 대비해 늘 준비하고 있어야 한다. 에이전시의 당연한 업무이나 어떻게 보면 숙명이라는 생각이 들기도 한다.

한국에서 일어난 일들을 처리하고 난 후에는 반드시 한 시간 이상 운동하는 것을 철칙으로 한다. 모든 일이 그렇지만 에이전트로 살아남기 위해서는 체력이 중요하다. 심할 때는 하루에도 몇 번씩 영국에서 프랑스로, 프랑스에서 독일로 왔다 갔다 해야 하고, 때로는 선수의 체력이나 멘털을 관리해야 할 때도 있다. 에이전트가 특히 체력을 요할 때는 협상에서다. 대형 이적 협상 때는 3박 4일 혹은 4박 5일 동안 하루 평균 10시간 이상씩 팽팽하고, 신경질적인 줄다리기를 해야만 한다. 지치고 피곤한 과정이지만 이때 어떻게 집중력을 유지하고, 얼마나 끈질기게 임하느냐에 따라 적게는 몇억 원, 많게는 몇십억 원이 좌우된다. 집중력과 끈기는 체력에서 나온다고 생각한다.

영국 집에서 한국 관련 업무를 처리하고 본사로 출근하면 각 나라 지사에서 보낸 해외 선수들의 이력서와 영상 파일이 도착해 있다. K 리그나 J 리그로 진출을 원하는 선수들 자료다. 이런 일을 하다 보니 최근 몇 년 새 K 리그의 위상이 크게 높아졌음을 실감한다. 예전에는 한국을 축구 변방쯤으로 여기던 분위기도 있었으나 지금은 K 리그에 진출하기 위해 애쓰는 동유럽, 북유럽 선수들이 늘어났다. 실제로 이렇게 이적한 선수들이 K 리그에서 좋은 모습을 보여 주는 경우도 많다. 에이전트가 자신을 증명하는 곳이 협상 테이블이라면 선수가 자신을 증명하는 곳은 경기장이다. 따라서 모든 프로 선수들은 최대한 자주, 최대한 오래 경기를 뛰길 원한다. 하지만 유럽 리그는 시장이 큰 만큼 자원 또한 넘치다 보니 어지간한 실력으로는 주전을 꿰차기 힘들다. 많은 해외 선수들이 K 리그의 문을 두드리는 이유다. K 리그에서 실력을 입증하면 다시 유럽 구단의 눈길을 받는 경우도 많으니 충분히 해 볼 만한 도전인 셈이다. 이것은 우리에게도 긍정적인 효과를 낸다. 유능한 선수들이 K 리그에 많이 들어와 리그 전체의 수준이 높아지면 자연스레 한국 축구에도 도움이 된다. 좋은 유럽 선수를 한국으로 데려오는 일은 좋은 한국 선수를 유럽으로 보내는 것만큼이나 중요한 업무다.

그 외에 계약서 검토를 비롯해 구단에서 요청하는 일들도 많고, 가끔은 한국 구단과 친선 경기를 하고 싶다는 문의가 들어올 때도 있다. 이런 업무들을 처리하고 세부 사항을 조율하다 보면 시간은 쏜살같이 흐른다. 아무래도 스텔라 스포츠가 여러 나라에 지사를 두고 있다 보니 관련 업무가 많은 것은 사실이다. 하지만 각 지사에서 구축한 인프라나 네트워크를 다른 지사에서도 십분 활용할 수 있다는 큰 장점이 있다. 예를 들어 우리나라 선수를 타 구단에 테스트를 보내고 싶을 때, 아무런 연이나 끈이 없는 상태에서 제안하는 것보다 그 구단과 끈끈한 관계를 맺고 있는 지사를 통하면 일이 훨씬 매끄럽게 진행된다. 그 대신 각 지사에서 한두 개씩만 요청이 들어와도 할 일이 산더미처럼 늘어난다. 그렇게 두 달 정도를 보내고 나면 이제 다시 한국으로 가야 할 때가 다가온다.

2
에이전트의 일상 ∘ 한국

미래는 유소년에게 있다

한국에서 하는 업무 중에서 가장 애정을 쏟는 동시에 가장 중요하게 여기는 것은 뭐니 뭐니 해도 새로운 유망주를 발굴하고 키우는 일이다. 그래서 한국 사무실에 있을 때면 우리 스카우터들과 거의 한 주에 2~3번씩 미팅을 진행하면서 새로운 선수들에 대해 분석하고, 잠재력이 큰 선수가 있다면 영입에 관해 논의하고, 우리 회사 소속 유소년 선수들의 발전 상황을 파악한다.

예전에는 괜찮은 선수를 발굴하기 위해서 전국 팔도를 거의 매일같이 누비고 다녔다. 프로 대회는 기본이고, 전국 유소년 축구 대회인 금강배와 청룡기, 전국체전, 대학 대항전, 심지어는 중학생들 친선 경기까지 보는 경우도 많았다. 젊고 열정이 넘치던 시절이었다. 경기장에서 어린 재목의 눈부신 플레이를 보고 있노라면 심장이 요동치곤 했다. '쟤다! 저 아이는 반드시 유럽에서도 통한다. 세계적인 선수로 키워 보고 싶다.' 이렇게 반짝이는 원석을 발견하는 것은 에이전트로서 가장 기쁘고, 가장 설레는 순간이다.

요즘은 선수가 운동장에서 플레이한 기록을 매우 상세하게 파악할 수 있어서 경기에서 얼마나 뛰었는지, 몇 번 공을 잡았고, 패스를 몇 번 시도해 얼마나 성공했는지 등을 구체적으로 측정해 숫자로 나타낼 수 있다. 하지만 여전히 데이터에 나오지 않는 수많은 요소는 오로지 스카우터의 눈으로 판단해야 한다. 이를테면 내가 중요하게 생각하는 건 근성이다. 볼 경합 시에 어떻게든 자기가 뺏으려는 선수가 있고, 쉽게 넘겨주는 선수가 있다. 볼을 뺏겼을 때도 악착같이 달려가 마크하는 선수가 있고, 지레 포기하는 선수가 있다. 또 한 경기에서 똑같이 두 골을 넣더라도 동료의 좋은 도움을 받아서 넣는 선수가 있고, 자기 스스로 찬스를 만들어서 넣는 선수가 있다. 그 외에도 드리블이나 슈팅, 크로스 능력은 어느 정도 되는지, 주축이 아닌 발은 어느 정도 쓰는지, 축구 지능이나 센스는 어떤지, 전술을 얼마나 잘 이해하고 있는지 등을 전반적으로 살펴야 한다. 그래서 에이전트는 무엇보다 좋은 눈을 가져야 한다. 선수를 잘 관리하

울버햄프턴 vs 도쿄베르디 유소년 선수 경기 중

고, 협상에서 좋은 조건으로 계약하는 것도 중요하지만 이건 사실 이차적 과정이다. 좋은 눈이 없으면 다른 모든 장점이 다 무용지물이 될 수도 있다.

실력이 괜찮은 선수를 발견하면 직접 선수를 만나 성격이 어떤지를 살펴본다. 해외에서 성공하려면 축구를 잘하는 것만이 전부가 아니다. 실력이 7할이라면 성향이나 성격도 2할 정도는 차지한다. 축구는 팀 스포츠이기 때문이다. 손흥민이 지금처럼 세계적인 선수로 성장할 수 있었던 이유는 단순히 실력이 뛰어났기 때문만은 아니다. 본인의 성격이 큰 몫을 했다고 생각한다. 16살에 독일에서 연수하던 시절의 홍민이는 아는 독일어라곤 거의 없었음에도 만나는 선수며, 구단 관계자에게 "구텐 모르겐Guten Morgen!(좋은 아침)" 하면서 인사를 하고 다니는 아이였다. 낯선 나라에서 낯선 선수들과 함께 경기를 뛰려면 이런 친화력 있는 성격은 필수다. 그래서 축구에 재능이 있어도 너무 소심하거나 수줍음이 많은 경우는 계약을 유보하기도 하고 관련해서 조언을 해 주기도 한다. 해외에서 뛰고 싶은 선수라면 새롭고 낯선 환경에 빠르게 적응하는 것은 필수 조건이다.

실력이 7할, 성격이 2할이라며 나머지 1할은 무엇일까. 나는 운이나 기회라고 답하겠다. 운과 기회는 우연히 주어지기도 하지만 좋은 에이전트를 만나는 것에서 '시작'되고 또 '계획'된다고 믿는다. 선수 미팅이 끝난 후에 선수 부모님을 만나 나누는 이야기가 바로 이 부분에 확신을 주는 일이다. 단순히 "우리가 잘 키우겠습니다. 좋은 곳으로 보내겠습니다." 같은 식으로 말로 때우는 것에 그쳐서는 안 된다. 유능한 에이전트라면 구체적인 계획을 제시해야 한다. 이 선수를 독일에 보낼 건지, 스페인에 보낼 건지, 일본에 보낼 건지, 몇 년 정도를 어떤 구단에서 뛰게 할 건지, 그다음에는 또 어떻게 할 건지에 대해 최대한 자세하게 밑그림을 그린다. 이 작업은 선수와 그들의 부모에게 신뢰를 주는 일이기도 하지만, 우리에게도 한 명의 선수를 어떻게

PART1. 나는 축구 에이전트입니다

키울지에 대한 구체적인 가이드라인이 된다.

이렇게 사전 과정을 거친 후 에이전시 계약 전에 미리 선수에 대한 데이터와 영상을 유럽 지사에 보낸다. "이런 선수가 있는데, 성장 가능성이 보이지 않니? 너희 생각은 어때?" 그러면 해당 구단에서도 대략적인 답이 온다. "그 정도면 독일 2부 리그에 데려다가 키우면 좋겠다." 이런 식으로 각 구단에 선수를 소개한 다음 긍정적인 대답이 오면 그때 최종 계약을 맺는다.

때로는 선수들을 바로 보내지 않고, 좀 더 무르익을 때까지 6개월, 1년 정도 기다리게 하면서 관리하기도 한다. "계약은 천천히 해도 된다. 6개월 후에 나가자." 그때까지 우리는 언어를 습득할 수 있도록 과정을 마련해 주고, 기술은 좋은데 체력이 약하다면 체력 훈련을 더 많이 하도록 세부적인 항목을 짚어 주기도 한다.

유소년을 일본에 진출시키다

최근 유소년 J 선수를 일본으로 진출시켰다. 우리 회사에서 유소년 해외 진출을 많이 추진하고 있다는 소문이 축구계에 퍼지면서 선수 측에서 먼저 우리에게 찾아와 해외 진출을 도와 달라고 하는 사례가 많이 늘고 있었는데 J 선수도 그런 케이스였다. 사실 이 선수는 회사 스카우트 팀에서도 이미 파악하여 유심히 지켜보던 선수였다.

팀에서 주장을 맡고 있을 정도로 리더십이 있고, 왼발 잘 쓰고 빠른 데다 신체 조건도 좋았다. 주 포지션은 왼쪽 윙백이었는데 수비형 미드필더까지 볼 수 있어 활용도도 괜찮다고 생각했다. 다만 부상 전력이 있었고, 기술적으로 부족한 부분도 눈에 띄어서 아직 계약 단계는 아니라고 판단해 유보해 두고 있었다.

통상 유소년 축구 선수들은 18세가 되었는데도 프로에 진출하지 못하면 축구를 그만두거나, 대학에 진학해서 축구를 계속하는 두 가지 선택지를 놓고 고민한다. 대학에서 기량을 더 쌓고 두각을 나타내면 다시 프로 진출의 길이 열리는 것이고, 이후에도 오퍼를 받지 못하면, 아쉽지만 프로 선수의 꿈은 접어야만 한다. 이 선수는 만 18세가 되었음에도 목표로 했던 A 구단에서 오퍼가 들어오지 않았다. 본인과 부모는 대학 진학보다는 어떻게든 프로로 진출하기를 원했고, 이런저런 방법을 알아보던 끝에 도와 달라며 우리 회사를 찾아온 것이다.

직원들과 회의해 보니, 다들 가능성은 충분하다고 입을 모았다. 냉정히 말해서 18세에 신체 조건이 나쁘다면 그건 어떻게 할 수 있는 일이 아니다. 리더십 같은 것도 어느 정도는 선천적으로 타고나야 하는 부분이 있다. 노력한다고 없던 리더십이 갑자기 생길 수는 없는 노릇이다. 하지만 테크닉은 다르다. 어떤 지도자를 만나느냐에 따라, 어떤 팀에 소속되느냐에 따라 또 본인이 얼마나 노력하느냐에 따라 충분히 좋아질 수 있다. 그런 점에서 비록 지금은 투박하지만 바탕 자체는 괜찮은 선수이기 때문에 진출을 시도해 볼 만하다는 것이 나를 비롯한 직원들의 공통된 생각이었다.

"좋아, 한번 해 보자!" 논의 끝에 우리는 이 선수를 일본에 보내는 게 좋겠다고 결론 내렸다. 우선 일본에 없는 유형이기 때문에 차별성 측면에서 가능성이 있다고 보았다. 더구나 일본 축구가 정교하고 테크닉을 중시하는 편인 만큼 여기서 좀 더 배우면 더 훌륭한 선수로 성장할 수 있겠다고 판단했다.

처음엔 이 선수를 직원과 함께 당시 일본 2부 리그 팀인 V-바렌 나가사키 구단과 이와키 구단에 각각 보내 테스트를 진행했는데, 두 군데 다 비슷한 이야기를 했다. "가능성은 충분하다. 하지만 즉시 전력감은 되지 못한다. 우리는 즉시 전력감을 찾고 있다." 결론적으로 두 곳 모두와 계약 실패. 나도, 선수 본인도, 부모님도 낙담이 이만저만이 아니었지만 이대로 끝내기는 아깝다고 생각했다.

'그래, 삼세번이니까 한 번만 더 해 보자.'

그리하여 찾아간 곳은 계속 2부 리그였다가 2022년 말에 3부 리그로 강등된 류큐였다. 크리스마스를 목전에 둔 2022년 12월 23일, 이번에는 내가 직접 동행했다. 보통 선수 테스트는 몇 시간 혹은 하루 안에 이루어지는 게 아니다. 해당 팀 선수들과 함께 훈련도 받고, 연습 경기도 몇 번씩 한다. 이렇게 서로 섞어 놨을 때 팀에 녹아들면서도 확실한 존재감을 보여야 한다. 그 과정을 통해 데리고 있어도 좋겠다 싶으면 계약이 되는 것이고, 두각을 드러내지 못하면 거기서 끝이다.

테스트 첫날, 오전 9시 스트레칭으로 시작해 콘을 놓고 가벼운 조깅, 5~6명이서 조를 짜 자유롭게 볼 터치, 이후 원 터치·투 터치 훈련, 크로싱, 헤딩 연습 순으로 이어졌다. 이 훈련 과정 중에도 코치와 감독은 테스트 선수를 눈여겨본다. 사실 훈련이라기보다는 테스트의 일종인 셈이다. 단순한 훈련이라도 얼마나 성실하게 하는지, 기본기는 충분한지를 세밀하게 살핀다. 지금 현재의 기량을 가늠하는 것이기도 하지만 앞으로 얼마나 발전할 수 있을지 그 가능성을 판단하는 과정이다.

기본 훈련이 끝나면 미니 게임을 진행하는데 세 명이서 원 터치 패스, 투 터치 패스, 스리 터치 패스를 주고받는 식이다. 원 터치로 패스해야 할 때 바로 정확히 패스하지 못하고 두 번 터치하면 그 게임에서 아웃된다. 오랫동안 살아남을수록 볼 컨트롤이 좋다는 의미이니 이런 미니 게임을 통해 볼을 다루는 실력을 대략적으로 가늠할 수 있다. 미니 게임 이후에는 하프필드로 9:9 경기를 진행하면서 경기력 테스트까지 마친 다음 일정을 종료한다.

이후 함께 저녁을 먹으면서 첫 테스트에 대한 피드백을 주었다. 9:9 경기 때는 상당히 적극적이고 저돌적으로 잘했는데, 훈련 때는 크로스나 기본 볼 터치를 대충하는 경향이 있어서 그 부분을 따끔하게 지적했다. 상대 선수에게 정확하고 빠르게 패스해야 하는데 너무 길게 차서 넘겨 버리거나, 너무 짧게 차서 제대로 전달하지 못하는 경우가 다수 있었다. 사실 본인도 뭘 잘했고, 뭘 잘못했는지 알고 있다. 본인이 차기 전에 집중하면 충분히 잘할 수 있는데 실수하고 나서야 느낀다. 이 부분을 짚어 주는 건 단순히 지적을 위한 것이 아니라 의지를 다지는 데 도움을 주기 위함이다.

"훈련도 테스트다. 감독과 코치들이 모두 너만 보고 있다. 너도 알겠지만 이게 너에게 주어진 마지막 기회다. 차고 나서 아쉬워하지 말고, 차기 전에 집중해라. 경기에서 적극적으로 플레이한 건 좋았지만 패스 실수가 두 번 있었다. 알고 있니?"

본인 말로는 정확하게 패스를 하려고 준비하다가 살짝 망설였는데 이때 압박이 들어오는 바람에 너무 급하게 공을 넘겨서 그랬다며 나름대로는 이유를 분석하고 있었다. 나는 세 가지를 강조했다. 빠르게 판단할 것, 빠르게 행동할 것, 무엇보다 자기 자신을 믿을 것.

둘째 날은 전날보다 훨씬 나아진 모습이었다. 크로스도 좋았고, 날카로운 패스도 여러 번 보여 줬다. 몸싸움에도 적극적이었고, 공을 가졌을 땐 상대방의 압박을 잘 견디면서 공이 없을

J 선수 일본 류큐 팀 테스트 첫날

땐 상대방을 저돌적으로 밀어붙이는 모습이 좋은 인상을 남겼다. 아닌 게 아니라 둘째 날 훈련 상황을 보고 감독과 단장도 긍정적인 평가를 내렸다. 좋은 신체 조건을 바탕으로 적극적으로 부딪치고, 투지 넘치는 플레이를 하는 스타일은 분명 일본 축구에서 흔하지 않은 모습이다.

셋째 날 테스트도 긍정적으로 마친 다음 함께 온천에 갔다. 둘이서 탕에 앉아 본인이 부족한 건 뭔지, 만약 이 팀에서 기회를 부여받는다면 뭘 더 준비해야 하는지, 앞으로 어떤 과정을 겪어야 하는지 이야기했고, 자신이 가진 꿈이 무엇인지, 어떤 선수가 되고 싶은지 이야기 들었다.

따지고 보면 우리 나이로 이제 고작 열아홉, 분명 어린 나이지만 프로가 되겠다는 일념으로 온 생을 바쳤는데 한국 프로 구단에서 오퍼를 받지 못하고, 일본 2부 리그에서 받았던 두 번의 테스트에서 실패한 이후 스스로 느낀 점도 많았다. 그리고 마지막이라는 심정으로 선 3부 리그의 길. 한편으로는 대견하고 한편으로는 안쓰럽지만 이게 프로의 세계다. 비록 화려하지 않은 3부 리그라고 할지라도 프로 선수가 되면 그때부터 또 다른 도전에 나서야 한다. 어쩌면 그 길은 훨씬 더 험난하고 고달플지 모른다. 하지만 본인이 택한 삶이다. 누구에게는 그 삶이 반드시 이루고 싶었지만 끝내 닿지 못한 저 너머의 꿈일 수도 있다. 그렇다면 이 길을 가는 것은 온전히 자신의 몫이어야 한다. 그 길에서 나는 선수의 꿈이 현실이 될 수 있도록 기회를 만들어 주고, 축구 외의 풍파를 막아 주고 싶었다. 그게 나의 일이고, 나의 역할이다. 그렇게 밤이 저물고 마지막 테스트 날이자 결전의 날이 다가오고 있었다.

초조한 마음으로 마지막 테스트를 지켜보는데 이 선수가 지금까지 보여 주지 않았던 놀라운 강점을 드러내면서 모든 이의 마음을 사로잡았다. 피지컬 테스트 준비에도 바빴을 텐데 어느 사이에 간단한 일본어를 외워 선수들은 물론 코치들과도 적극적으로 대화를 나누었던 것이다. 학교에서 주장을 맡을 정도로 활달하고 주도적이었던 성격이 드디어 빛을 발했다.

사실 지금까지 에이전트로 살면서 선수가 테스트를 받는 모습을 얼마나 많이 봤겠나. 보통 사람들은 실력이 전부라고 생각하겠지만 의외로 성격, 즉 적응 면에서 어려움을 겪는 경우가 정말 많다. 경기에서 선수들과 함께 뛰려면 팀에 녹아들어야 하는데 다른 선수와 빨리 친해지지 못하거나 적응하지 못하면 아무리 실력이 좋아도 소용없다. 그래서 감독이나 단장도 이런 측면을 유의 깊게 살핀다. 그런데 이 친구는 비록 어눌하고 부족한 일본어 실력이었지만 최선을 다해 소통하려는 모습을 보였으니 높은 점수를 받지 않을 수 없었다.

결국 구단에서는 기술적인 면을 잘 가르치면 훌륭한 선수가 될 수 있겠다는 평가와 함께 3년 계약을 제안했다.

계약까지 무사히 마친 후, 고단한 몸을 이끌고 한국에 도착해 집에 돌아오니 J 선수로부터 문자가 와 있었다. "도와주셔서 감사합니다. 계약이 성사되어서 얼마나 기쁜지 모릅니다. 대표님 덕분입니다. 이제 시작이라는 사실을 잘 알고 있습니다. 열심히 해서 반드시 보답하겠습니다."

그간 두 번의 테스트 실패에도 내가 포기하지 않았던 이유는 이 선수에 대한 믿음이 있었기 때문이다. 나는 이 선수가 앞으로 몇 년 동안 일본에서 잘 적응하면 우리나라 국가 대표까지 될 수 있는 재목이라고 확신한다. 게다가 지금 우리나라 축구 국가 대표 중에서 윙백이나 수비형 미드필더 포지션에 뛰어난 젊은 선수가 많지 않은 만큼 그 가능성은 훨씬 더 크고, 어쩌면 그가 앞으로 우리나라 축구를 이끌어 갈 재목으로 성장할지도 모른다. 정말 그런 날이 오면 함께 마음 졸이며 테스트에 임했던 그 순간이 나에게도 영광으로 기억될 것이다.

수익과 투자 사이

사실 이렇게 유소년을 해외로 보내더라도 당장 회사에 들어오는 수익은 없다. 이들이 1부나 2부 리그 팀의 1군과 계약하기 전까지는 나가는 돈만 있지 들어오는 돈은 거의 없다고 봐도 무방하다. J 선수를 일본에 보낼 때도 동행 직원과 선수의 식사,

교통, 숙소를 비롯한 체류비는 모두 회사가 부담했다. 대개는 성공할 가능성보다는 실패할 가능성이 크다. 본인이 아무리 열심히 한다고 해도 예기치 않은 부상을 당할 수도 있고, 감독이 선수를 중용하지 않을 수도 있다. 한 선수가 축구로 성공하기까지 본인은 물론 주변 상황에 의해 어찌할 수 없는 불확실한 요소들이 너무나 많다.

그럼에도 우리는 그저 믿는다. 우리의 눈을 믿고, 선수의 성장을 믿는다. 우리가 유소년에 매진하는 이유는 한국 축구의 답은 유소년에게 있다고 생각하기 때문이다. 유소년이 곧 미래다. 한국 축구의 미래이기도 하고, 나의 미래이기도 하다.

이미 잘하고 있는 프로 선수와 계약을 맺고, 구단과 협상을 하는 건 지금 당장 수익이 되는 일이다. 회사를 운영하고 유지해야 하는 입장에서 더 많은 프로 선수를 보유하고 관리하는 일은 수익 측면에서 매우 중요하다. 하지만 유소년을 발굴해서 키우는 건 다른 차원의 이야기다. 엄청난 보람이고, 돈으로 환산할 수 없는 성취고 기쁨이다. 그래서 우리에게 프로 선수와 계약을 맺는 건 비즈니스고, 유소년과 계약을 맺는 건 투자다. 투자하지 않는 회사와 투자하지 않는 에이전트에게 남는 건 정체와 도태뿐이다.

선수를 관리한다는 것

현재 우리 회사 소속 프로 선수는 약 20명 정도인데, 우리는 그들의 계약 관계부터 몸 상태까지 전반적인 모든 것을 관리한다. 선수들의 계약 기간은 얼마나 남았는지, 그들의 성적은 어떤지를 봐야 한다. 경기에도 자주 뛰고, 좋은 활약을 펼치고 있다면 현재 구단과 재계약을 맺을 건지, 더 좋은 조건을 제시한 다른 구단은 없는지, 해외 진출의 가능성은 있는지 등을 판단해 선수에게 제안한다.

때로 우리 회사 소속 선수의 강점이 어떤 구단의 약한 고리를 채울 수 있다 싶으면 적극적으로 영업을 뛰기도 한다. 예를 들어 스텔라 스포츠 해외 지사에서 괜찮은 중앙 미드필더 포지션의 선수 프로필을 보내온다면 중앙 미드필드진이 부실한 구단을 찾는 식이다. 그러면 그 구단의 실무자, 단장, 부단장 등에게 혹시 외국인 선수 영입 계획은 없는지, 중앙 미드필더를 보강하는 것은 어떤지, 우리 선수의 장점은 무엇인지 등을 적극적으로 어필한다. 회사가 크다 보니 구단에서 먼저 연락해 오는 경우도 많다. 이런 선수를 찾고 있는데 추천해 달라는 요청을 받을 때도 있고, 구단에서 마음에 들어 하는 선수가 스텔라 스포츠 소속인 경우 지금 상황이 어떤지 물어 올 때도 있다. 그러면 우리는 내년 6월에 계약이 종료되고, 연봉이 얼마고 등의 조건을 알려 준다. 만약 구단에서 받아들인다면 온라인 미팅을 하고, 세부적인 사항을 조율한 다음 선수와 계약을 성사시키는 방식으로 일을 진행한다.

선수의 몸을 관리해 최상의 컨디션으로 경기를 뛸 수 있게 해 주는 것도 우리의 임무다. 일례로 우리 회사 선수 중에 2022년 카타르 월드컵에서 일본 팀 첫 번째 경기와 세 번째 경기에서 골을 넣은 일본 국가 대표 선수 도안 리쓰가 있다. 작은 체구지만 몸집이 단단하고 바디 밸런스가 좋았다. 특히 악착같은 근성이 있어 172cm의 작은 신장임에도 공격 지역에서 볼 경합 성공률이 높다는 점도 마음에 들었다. 개인 드리블 능력도 있고, 왼발을 아주 잘 썼기 때문에 일찍부터 눈여겨본 선수였다.

이런 도안에게도 위기가 있었다. PSV 아인트호벤에서 꾸준히 선발로 뛰던 중 예기치 못한 근육 부상을 당하고 말았다. 선수가 부상으로 힘들어하는 걸 볼 때 에이전트로서 가장 마음이 아프다. 만약 선수가 실력이 모자라서 경기를 못 뛰면 더 노력하면 된다. 감독의 전술과 선수의 특성이 맞지 않아서 경기를 못 뛰면 이적을 고려하면 된다. 물론 이때도 선수나 에이전트나 괴롭긴 매한가지지만 그 상황에서 가장 적절한 대안을 찾기 위해 노력할 수도 있고, 선수의 의지에 따라 활로가 생길 수도 있다. 하지만 부상에는 회복밖에 대안이 없다. 사안에 따라 얼마의 기간이 걸릴지도 알 수 없다. 그저 몇 경기 출전하지 못하는 정도면 아주 운이 좋은 거고, 잘못하면 시즌 아웃, 더 심하면 선수 생명이 끝나는 경우도 부지기수다.

　당시 도안의 부상은 아주 심각한 건 아니었지만, 시즌이 시작된 지 얼마 지나지 않았고, 공격 포인트를 잘 올리고 있던 때라 더 많이 안타까웠다. 무슨 수를 써서라도 하루빨리 회복시켜 복귀할 수 있도록 돕고 싶었다. 그래서 이때 하남의 축구 피지오 센터장인 김기백 선생을 찾아가 사정사정해서 네덜란드로 모셔 간 적이 있었다. 선생은 내가 알고 있는 최고의 물리치료사이기 때문이다. 그가 3주 동안 직접 몸 관리를 해 주기도 하고, 빠른 회복을 위해서 어떻게 해야 하는지에 대해 재활 지도를 해 주기도 했다. 그 덕분인지는 모르겠지만 도안은 빠르게 회복했고, 다시 선발 라인에서 공격 포인트를 올리기 시작하면서 부상을 완전히 떨쳐 냈다. 이후 2022년에 좋은 조건으로 정우영 선수가 뛰고 있는 SC 프라이부르크로 성공적으로 이적하면서 팀의 주전 선수로 자리매김했다. 나는 카타르 월드컵 독일전과 스페인전에서 도안이 골을 넣었을 때 뿌듯했다. 내가 처음 알던 때보다 더 성장했구나 싶었다.

SC 프라이부르크 이적 후, 도안 선수로부터 사인 유니폼을 받았다.

3
에이전트의 비애

이 책을 쓰면서 세어 보니 그동안 한국과 영국을 오가는 비행기를 130여 번 탔다. 유럽 내에서 오간 건 헤아릴 수도 없을 것이다. 그렇게 나는 근 20여 년을 여행객처럼 살아왔다. 선수들의 성장을 보면서 행복했지만 동시에 선수 때문에 마음 아픈 적도, 섭섭한 적도 많았다.

예컨대 우리가 선수를 위해서 A 구단과 B 구단의 오퍼를 가지고 왔다. A는 조건은 좋은데 구단의 인지도가 낮고, B는 상대적으로 조건은 나쁘지만 구단 인지도는 좋다고 가정하자. 이때 에이전시인 우리가 판단하는 기준은 조건도 아니고 인지도도 아니다. 우리가 가장 우선시하는 것은 과연 어디로 갔을 때 경기를 더 많이 뛸 수 있을까 하는 것이다. A에는 비슷한 포지션에 세계적인 선수가 있고, B는 그렇지 않다면 우리는 B로 가야 한다고 설득한다. 선수는 무조건 경기를 뛰어야 한다. 비록 지금은 조금 낮은 조건에 계약했더라도 좋은 실력을 보이면 나중에라도 더 좋은 조건에 더 좋은 구단으로 갈 수 있는 기회는 얼마든지 열려 있기 때문이다.

그런데 대부분의 부모 마음은 그렇지 않다. 말로는 조건을 따지지 않는다고 하지만 언제나 마지막에는 조건, 조건 그리고 조건이다. 나 역시 돈이 중요하지 않다고 말하려는 건 아니다. 프로의 가치는 돈으로 증명된다는 것도 모르는 바 아니다. 에이전트로서도 더 많은 수익이 따라온다. 하지만 인생은 길다. 선수도 에이전트도 멀리 볼 줄 알아야 한다. 우리에게는 당장의 연봉보다 당장의 출전 기회가 훨씬 더 소중하다.

우리 나름대로는 최선을 다해 설득하지만 열에 여덟은 고집을 피운다. 이때만 해도 선수는 물론 부모도 잘할 수 있다는 자신감으로 가득하다. 결국 선수는 A 구단으로 가고, 거기서 기회를 잡지 못한 채 벤치 멤버로 머무는 경우가 허다하다. 나중에 부모들은 나에게 말한다.

"아니, 장 대표. 그때 왜 우리를 설득하지 않았습니까? 장 대표 때문에 우리 애가 경기를 뛰지도 못하고 맨날 앉아만 있지 않습니까!"

나는 할 말이 많지만 입을 꾹 다물고 만다. B 구단으로 가야 한다고 목 놓아 외쳤던 시간이 그저 주마등처럼 스친다. '아, 인간은 망각의 동물이구나.' 그렇게 나는 어느새 원망의 대상이 되어 있다.

또 이런 적도 있었다. 선수와 선수 가족이 구단과 맺은 현 계약을 썩 탐탁지 않아 했다. 구단과 두 달 보름을 협상해 연봉을 3배로 올렸다. 너무 기쁜 마음에 들뜬 목소리로 전화해 소식을 알렸더니 선수 아버지가 말했다. "아니, 우리 아들 정도면 5배는 올려 받아야 하는 거 아닙니까?"

'아, 외롭구나. 나를 생각하는 사람은 아무도 없구나….' 처음엔 이 황망함을 어찌해야 할지 몰랐지만 어느 순간 이런 얘기를 가슴에 담지 말아야 한다고 생각했다. '선수가 성장하고 이만큼 인정받은 것에 만족하자. 비록 선수와 선수 가족들은 알아주지 않더라도 내가 노력해 선수 연봉을 그만큼 올렸으니 오늘 하루는 내가 나를 칭찬하자.' 그렇게 스스로를 위로하면서 안개가 짙게 내린 런던 거리를 하염없이 걸었던 적도 있었다.

가끔 선수들이 계속 경기를 못 뛸 때 왜 자기를 이런 곳으로 보냈냐고 원망하는 경우도 있다. 예전에는 나도 젊은 혈기가 넘쳤던 터라 차마 마음을 숨기지 못했다. "그걸 왜 나한테 탓하냐? 네가 실력이 부족하니까 그런 거 아냐? 객관적으로 봐도 너랑 A하고 비교했을 때 A가 훨씬 잘하잖아. 슛 정확도가 그렇게 낮아서 어떻게 경기를 뛰겠냐? 슛 연습이나 더 해." 그러자

그 선수가 기가 팍 죽어서 말했다. "대표님도 저를 인정하지 않는데, 세상에 누가 저를 인정하겠습니까…." 그 말이 마음에 비수가 되어 꽂혔다. 내가 잘못했다. 프로답지 못했다. 자기 선수를 존중하지 않는 에이전트는 자격이 없다. 누가 뭐래도 나만큼은 내 선수를 존중해야 한다. 나는 내 선수가 기댈 수 있는 버팀목이어야 하고, 원망을 쏟아 낼 수 있는 대나무 숲이어야 한다. 그게 에이전트다.

그다음부터 나는 절대 어떤 경우에도 선수에게 못한다거나 실력이 부족하다고 말하지 않았다. 그 대신 "네가 못해서가 아니다. 감독이 너한테 시간이 더 필요하다고 하더라. 팀 스포츠 아니냐. 조금만 더 적응하면 충분히 기회는 올 거다. 걱정 마라." 위로하기도 하고, 기분 나쁘지 않게 필요한 부분을 조언하기도 했다. "네 장점은 누가 뭐래도 슈팅이다. 자신감을 가지고 때려라. 때리지 않으면 들어가지 않는다. 기회를 놓치지 않기 위해서 개별적으로 슈팅 연습을 더 해 보자."

'네가 슛 정확도가 낮아서 경기를 못 뛴다'와 '너의 장점은 슈팅이다'라는 말의 결론은 모두 슛 연습을 더 해야 한다는 것이지만 받아들이는 사람의 마음은 천지 차이다. 선수도 인간이고, 인간은 감정의 동물이다. 이걸 알기까지 나도 꽤 오랜 시간이 걸렸다. 그래서 에이전트는 선수를 성장시키는 직업이기도 하지만 스스로 성장해야 하는 직업이기도 하다.

그간 많은 선수를 만났고, 또 많은 선수를 떠나보냈다. 어느 선수든 궤도에 올라가기 전까지는 내게 많이 의지한다. 그러다 세계적인 선수가 되고 선택의 폭이 넓어지면 떠나기 시작한다. 어찌 보면 에이전트의 비애인지도 모르겠다. 나이를 먹으면서 좋은 점은 쉽사리 받아들일 수 없던 것들도 담담히 받아들일 줄 알게 되었다는 것이다. 지금은 그냥 '또 한 선수를 졸업시켰구나.' 생각하고는 한다.

한편으로 나의 직업은 가족들에게 미안하고 또 미안한 일이다. 1년의 반 정도는 늘 떨어져 있어야 한다. 신혼 초부터 대부분의 집안 대소사는 늘 아내의 몫이었다. 크게 내색하지 않았지만 많은 시간을 외롭게 보냈을 것이다. 친한 지인들의 경조사에 참석하지 못한 적도 많았다. 뭐 그렇게 대단한 일을 한다고 미안한 마음을 가득 안은 채로 살고 있나 싶을 때도 있지만, 이게 나의 삶이려니 생각한다. 나는 여전히 키우고 싶은 선수가 많다. 어린 꼬맹이가 자라 세계 최고의 무대에서 골을 넣을 때의 환희는 그 무엇과도 비교할 수 없다. 세상을 다 가진 것만 같다.

그러니 어쩔 수 없다. 그래서 나는 오늘도 미안한 마음을 가득 안은 채 다시 영국행 비행기에 몸을 싣는다. 내가 선택한 길이다. 나의 직업이다. 나는 에이전트다.

PART 2

나의 시작 그리고 손흥민

1
손흥민의 첫 계약을 성사시키다

첫 만남

에이전트로서도 그렇지만, 인간 장기영으로서의 삶에서도 손흥민을 빼놓고 이야기할 수 없다. 그는 내가 축구 에이전트 길을 선택하게 한 시작이었고, 내 첫 번째 선수였다. 흥민이는 오랜 시간 나의 꿈이었고, 나의 영광이었고, 나의 명예였다. 그와 내가 같은 곳을 바라보고 달려가던 그 시절을 가끔 생각한다. 젊었고, 뜨거웠고 또 아름다운 날들이었노라고 이제 와 회상한다.

내가 처음으로 축구와 인연을 맺게 된 계기는 2005년 봄, 우리나라 축구협회에서 프로 팀 산하 중학교, 고등학교를 비롯해 대학교 등 각 리그별로 우승한 팀의 지도자들을 영국으로 연수를 보내 주는 프로그램을 추진했는데, 그 업무를 내가 담당하게 되었다. 당시 나는 영국에서 교육 일을 하던 중 KTV에서 찍은 <영국 영재 교육을 꿈꾼다-장기영 편>이라는 다큐멘터리에 출연하면서 영국 교육 전문가로 꽤 알려지게 되었다. 이런 연유로 축구협회와 연결이 되었던 것 같다. 나는 그 프로젝트를 맡아서 우리나라 축구 지도자들과 함께 프리미어 리그 회장님의 강의를 듣고, 영국축구협회와 협업해 유소년 육성 시스템을 학습하고, 코칭 라이센스 프로그램 코스 등을 진행했다. 아무래도 우리나라 축구 지도자들과 계속 함께 다니다 보니 한국 축구에 관한 이야기도 많이 들었고, 이런저런 프로그램에 참여하면서 축구에 대해서도 많은 생각을 하게 되었다. 사실 교육원에

2008년 코치 연수 프로그램 당시 레딩 구단에서.
황선홍 감독, 강철 코치 등이 함께했다.

있으면서 학생들에게 뭘 제일 하고 싶냐고 물어보면 하나같이 프리미어 리그를 보고 싶다고 답했다. 아이들과 함께 여러 축구 경기를 보면서 나도 축구라는 스포츠의 매력에 흠뻑 빠져 있던 시기였다.

이 인연으로 2007년 봄, 대한축구협회에서 '유소년 축구 유학 프로젝트' 5기생들을 영국으로 1년간 연수를 보내려고 하는데 아이들을 맡아서 관리해 줄 수 있겠냐는 제안을 해 왔다. 나로서는 수락하지 않을 이유가 없었다. 우리 회사는 대한축구협회와 해외 유학 사업 파트너 계약을 맺고, 그때부터 본격적으로 유소년 축구 선수들의 관리를 담당하게 되었다. 당시 유학생으로 뽑혔던 지동원·남태희·김원식은 1년간 레딩으로, 이용재·민상기·백성동은 3개월은 볼턴 원더러스, 나머지 9개월은 왓퍼드로 가게 되었고, 나는 그 아이들이 영국에 머물 동안 언어 교육을 비롯한 생활 전반을 관리했다. 1년간의 연수 프로그램이 마무리될 때쯤 남태희는 프랑스 발랑시엔 FC과 계약을 맺었고, 지동원은 구단에서 오퍼가 들어오긴 했지만 본인이 한국으로 가고 싶다고 해 최종 계약은 불발됐다. 아이들과 함께한 이때의 경험은 내게 인상 깊었는데, 그사이에 정이 들기도 했고 태희 계약이 성사되는 걸 보면서는 뭔가 말할 수 없이 뿌듯한 기분을 느끼기도 했다. 내가 이 선수에게 어느 정도는 도움이 됐구나 싶었고 부디 계속 잘해서 한국 축구에 큰 역할을 해 줬

레딩 구단의 마데이스키 경기장에서
현 호남대학교 감독인 김인수 코치,
남태희, 지동원, 김원식 선수와 함께 (위)
6년 뒤 지동원 선수 튀르키예 전지
훈련 당시 (아래)

왓포드 구단에서 백성동, 이용재, 민상기 및 숀 다이치 현 에버턴 FC 감독 등

으면 좋겠다는 마음도 들었다. 물론 이들이 구단과 계약을 맺는 다고 해서 우리 회사가 뭘 더 받거나 하는 건 전혀 없었다. 그저 1년 동안 아이들의 노력을 지켜보면서 축구 선수로 살아남는 게 얼마나 힘들고 치열한 일인지 자연스럽게 알게 되었기 때문에 나도 모르게 응원하는 마음이 들었을 뿐이다.

그렇게 기분 좋은 경험을 하고 다시 1년 뒤, 대한축구협회에서 이번엔 6기생 6명을 독일로 보내고 싶다는 연락이 왔다. 그동안은 협회에서 선수들을 뽑았지만, 이번에는 구단 관계자들이 직접 마음에 드는 유소년 선수를 선발하는 방식이었다. 그리하여 2008년 5월 15일, 독일 함부르크 구단의 2군 감독, 독일 뉘른베르크 구단의 스카우터, 독일에서 알게 된 에이전트 티스 블리마이스터 그리고 나 이렇게 네 명이 한국으로 건너왔다. 30명의 만 16세 이하 대표 선수들을 모아서 두 팀을 만들고 경기를 펼쳤는데, 최종 결과는 이랬다. 1등 이강, 2등 김민혁, 3등 김대광, 4등 손흥민, 5등 김종필, 6등 김학찬.

홍민이와의 첫 만남이었다.

멀고도 어려운 계약

테스트 순위는 클럽 관계자들과 티스가 선정했는데, 당시 축구 전문가 아니었던 내가 보기에도 뛰어나다고 생각했던 건 이강과 김민혁이었다. 이강은 골 감각이 좋았고, 김민혁은 유럽 선수들에게도 밀리지 않을 정도의 신체 조건을 가지고 있다는 게 큰 장점이었다. 김대광은 축구 지능과 전술 이해도가 높았다. 영리하게 플레이한다는 게 느껴졌다. 그에 비해 홍민이는 전반적으로 나쁘지는 않았지만, 어느 하나 특출난 부분은 없다고 생각했다. 사실 스카우터들도 홍민이를 좀 애매하게 생각했다. 괜찮기는 하지만 '바로 이 선수다!' 하고 확신하기는 어려운 상태였다고나 할까? 그래서 테스트 당시에 관계자들은 홍민이를 왼쪽에서도 뛰게 하고, 오른쪽에서도 뛰게 하고, 전방 공격수로도 뛰게 하면서 다양한 포지션을 소화할 수 있는지 거듭 살핀 끝에 가능성이 있다고 판단해 뽑았다.

이때 선발되어 독일로 간 선수들은 모두 엄청난 재능을 가지고 있었음이 틀림없다. 하지만 지금 현재 세계 무대에서 뛰고 있는 선수는 흥민이뿐이다. 심지어 흥민이보다 높은 평가를 받은 선수가 3명이나 있었음에도 말이다. 축구 선수로 성장하고, 성공하기 위해서는 많은 요소가 복합적으로 이루어져야 한다. 좋은 바탕만으로 퍼즐은 완성되지 않는다.

이렇게 뽑힌 6명 중에 김민혁·김종필·손흥민은 함부르크 구단, 이강·김대광·김학찬은 뉘른베르크 구단에서 연수를 시작했다. 당시 구단에서 구해 준 아파트에서 3명씩 먹고 자고 생활했는데, 자기들 나름대로 규칙을 만들어 김민혁은 음식, 김종필은 빨래, 손흥민은 설거지를 담당했다. 에이전트인 티스가 주로 이 아이들을 맡아 살폈고, 나는 영국과 독일을 오가며 교육원 일과 선수들 관리를 병행했다. 가끔 어떻게 지내나 보려고 숙소에 방문하면 아이들이 부랴부랴 청소하던 모습이 지금도 눈에 선하다. 가끔 옛날 생각이 날 때면 이때 사진을 들춰 보곤 한다. 정말 완전 시골 순둥이들이었는데 싶기도 하고 세월이 참 많이 흘렀구나 싶기도 하다.

연수를 시작할 때만 해도 함부르크 구단에서는 김민혁을 가장 눈에 들어 했으나 잦은 부상이 발목을 잡았다. 그에 반해 흥민이는 엄청난 기대를 받지는 못했다. 하지만 발전 속도가 눈부실 정도로 빨랐다. 마치 습자지처럼 기량을 흡수해 하루가 다르게 실력이 늘었다. 그리고 적극적이었다. 보통 오전에 어학원을 다니고, 오후에 훈련하는 일과로 하루를 보냈는데, 흥민이는 언어 습득 능력도 눈에 띄게 좋았다. 함부르크 구단에서는 한국인 선수 셋이서 몰려다니는 걸 막기 위해 독일인 선수들을 섞어서 어울리게 했는데, 그럴 때 진짜 성격이 나온다. 주변 이야기를 종합해 보면 종필이는 좀 수줍어하는 성격이고, 민혁이는 무뚝뚝한 편이다. 하지만 흥민이는 달랐다. 먼저 인사하고, 먼저 다가갔다. 아는 단어를 총동원해서 안부를 묻고, 일상을 나누고 농담을 거는 아이였다. 같이 훈련하는 독일 유소년 선수들은 물론 구단 관계자들 모두가 흥민이를 좋아했다. 그때만 해도 이게 얼마나 큰 장점인지 몰랐지만, 지금 생각해 보면 흥민이는 성공에 필요한 많은 자질을 가지고 태어났고 또 스스로 만들어 왔던 것 같다.

그렇게 1년이 지나고, 아이들과의 계약 여부를 결정해야 할 시점이 다가왔다. 함부르크 구단에서는 성장 속도를 봤을 때 민혁이와 흥민이가 충분히 가능성이 있다고 생각했지만, 결국 계약으로 이어지진 못했다. 타국 유소년 선수가 독일 구단과 계약하기 위한 절차가 까다롭기도 했지만, 이보다 더 큰 이유는 이 아이들이 자기 선수들보다 월등히 뛰어나지 않다는 데 있었다. 만약 이들이 압도적인 실력을 보였다면 절차의 까다로움 따위는 큰 문제가 되지 않았을 것이다. 구단 입장에서는 이들과 계약을 해도 괜찮기는 하지만 여러 번거로운 문제를 직접 해결해 주면서까지 영입하고 싶은 정도는 아니었던 거다. 이 바닥이 이토록 엄정하다. 선수의 가치를 철저하게 계산해서 돈과 급으로 나눈다. 문득 내가 이렇게 비정한 세계에 들어왔구나 싶었다.

계약이 무산된 아이들을 보는 건 나로서도 무척 아픈 일이었다. 다들 오퍼를 받고 싶어 하기도 했고, 내 나름대로는 1년간 이들을 보살폈으니, 이왕이면 구단으로부터 인정받아 성공적으로 마무리하는 모습을 보고 싶었다. 작년에 태희가 계약에 성공했을 때 기뻐하며 고마워했던 모습이 자꾸 아른거렸다.

그사이에 손 선생[1]은 홍민이가 함부르크 구단이 아니라도 괜찮으니 유럽 어느 구단이라도 갈 수 있게 도와 달라는 연락을 계속 해 왔고, 나도 이렇게 끝내기는 좀 아쉽다는 생각을 했다. 이때부터 홍민이를 데리고 영국 블랙번, 포츠머스 등을 찾아 테스트를 받기도 했고, 티스를 통해서도 계속 독일의 보훔과 함부

---

1 _ 이 책에서는 손흥민 선수의 부친 손웅정 님을 손 선생이라고 표현한다.

함부르크 연수생 시절, 김민혁·김종필·손흥민 선수

뉘른베르크 구단의 6기생 선수들 이강·김학찬·김대광 (왼쪽)
현 독일 유소년 국가 대표 감독인 마크 마이스터와 나, 그리고 함부르크 아카데미 매니저 (오른쪽)

르크 구단에 접촉했지만 일은 쉽게 풀리지 않았다. 흥민이는 테스트에서 충분히 실력을 발휘했고, 구단에서도 조금씩 관심을 보이기는 했지만 여전히 절차가 발목을 잡았다. 특히 영국 프로 리그 같은 경우는 외국인 선수와 계약해서 경기에 뛰게 하려면 그 가치가 우리 돈으로 약 100억 원 이상이 되거나 국가 대표 팀 경기를 75% 이상 뛰어야 한다는 식의 조건[2]이 있었다. 그게 안 되면 선수는 다른 곳으로 임대를 가야 하는데 잘못하다간 중간에서 이도 저도 아닌 처지에 놓일 수도 있기 때문에 선수로서 위험 부담이 너무 컸다. 만약 다른 유럽 리그에서 잘 뛰지 못하면, 계속 임대로 다니다가 결국 제대로 적응도 하지 못하거나, 일방적으로 계약 해지 당해서 잊힐 수도 있기 때문이다. 결론적으로 영국 구단과 확실히 계약을 하려면 100억 원 이상의 실력을 입증해야 했지만 흥민이는 아직 그 정도는 아니었다.

그렇게 인연이 끝나나 싶던 2009년 11월, FIFA U-17 월드

---

2 _ 당시 프리미어 리그 구단과 계약해 경기를 뛰기 위한 요건은 아래와 같았다.
피파 랭킹 1-10위 국가 선수: 국대 경기 30% 이상
피파 랭킹 11-20위 국가 선수: 국대 경기 45% 이상
피파 랭킹 21-30위 국가 선수: 60% 이상
피파 랭킹31-50위 국가 선수: 75% 이상
2023년 6월 14일 이후에 프리미어 리그 및 2부 리그에 속한 구단은 4명, 3부와 4부 리그에 속한 구단은 2명까지 이런 요건에 상관없이 경기에 뛸 수 있도록 바뀌었다. 개정 이후 김지수 선수가 10억 원+알파의 금액에 브렌트퍼드 FC로 이적했다.

컵 8강전 한국과 나이지리아 경기에서 전반 40분경 흥민이가 멋진 중거리 슛으로 골 망을 흔들었다. 대한민국 국민으로서나 축구 팬으로서는 새로운 스타의 탄생이 그저 기쁘고 즐거운 일이었겠지만, 나는 본능적으로 이 골이 새로운 기회라는 사실을 알았다. 티스를 통해 다시 함부르크에 접촉했다. 그리고 얼마 뒤 반가운 연락을 받았다. "우리가 비자 문제만 해결하면 함부르크에서 계약을 할 수도 있을 것 같아."

이 조건만으로도 계약이 성사된 것처럼 기뻤지만, 갑자기 구단 변호사가 틀고 나왔다. 당시 흥민이는 아직 만 18세가 안 된 상황이었기 때문에 성인 경기를 뛰려면 일단 유소년 계약을 맺고, 선수 협회에 등록하고, 만 18세가 된 이후 다시 정식 프로 계약을 맺는 과정을 거쳐야 하는데 유소년 계약을 맺으려면 학생 비자가 필요하다는 주장이었다. 하지만 당시 흥민이 상황에서는 절대 비자가 나올 리 없으니 계약에 관해 논의조차 할 필요가 없다는 게 구단 변호사의 논리였다.

그렇다고 이대로 포기할 수는 없지. 나는 일단 함부르크 구단 매니저에게 전화를 걸어 계약해 달라고 사정사정하며 이른바 읍소 작전을 펼치기 시작했다. 사실 매니저도 여러모로 난감했을 거다. 흥민이의 재능을 알아보기는 했지만 그렇다고 절차적인 문제까지 어찌할 수는 없는 노릇이었을 테니…. 한참 통화한 끝에 매니저가 그럼 직접 변호사와 의논해 보라며 뒤로 빠졌다. 구단 변호사는 홍민이가 독일 학교에 다니고 있는 것도 아니고, 구단이 정식 교육 기관도 아니니 절대 비자를 받을 수 없을 거라며 괜히 힘 빼지 말고 포기하라는 말로 오히려 나를 설득했다. 그 나름대로 일리가 있는 말이었지만 내가 누군가. 그동안 셀 수도 없이 많은 유학생의 비자 문제를 해결한 이력을 가진, 나름대로는 비자나 취업 허가에 일가견이 있는 사람이 아닌가. 나는 나대로 끈질기게 변호사를 물고 늘어졌다. "이러저러해서 랭귀지 스쿨 끊고, 나와 티스가 보증 서고, 이러저러하게 지원하면 비자 받을 수 있다. 안 되면 내가 책임을 지겠다." 등등의 주장을 펼쳤고, 대략 한 시간여의 통화 끝에 변호사가 백기를 들었다. "좋다. 비자를 받아 와라. 그럼 계약하겠다."

이것으로 일차 관문 통과. 당장 다음 날 오전에 홍민이와 비행기를 타고 독일로 넘어가 티스를 만나 함부르크 소재 비자 담당 이민국으로 이동했다. 서류를 내고 초조한 마음으로 기다리는데 나이 많은 베트남계 여성 담당자가 오더니 한참 동안 서류를 들여다보기 시작했다. "음…, 쉽지 않은 케이스인데…." 하더니 우리를 보며 물었다. "그런데 너희는 대체 무슨 사이야?"

그러고 보면 확실히 좀 이상한 조합이긴 하다. 40대 서양인 남성과 40대 동양인 남성이 청소년을 데리고 와서 학생 비자를 받겠다고 사정하고 있으니 누가 봐도 고개를 갸웃할 만한 상황이 아니겠는가. 뭐라고 답해야 좋을지 몰라 머뭇거리고 있는데 티스가 웃으면서 말했다. "아, 사실 우리는 부부야. 내가 아빠, 케빈(나의 영어 이름)이 엄마. 앤 우리 아들. 가족의 형태는 다양하잖아?" 그 담당자도 "그럴 수 있지."라며 쿨하게 웃으면서 분위기가 화기애애해졌다. 이때를 놓치지 않고 내가 재빨리 말했다. "사실 우리는 부모가 아니라, 일종의 보호자다. 아이가 축구를 너무 하고 싶어 하는데 비자 문제가 꼭 해결되어야 한다. 언어도 배울 거고, 비용도 충분히 지불할 수 있다. 모든 책임은 내가 지겠다." 담당자는 알겠다는 듯 고개를 끄덕끄덕하더니 우리에게 회사를 운영하는지 묻고는 회사 재무제표를 가져다 달라고 했다. 독일에서 축구 에이전시인 스포츠 유나이티드를 운영하고 있던 티스는 부랴부랴 회사에 연락해 최대한 빨리 재무제표를 보내라고 닦달했다. 그리하여 이민국 업무 마감 5분 전인 4시 25분에 서류 도착. 우리 담당자는 다음 주에 해도 되는데 대단하다는 말과 함께 도장 쾅쾅! 드디어 그토록 원했던 비자를 발급받았다.

우리는 발급받은 비자를 들고 즉시 함부르크로 이동했다. 오후 5시 30분. 아카데미 매니저에게 의기양양하게 비자를 보여주며 말했다. "자, 이제 당신들이 약속을 지킬 차례야." 그렇게 흥민이는 함부르크와 월 4천 유로를 받는 조건으로 계약을 맺었다. 오후 7시가 막 넘어가고 있던 시간이었다. 4천 유로면 지금 환율로 대략 530만 원이니 17세 소년이 받는 것치고는 상당한 액수였다. 흥민이의 첫 계약이었고, 아직 정식 에이전트는 아니었지만 나의 첫 계약이기도 했다. 초조한 마음으로 독일행 비행기에 오르고, 조마조마하게 기다리고, 겨우겨우 비자를 발급받고, 극적으로 함부르크와 계약까지 이루어 낸, 길고 피로했지만 그만큼 행복하고 보람찬 하루였다.

흥민이는 2010년도 1월부터 2군에서 뛰면서 조금씩 경기 감각을 익혔고 2010년 7월, 만 18세가 되어 프로 선수 등록을 하면서 본격적으로 성인 무대에서 뛰게 되었다.

이때를 돌이켜 보면 운이 좋았다는 생각을 한다. 흥민이의 비자 발급은 당시로서도 굉장히 이례적인 일이었다. 독일 비자 담당자가 허락해 주지 않아도 이상할 게 전혀 없었다. 다행히도 경험 많고 일 처리 빠르고 호의적인 담당자를 만났다. 우리로서도 어떻게든 기회가 왔으니 머뭇거리거나 시간을 지체하고 싶지 않았다. 우리가 그렇게 서두르지 않았다면 다른 상황이 벌어져 비자를 받지 못했을 수도 있다.

나는 고작 이 경험 하나를 두고, 노력하면 혹은 간절히 원하면 좋은 운이 따라온다는 막연한 긍정론을 말하고 싶지는 않다. 다만 어떤 기회가 왔을 때 할 수 있는 모든 걸 다 해 보는 건 무엇보다 중요하다고 믿는다. 그랬는데도 안 되면 그건 그때 가서 또 생각하면 된다. 길은 한 갈래가 아니다. 만약 이때 비자를 못 받았다면 우리는 또 다른 구단을 찾아갔을 거고, 몇 번이고 테스트를 받았을 거다. 그러면 또 어디에서 어떤 기회가 왔을지 모를 일이다. 이 방법이 안 되면 저 방법을 제시하고, 저 방법이 안 되면 이 방법과 저 방법을 섞는다. 최선이 안 되면 차선을, 그마저도 안 되면 남은 것 중에 제일 나은 선택지를 고르면 된다. 에이전트는 단순히 일을 진행하는 사람이 아니라, 일이 되게 만드는 사람이어야 한다.

2
나의 친구 티스 블리마이스터

나의 친구, 나의 가족, 나의 파트너 티스

살면서 모든 걸 믿고 맡겨도 좋을 친구가 세 명만 있어도 꽤 나
쁘지 않은 인생이라고들 한다. 나에겐 적어도 한 명은 있다. 나
이와 국경을 넘어 지금까지도 나의 제일 친한 친구이자 이제는
가족과도 다름없는 티스 블리마이스터.

그를 처음 만난 건 2007년, 유소년 축구 유학 프로젝트를 진
행할 당시였다. 이때 대한축구협회는 아이들을 독일에 연수 보
내려는 계획을 세우고 있었고, 이와 관련하여 독일 구단에 나를
미리 소개해 놓은 상태였다. 덕분에 얼마 지나지 않아 함부르크
구단 단장의 초청으로 구단을 방문하게 되었는데 여기서 티스
를 처음 알게 되었다. 티스는 태어날 때부터 축구 수저를 물려

받은 친구다. 아버지가 독일 축구 국가 대표 출신이자 지금까지도 함부르크의 전설로 추앙받는 선수였다. 티스 본인도 부상으로 그만두었지만, 축구 선수로서 프로 구단인 FC 장크트파울리까지 진출했던 이력이 있었다. 선수로서 품었던 꿈이 무너지기는 했어도 워낙 긍정적인 데다가 사람 좋아하고 술 좋아하는 성격이라 매일같이 선수들과 어울려 놀았다. 그러던 어느 날, 이럴 게 아니라 아예 자신이 술집을 차리면 좋아하는 사람들도 매일 보고 술도 마음껏 먹을 수 있겠다 싶어 바를 차렸다.

그렇게 지내던 중에 티스는 문득 지금 자신이 뭘 하고 있나 하는 생각을 했다고 한다. 그동안 거의 모든 생을 바쳐 축구만 생각하고 축구만 하면서 살았는데 과연 이렇게 지내는 게 맞을까 하는 고민을 할 무렵, 함부르크 구단 선수 몇 명이 찾아왔다. 내용인즉슨 자신들이 구단이랑 재계약을 하려고 하는데 티스가 축구도 잘 알고 인맥도 넓으니 에이전트 역할을 좀 해 주면 좋겠다는 것이었다. 처음엔 가벼운 마음으로 몇 명을 도와줬는데 이게 적성에 너무 잘 맞더라는 거다. 축구도 잘 알고, 업계도 꿰고 있고, 선수를 어떻게 관리해야 하는지에 대해서도 전문가 수준의 지식을 가지고 있으니 그야말로 에이전트에 적격이었다. 게다가 티스에겐 엄청난 무기가 있었는데 독일 축구 구단 단장들 대부분이 다 아버지 친구거나, 아버지 선후배거나, 한때 아버지와 함께 경기를 뛰었거나, 아버지를 존경하거나 뭐 그런 사람들이었던 거다. 그러니 일이 안 되려야 안 될 수가 없었다. 정신없이 일하다 보니 어느새 자기도 모르게 축구 에이전트로서 엄청난 성과를 이루고 있었다.

나와 티스는 처음 만났을 때부터 결이 잘 맞았다. 둘 다 외향적이고 담백하고 숨김이 없는 성격이었다. 게다가 이때만 해도 나는 막 유소년 선수들을 담당하면서 좀 더 잘하고 싶다는 의욕만 있었지 전문성이라고는 전무한 상태였다. 그런 나에게 티스는 축구에 관한 지식을 알려 주고, 그라운드 뒤에서 벌어지는 일들을 얘기해 주고, 선수를 어떻게 관리해야 하는지 가르쳐 주고, 에이전트로서의 경험담을 들려줬다. 게다가 본인이 사람들을 만날 때마다 나에게도 소개해 주어서 나도 모르게 엄청난 인맥 네트워크가 생기게 됐다.

사실 홍민이를 데리고 영국과 독일을 오가며 함께 기차 타고 숙식하면서 테스트를 받게 할 때만 해도 나는 홍민이가 선수로서 크게 성장하겠다는 어떤 가능성에 주목했던 것이 아니다. 정확하게 말하면 에이전트 일을 해 본 적이 없으니 선수 자질을 알아볼 만큼의 눈도 없었고, 이 아이를 잘 키워서 세계적인 스타로 키워 내면 얼마나 벌 수 있는지에 대한 감도 전혀 없었다. 당연히 어떤 대가를 받지도, 바라지도 않았다. 나는 그저 진심으로 이 소년에게 힘이 되고 싶었다. 손 선생의 바람이 너무 간절했고, 홍민이 스스로도 여러 번 밝혔듯이 너무나 어려운 환경 속에서 어떻게든 축구로 먹고살 길을 찾으려고 애쓰는 게 마음에 걸렸다. 내가 내 돈을 써 가면서까지 어떻게든 도와주려고 했던 건 그저 순전한 호의였다.

하지만 티스는 달랐다. 티스에겐 전문가의 눈이 있었다. 계속되는 테스트와 계약 무산으로 힘들어할 때마다 티스는 포기하지 말라는 말을 했다. "흥민이는 분명 잠재력 있고, 가능성이 있는 선수다. 구단에서도 비슷하게 보고 있다. 만약 실력이 부족했다면 내가 먼저 포기하라고 했을 거다. 다만 지금 타이밍이 안 맞을 뿐이다. 그러니까 조금 기다리면서 계속 두드리다 보면 분명히 기회의 문이 열릴 거다." 티스의 이런 말은 나에게도 힘이 됐지만 흥민이에게도 큰 도움이 됐을 거라고 생각한다. 단순한 호의와 애정으로 건네던 나의 위로보다는 '진짜 전문가'가 말하는 '잠재력과 가능성'이 훨씬 더 큰 울림을 주었을 테니까.

또한 티스는 흥민이에게 축구도 중요하지만, 훌륭한 선수가 되기 위해서는 좋은 인성을 가지는 것도 중요하다 점을 늘 강조했다. 이와 관련하여 에피소드가 하나 있는데, 함부르크 시절 흥민이가 티스에게 롤렉스 시계를 사고 싶다고 한 적이 있었다. 이때 티스가 지금까지 누구보다 고생한 분이 아버지인데, 아버지께 사 드리지는 못할망정 무슨 롤렉스냐며 사지 못하게 했다. 사실 어린 친구들이 프로에 가면 선배들의 화려한 모습을 보면서 정신을 못 차리는 경우가 많다, '내가 1년에 이렇게 많이 벌어?' 싶은 생각에 취해 스스로를 통제하지 못하는 경우도 종종 생긴다. 1만 유로면 우리 돈으로 약 1,300만 원가량인데 만으로 18살, 19살에 매달 그렇게 받는 사람이 얼마나 되겠나. 하지만 프로에서 같이 뛰고 있다 할지라도 다른 선수들은 자신의 5배, 10배를 번다는 것도 엄연한 사실이다. 티스는 그걸 이야기해 주고 싶었을 것이다. 다만 이런 조언을 했을 때 '내가 땀 흘려 번 돈인데 무슨 상관이야?' 하는 사람이 있고, 깨닫고 받아들이는 사람이 있다. 홍민이는 후자였다. 나도 티스도 홍민이가 그런 품성을 지니고 있었기 때문에 더 정이 갔고 더 좋아했다.

언제나 제 몫을 하는 선수

홍민이가 함부르크와 무사히 계약을 마무리하면서 티스의 회사(스포츠 유나이티드)가 홍민이의 정식 에이전시가 되었다. 이때까지만 해도 나는 티스의 축구 지식과 배경, 나의 관리 능력이 있으면 어떻게든 될 거라는 정도의 생각이었는데 그게 실제 성과로 이뤄졌으니 그저 기쁠 따름이었다. 그런데 이 이후에도 내가 없으면 안 되는 일이 계속 생겼다. 홍민이와 손 선생이 아직 영어나 독일어를 완벽하게 구사할 수 없는 상태였기 때문에 홍민이와 손 선생 그리고 티스 간 커뮤니케이션을 이어 줄 사람도 필요했고, 독일 계약서를 한국어로 번역할 사람도 필요했

티스와 나

다. 그때부터 나는 본격적으로 내가 거주하는 영국과 흥민이가 있는 독일을 왔다 갔다 하면서 흥민이와 그 주변을 돌봐 주기 시작했다. 그사이에 정이 들기도 했지만, 내가 운영하던 교육원 시스템이라는 게 기본적으로 한 아이를 맡으면 최소 5년에서 10년 이상 돌보는 방식이었던 만큼 이 원칙을 이어 나간 것이다. 보통 중고등학생, 어리면 초등학생 때 영국으로 온 아이들을 맡아서 대학교 입학 또는 졸업할 때까지 책임지고 맡아 온 나로서는 흥민이 역시 할 수 있는 한 끝까지 책임지는 것이 맞는다고 생각했다.

안정된 신분과 손 선생의 트레이닝, 나와 티스의 애정 어린 보살핌 그리고 본인의 노력이 맞물리면서 흥민이의 기량은 점점 더 좋아졌다. 그러던 2010년 여름, 첼시와 벌인 프리시즌 경기에서 그만 발가락 골절 부상을 입고 말았다. 모든 선수가 그렇듯이, 당시 흥민이도 부상에 대한 충격과 두려움에 걱정이 많았다. 우리가 할 수 있는 건 최대한 마음을 편하게 해 주는 것뿐이었다. 축구 선수 출신인 티스는 발가락 골절은 축구 선수들에게는 흔히 있는 부상이니 수술하면 금방 괜찮아질 거라고 위로해 주기도 하고, 수술을 담당한 의사가 발가락 골절 수술만 수백 번 해 본 최고 전문가니까 걱정 말라고 안심시켜 주기도 했다. 하지만 고작 18세에 불과한 축구 선수에게 수술이 만만한 상황일 리 없다. 꿈을 펼쳐 보지도 못한 채 선수 생명을 접어야 하는 것은 아닌지 두려웠을 것이다.

수술하는 3시간 동안 티스와 나는 가슴을 졸이며, 병원에서 대기하고 있었다. 다행히도 수술은 성공적으로 끝났다. 한국에서 우리보다 더 마음 졸였을 손 선생은 전화로 계속 진행 상황을 물어보았고, 수술이 끝난 후에는 가족 대신 옆에서 힘이 되어 주어 고맙다고 여러 차례 인사했다.

수술 후 흥민이는 빨리 훈련에 복귀하기 위해 재활을 정말 열심히 했다. 이때 독일의 재활 과정에 대해서도 꽤 구체적으로 볼 수 있었는데, 확실히 축구와 관련이 있는 분야는 상당히 발전한 나라라는 생각을 많이 했다. 수술 후 다음 날부터 구단에서 정해 준 재활 훈련 일정을 받았다. 발가락을 제외한 다른 신체는 멀쩡하니 감각을 유지하기 위해 적어도 최소한의 강도로 훈련을 지속해야 한다는 의견이었다. 그중 물속에서 걷거나 뛸 수 있도록 도와주는 수중 러닝머신은 매우 인상적이었다. 이 장치는 선수가 부상으로 인해 땅 위에서 운동할 수 없는 경우에 주로 사용하는데, 부상으로 생긴 달리기에 대한 두려움을 극복하는 동시에 틀어진 자세까지 교정할 수 있도록 도와준다. 한국의 경우 선수가 부상에서 완치될 때까지 기다렸다가 재활을 진행하는 게 일반적인데, 독일은 이런 장치를 활용해 부상 상태에서도 선수가 달리기 및 여러 동작을 하면서 부상 부위는 물론 부상당하지 않은 근육까지 계속해서 사용할 수 있도록 했다. 이렇

발가락 골절 당시 수술을 담당했던 의사 선생님과 함께 (위)

수술 후 재활 훈련 (아래)

게 하면 완치 후에 최대한 빨리 복귀할 수 있다는 장점이 있다.

재활 과정을 모두 무사히 잘 마치고 회복한 흥민이는 분데스리가 2010-2011 시즌 첫 경기이자 자신의 데뷔 경기에서 보란 듯이 골을 기록했다. 이 골로 흥민이는 무려 39년 만에 함부르크 최연소 득점 기록을 세우기도 했다.[3] 경기장에서 펄펄 날아다니는 만 18세의 흥민이를 보는 건 내가 이제껏 경험해 보지 못한 새로운 종류의 전율이었다. 바로 이 순간을 위해, 저 멋진 플레이를 보기 위해 내가 그토록 고생했구나 싶었다.

그렇다면 이제 에이전트는 에이전트가 해야 할 일을 할 때다. 티스와 나는 함부르크에 소위 생떼를 부리기 시작했다. "요즘 우리 선수가 이렇게 잘하는데, 월 4천 유로에는 계속 못 있겠다. 좀 더 올려 줘야 하지 않겠냐?", "아니, 계약한 지 얼마나 됐다고 그러냐? 이런 경우는 없다.", "그래? 다른 데서는 더 많이 준다는데?" 이런 줄다리기 끝에 결국 2011년 1월, 계약서를 월 1만 유로로 올릴 수 있었다.

여기까지는 순조로웠지만, 이즈음 흥민이를 아끼고 중용하던 미하엘 외닝 감독이 경질되고 토르스텐 핑크가 새 감독으로 부임하면서 흥민이를 경기에 투입하지 않기 시작했다. 물론 선

---

3 _ 이 기록은 2017년 얀 피에테 아르프 선수가 17세에 헤르타 베를린전에서 득점하면서 깨졌다.

수 기용은 감독의 권한이고, 감독의 성향이나 전술에 따라 잘하던 선수라도 투입하지 않을 수도 있다. 감독은 감독의 일을 하는 만큼 누구도 뭐라고 할 수 있는 상황은 아니다. 그렇다고 해서 이런 상황이 지속되면 선수도 가족도 에이전트도 힘들지 않을 도리는 없다. 이에 나와 티스는 에이전트로서 경기를 좀 뛰게 해 달라고 감독에게 여러 번 요청했지만, 일은 좀처럼 쉽게 풀리지 않았다.

계속 벤치에 머무르던 중 도저히 이렇게는 안 되겠다고 생각한 티스는 감독과 단장을 직접 만나 협상하기로 결심했다. 때마침 뉘른베르크 구단에서 오퍼도 들어와 있어서 협상하는 데 유리한 입장이었다.

"우리 선수가 다른 구단 오퍼를 받았다. 어차피 쓰지도 않으면서 데리고 있으면 뭐 하겠냐? 그냥 놔줘라." 그러자 감독이 말했다. "쓸 거다. 지금 기회를 보고 있는 중이다. 기다려라." 티스가 대꾸했다. "그럼 두고 보겠다. 그 대신 빨리 써라. 내 차에 기름 가득 차 있다." 티스의 이 말은 일종의 '완곡한 협박'인데 언제든 마음만 먹으면 뉘른베르크로 갈 수 있다는 뜻이었다. 우리는 결국 감독으로부터 홍민이에게 기회를 준다는 약속을 받고 '일단' 물러났다. 협박이 통한 건지 이후 홍민이는 약 4개월 만에 드디어 선발로 출전하게 되었다. 일단 기뻤지만 그동안 선발로 계속 뛰지 못했기 때문에 혹시라도 경기 감각이 돌아오지 않으면 어쩌나 노심초사하며 지켜보는 가운데, 흥민이는 우리의 걱정을 잠재우듯 보란 듯이 골을 넣었다. 그 순간 기쁨과 함께 그런 기회를 만들어 낸 티스의 능력에 새삼 감탄했다.

흥민이를 보면서 '실력과 노력이 합쳐지면 어떻게든 되는구나.' 싶은 적이 한두 번이 아니었다. 티스와 내가 아무리 난리를 치고 선발 투입을 약속받았다 하더라도 우리가 할 수 있는 건 여기까지다. 공격 포인트를 올리지 못하는 공격수를 몇 경기씩 연속해서 선발로 쓸 감독은 없다. 흥민이는 언제나 자신에게 온 실낱같은 기회를 놓치지 않는 선수였다. 진짜 스타는 절체절명의 순간에 머뭇거리거나 움츠러들지 않는다. 흥민이가 그랬다. 위기의 순간에 늘 자기 몫을 해냈다.

흥민이를 처음 프로에 데뷔시킨 미하엘 외닝 감독 (왼쪽)
함부르크 구단 미디어 룸 (오른쪽)

3
레버쿠젠으로 이적 그리고 또 다른 기회

레버쿠젠으로 이적

이윽고 맞이한 2012-2013 시즌. 홍민이는 정말 말 그대로 날아다녔다. 처음으로 분데스리가에서 두 자릿수 골을 넣었고, 특히 도르트문트와 경기를 할 때마다 큰 활약을 펼쳐 양봉업자라는 별명도 생겼다. 도르트문트는 노란 바탕에 검은색 줄무늬가 들어간 유니폼 때문에 꿀벌 군단이라고 불리는 팀이다. 당시 함부르크는 시즌 경기 5차전에서 도르트문트를 만났는데 이때까지만 해도 도르트문트는 31경기 무패 행진이라는 경이로운 기록을 세우고 있었다. 이 경기에서 홍민이가 2골을 몰아치면서 함부르크가 3:2로 도르트문트를 꺾는 데 결정적으로 기여했을 뿐아니라 그 이후에도 도르트문트를 만날 때마다 맹활약을 펼치면서 얻은 별명이었다. 그런 활약 덕분에 함부르크는 2012년에 우리나라에서 열린 피스컵에서도 우승을 거머쥐기도 했다.

그리고 마침내 손세이셔널Sonsational이 시작되었다. 흥민이가 꾸준히 뛰어난 기량을 펼치자 외국 언론에서는 그의 성인 손Son 과 영어 센세이셔널sensational을 합쳐 손세이셔널이라는 신조어를 만들 정도로 흥민이의 활약을 높이 샀다. A매치가 있을 때면 국가 대표 팀에도 합류하면서 국내외적으로 인지도가 서서히 높아질 무렵 마우리시오 포체티노가 감독으로 있던 사우샘프턴 FC에서 흥민이에게 주목하고 있다는 연락이 왔고, 비슷한 시기에 레버쿠젠에서도 관심을 보였다.

리그 자체를 보면 프리미어 리그로 가는 게 좀 더 낫겠지만, 당시 레버쿠젠은 챔피언스 리그에 진출한 구단이었다. 챔피언스 리그(챔스)는 축구 선수에겐 그야말로 꿈의 무대다. 우리 생각도 그랬고, 손 선생도 지금 독일에서 잘하고 있으니 이 무대에서 좀 더 성장하면 좋겠다는 의견이었는데 여기에 더해 챔스까지 뛸 수 있다니 금상첨화였다.

결국 2014년, 이런저런 협상 끝에 레버쿠젠으로 이적을 결정했다. 보통, 선수 이적 과정은 이렇다. 우선 구단에서 에이전시를 통해 선수에 관심을 보이고, 우리 쪽도 의사가 있다면 먼저 구단 간에 발생하는 이적료를 정한다. 이때 에이전트는 중간에서 두 구단을 연결하고 구단끼리 원만한 협상이 이루어지도록 양측 구단 사이를 조율하는 역할을 맡는다. 레버쿠젠으로 이적할 당시 함부르크에서는 "1,300만 유로를 달라."라고 하고, 레버쿠젠에서는 "800만 유로 줄게." 하는 식으로 옥신각신한 끝에 최종적으로 1,000만 유로로 이적료가 결정됐다.

　그다음엔 본격적으로 에이전트가 나서서 선수 연봉과 보너스를 협상한다. 잘 모르는 입장에서 보면 선수 연봉이라는 게 기준이 없는 것 같지만 사실 그렇지 않다. 나라마다, 구단마다 느슨한 듯하면서도 명확한 기준이 있다. 이 느슨한 줄을 우리 쪽으로 얼마나 당기느냐에 따라 협상의 성패가 갈린다고 할 수 있다. 레버쿠젠의 경우는 선수를 영입할 때 A급·B급·C급으로 등급을 정하고, 각 등급마다 연봉 구간을 둔다. 우리는 당연히 A급으로 계산해 주지 않으면 이적하지 않겠다고 엄포를 놓는다. 사실 A급이 아니라면 그쪽에서 관심을 보일 이유도 없고, 우리 역시 그 정도의 대접을 못 받을 바에는 굳이 갈 이유가 없지 않은가.

　등급이 정해지면 그다음엔 같은 등급의 선수와 비교한다. A급이라도 해도 모두가 같은 돈을 받는 건 아니다. 당연히 거기서도 월에 10만 유로 받는 선수, 15만 유로 받는 선수, 20만 유로 받는 선수가 존재한다. 그러면 에이전시는 자신들 소속 선수가 몇 골을 넣었고, 몇 개의 어시스트를 기록했으며 어떤 장점이 있는지를 종합적으로 판단한 후, 레버쿠젠에서 비슷한 공격 포인트를 올린 선수의 연봉과 비교하는 식이다. 다만 여기서는 레버쿠젠 구단 안에서 비교를 해야지, 바이에른 뮌헨 수준에 맞춰 달라고 할 수는 없다. 이런 과정 끝에 최종적으로 정해진 금액은 우리 돈으로 월 약 2억 5천만 원.

이렇게 연봉이 정리되면 다음으로는 보너스를 정한다. 레버쿠젠 이적 당시 최종적으로 합의한 보너스는 이른바 승점 수당인데, 포인트당 우리 돈으로 약 1,400만 원 정도로 확정하고, 경기를 이기면 3점, 비기면 1점으로 정했다. 그 대신 선수가 45분 이상 뛰어야 100퍼센트를 받을 수 있고, 45분 미만이면 50퍼센트, 경기를 뛰지 않고 벤치에 앉아만 있으면 25퍼센트를 받는다는 세부 조건이 있었다.

결론적으로 함부르크에서보다 3배 정도 높은 연봉에 보너스도 훨씬 많았던 만큼 우리 모두 만족했다. 조건도 조건이지만 무엇보다 선수가 어린 시절부터 내내 꿈꾸던 챔피언스 리그에서 뛸 수 있다는 사실에 크게 기뻐했다.

선수가 자신의 가치를 증명하기 위해 뛰는 곳이 경기장이라면, 에이전트가 자신의 가치를 증명하기 위해 뛰는 곳은 협상 테이블이다. 물론 에이전트는 선수를 발굴할 줄도 알아야 하고, 경기 외적인 부분에서도 해야 할 일이 많다. 다만 그 지난한 과정을 꿋꿋하게 버티는 것은 선수가 더 좋은 조건으로 구단과 계약을 맺도록 하기 위함이다. 게다가 그 조건을 선수와 가족들

2013년 9월 18일 챔피언스 리그 32강 조별 예선 맨체스터 유나이티드와의 경기.
레버쿠젠 입단 후 첫 챔스 경기였다.

이 만족하고 기뻐할 때 에이전트로서 느끼는 보람은 이루 말할
수 없다. 눈에 보이는 이 결과를 위해 눈에 보이지 않는 수많은
일들을 겪었구나 싶었다.

존중받는다는 것

레버쿠젠 이적 이후 흥민이는 2013-2014 시즌, 2014-2015 시
즌 연속 두 자릿수 골을 기록하면서 나쁘지 않은 활약을 보였
다. 간혹 경기력에 기복을 보이기도 했지만, 정상급 수준의 공

에이전트의 세계

격수로 발돋움할 수 있는 잠재력을 보여 줬다.

이즈음 홍민이의 활약을 눈여겨보았는지 프리미어 리그의 맨체스터 유나이티드(이하 맨유), 리버풀, 토트넘을 비롯한 다수의 구단에서 관심을 보이며 이적 제안을 해 왔다. 이 와중에 공교롭게도 4월 정도부터 로저 슈미트 당시 감독이 걸핏하면 경기 중간에 홍민이를 빼는 일이 잦아졌다. 경기력이 크게 나쁘다고 할 수 없는데도 자꾸 이런 일이 생기니까 선수도 힘이 빠지고, 손 선생도 우리도 스트레스가 이만저만이 아니었다. 단장에게 이유를 물었더니, 특별한 이유가 없다는 대답만 돌아왔다. 그러면서 선발에서 제외됐다면 모르겠지만 계속 선발로 뛰고 있지 않냐고 반문하는데 이게 또 틀린 말은 아니니 답답한 노릇이었다.

감독이건 선수건 당연히 경기가 가장 중요하다. 프로인 이상 모두가 사명감과 열정을 가지고 있다. 그러다 보면 간혹 열정과 열정이 부딪치기도 한다. 감독이건 선수건 에이전트건 우리는 모두 상대를 설득하든지, 혹은 상대방을 이해하든지 해야 한다. 설득하지도 못하고, 그렇다고 상대를 이해하지도 못한다면 필연적으로 불만이 생겨난다.

이 경우가 그랬다. 이를테면 후반에는 전술을 이러저러하게 바꿀 건데 선수의 포지션이 이러저러하니 교체를 할 수밖에 없다고 구체적으로 이야기해 준다면, 선수는 서운하기는 하겠지만 프로인 만큼 받아들였을 거다. 하지만 제대로 뛰지도 못하고 활약을 보여 주지도 못한 채 경기장을 나와야 하는 선수만큼 아쉬운 사람은 없다. 물론 선수 기용은 감독의 권한이자 선택이다. 다만 왜 그런 선택을 해야 했는지에 대해 설명해 주는 것과 이유도 알려 주지 않은 채 더 이상 경기를 뛸 수 없게 하는 건 다른 차원의 이야기다. 그런 점에서 선발로 뛰고 있으니 괜찮지 않느냐는 단장의 말은 납득할 수도 없고, 이해할 수도 없고, 받아들일 수도 없었다.

누군가는 그 많은 선수 하나하나에게 설명을 하고 설득할 수는 없는 노릇 아니냐고 할 수 있을 것이다. 맞는 말이다. 그냥 불만을 모른 체하고 지나갈 수도 있다. 바로 여기서 선수는 자신이 팀에서 존중을 받고 있는지 아닌지를 느낀다. 만약 감독이 팀에 꼭 필요한 선수라고 생각한다면 선수의 불만을 이해하고 어떤 식으로든 그 상황이 납득이 되도록 설명했을 것이다. 당시 레버쿠젠은 이런 과정이 없었다.

우리는 생각했다. 우리 선수를 존중하지 않는 팀이라면, 더 이상 남아 있을 이유가 없다고.

이적의 요건

물론 이적을 단순히 감정으로 결정할 수는 없다. 우리에게는 당연히 믿는 구석이 있었다. 오라는 데가 한 군데도 없다면 어떻게든 버텨야겠으나, 흥민이 경우는 프리미어 리그의 여러 구단에서 관심을 보이는 상황이었다. 나와 티스는 이적을 염두에 두고 각 구단 미팅에 나섰다.

우선 맨유는 연락이 오긴 했지만 날짜를 한번 잡아 보자는 수준이어서 흥민이를 꼭 영입하고 싶어 한다기보다 간을 보고 있다는 느낌이 강했다. 이 바닥도 플러팅이나 거짓 정보나 찔러 보기가 난무한다. 진짜와 가짜를 구별하지 못하면 돈은 돈대로 시간은 시간대로 쓰고, 오지도 가지도 못하는 상황에 놓일 수 있다. 그런 점에서 맨유는 패스.

두 번째로 리버풀과는 구체적인 일정을 잡고 직접 방문했는데 구단 시설도 나쁘지 않았고, 단장도 적극적인 모습을 보여서 마음이 조금 움직였다. 솔직히 말해서 맨유가 별 소득이 없는 상황이라면 구단 인지도가 좋은 리버풀이 최선의 선택지라는 생각마저 들었다.

마지막으로 토트넘은 미팅 날짜를 먼저 제안하면서 티스와 나를 훈련장으로 초청하여 구단 투어를 시켜 주었는데 그 적극성도 그렇지만 막상 구단 곳곳을 둘러보니 다른 곳과 비교할 수 없을 만큼 최첨단 시설을 보유하고 있다는 점에서 마음에 들었다. 하지만 이때까지도 리버풀에 마음이 조금 더 쏠려 있었던 게 사실이다. 이런 상황을 알았는지 단장이 굉장히 적극적으

토트넘 포체티노 감독

로 어필하기 시작했다. 선수 조건에 대해 구체적인 가이드라인

을 펼쳐 놓고 말했다. "이걸 보면 알겠지만, 우리는 그냥 말로만

소니Sonny, 손흥민 애칭를 원한다고 하는 게 아니다. 소니를 영입하

기 위한 모든 준비가 다 끝났다."

다음으로 포체티노 감독이 들어와 왜 자신에게 흥민이가 필

요한지 브리핑을 진행했다. 여러 영상을 보여 주면서 "소니는

양발을 다 잘 쓰기 때문에 왼쪽, 오른쪽, 중앙, 2선 공격 라인 어

디에든 다 설 수 있는 선수다. 나는 경기 중에도 작전을 바꾸는

스타일인 만큼 활용도가 높은 선수가 꼭 필요하다. 그래서 사

우샘프턴에 있을 때부터 소니를 원했다." 포체티노의 이 말은 내내 리버풀에 가 있었던 우리의 마음을 움직이게 한 결정적인 '한 방'이었다. 어찌 보면 구단 단장은 비즈니스적인 측면에서 접근했을 가능성이 있다. 하지만 감독은 다르다. 감독에겐 경기가 가장 중요하다. 감독의 전술에 반드시 필요한 선수라면 그 선수는 경기에 내보낼 수밖에 없다. 미팅을 끝내고 얘기를 나눠 보니 티스의 생각도 크게 다르지 않았다. 토트넘에서라면 충분히 선발로 뛸 수 있다. 선수가 경기를 잘 뛰는 게 중요하지, 아무리 좋은 구단이라도 벤치에 앉아 있어 봤자 의미 없다는 게 우리의 결론이었다.

유럽뿐 아니라 세계 여러 리그를 보면 한 해에도 수많은 선수가 자신에게 맞는 곳을 찾아 팀을 옮긴다. 축구 업계 전체를 놓고 보면 한 선수의 이적이라는 건 사소한 일이겠지만 선수 입장에서는 인생이 걸린 선택이기도 하다. 그런 일을 선수도 에이전트도 쉽게 결정 내릴 수는 없다. 그래서 우리가 이적 때 가장 우선적으로 고려하는 건 그 팀이 우리 선수를 얼마나 원하는가 하는 점이다. 날짜를 한번 잡아 보자고 말해 놓고 차일피일 미루는 팀과, 가능한 날짜를 말하면서 이번 달 중으로 꼭 만나자고 말하는 팀, 감독이 인사만 하고 지나가는 팀과 직접 왜 이 선수를 필요로 하는지를 구체적으로 이야기하는 팀, 어디로 가는 게 나은지는 자명한 일이다.

4

토트넘으로 가는 험난한 여정

두 번의 이적 협상 결렬

미팅을 마치고 돌아와서 흥민이와 손 선생께 이런 의견을 전달했다. 계속 교체되는 것에 불만이 쌓일 대로 쌓여 있던 흥민이는 뛸 듯이 기뻐했고, 손 선생도 만족해하며 토트넘에 가면 충분히 경쟁력이 있을 것 같다고 말했다. 이제 모든 것이 해결됐다고 생각하고 레버쿠젠에 이적 의사를 전달했는데, 보낼 수 없다는 답이 돌아왔다. 이유인즉슨 감독이 놔주지 않는다는 거다. 아니 그동안 충분히 경기를 뛰게 하지 않았으면서 이게 무슨 황당한 소리인가? 예기치 못한 상황에 우리는 모두 혼란에 빠져 버렸다.

유럽 이적 시장 마감이 9월 1일이라 그때까지 계약을 성사시키지 못하면 꼼짝없이 다음 시즌을 레버쿠젠에서 보내야만 한다. 속은 타들어 가는데 시간은 속절없이 흘러 어느덧 8월 25일, 토트넘 구단의 다니엘 레비 회장이 전용기를 타고 독일로 넘어왔다. 우리에게 한 줄기 빛이 쏟아지는 것 같았다.

이윽고 다니엘과 레버쿠젠 단장 루디 푈러의 이적 협상 시작. 우리는 호텔 로비 소파에 앉아 초조하게 기다리고 있는데 불과 30분이 채 지나지 않아 협상단이 나왔다. 다니엘이 고개를 절레절레 흔들며 말했다. "협상이 안 된다. 팔 생각이 전혀 없다고 한다." 이렇게 1차 협상 결렬.

정말 미칠 것만 같았다. 아마 손 선생의 마음은 더했을 것이다. 그 순간 저 멀리 걸어가고 있는 레버쿠젠 단장과 부단장이 보였다. 흥분한 손 선생이 루디 단장을 쫓아가서 한국말로 소리치고, 혼비백산한 루디는 독일 말로 소리치고, 부랴부랴 나는 중간에서 말리고…. 나는 일단 두 사람 모두 흥분을 가라앉히게 진정시킨 다음 다시 설득에 나섰지만 루디는 완강했다. "우리는 선수가 필요하다. 게다가 가격도 안 맞는 걸 어쩌냐."

"감독이 선수를 자꾸 55분에 빼는 건 뭔가 문제가 있다는 뜻 아니냐? 이것 때문에 우리 선수도 불만이 쌓인 와중에 다른 구단에서 오퍼가 왔으니 우리는 기회를 놓치고 싶지 않다. 이 상태에서 구단이 선수를 계속 붙잡는다면 우리 선수는 행복하지 않을 거다. 행복하지 않은 선수가 어떻게 경기에서 잘 뛰겠냐?

차라리 놔주는 게 서로 좋지 않겠냐. 우리 선수는 원하는 팀으로 가서 좋고, 너는 천만 유로에 사서 2년 만에 훨씬 비싸게 팔수 있게 되었으니 서로 윈윈 아니냐."

티스와 나의 기나긴 설득 끝에 다니엘과 루디를 다시 협상테이블에 앉히는 데 성공했지만 우리의 끈질긴 노력이 무색하게 2차 협상마저 결렬. 이렇게 된 이상 또 다른 방법으로 협상을이어 가는 것이 낫다고 판단했다. "일단 우리는 런던에 가겠다. 만약 협상이 결렬되면 다시 돌아오겠다." 엄포를 놓고는 흥민이와 손 선생 그리고 나와 티스 모두 다 같이 다니엘의 비행기를 탔다. 런던으로 가는 비행기 안에서 다니엘과 이런저런 얘기를 나눴는데 알고 보니 다니엘의 딸이 영국 사립 학교인 퀸스우드에 다니고 있는 게 아닌가. 내가 교육원도 함께 운영하는 만큼 퀸스우드 교장을 알고 있던 터라 다니엘과 학교 얘기, 교장 얘기를 주고받으며 공감대를 형성한 다음 넌지시 물었다. "그나저나 괜찮을까?" 다니엘이 자신만만한 표정으로 말했다. "일단 런던에 온 이상 다시 독일로 보낼 생각은 없다. 다니엘이 준 확신에 마음은 좀 놓였지만 아직 결정된 건 아무것도 없었다.

다니엘의 황당한 제안

그렇게 험난한 하루가 지나고 이제 이적 마감까지 남은 시간은

5일. 모두 잠을 제대로 못 잔 터라 초췌한 얼굴이었다. 오전 8시에 홍민이는 메디컬 테스트를 받으러 가고, 다니엘은 다시 레버쿠젠과 협상에 돌입했다. 당일 오후 늦은 시간, 다니엘의 1차 협상 결과는 '일단 보류'. 여기서 보류라는 건 희망인가 절망인가. 완전히 결렬되지 않았다는 건 그나마 다행이지만 시간이 너무 부족했다. 그때 다니엘은 우리에게 레버쿠젠을 설득해 주기를 부탁했다. 우리는 레버쿠젠 단장에게 전화를 해서 홍민이의 대체 선수에 대한 제안까지 하며 설득에 합세하기 시작했다.

두 번째 협상에서 다니엘은 2,600만 유로를 제시했고, 레버쿠젠은 받아들이지 않았다. 나중에는 바이아웃 조항을 들먹이며 내년에 데리고 가라고 배짱을 부리기까지 했다. 바이아웃 조항이란, 선수와 구단이 계약을 맺을 때 이적과 관련하여 일정 금액을 정하여 둔 것을 말하는데, 다른 구단이 이 금액 이상을 제시하면 현 소속 구단과 상관없이 선수와 직접 협상할 수 있다. 당시 홍민이의 바이아웃 금액은 2,500만 유로여서 다니엘이 제안한 액수와는 맞았지만 문제는 시기였다. 홍민이의 바이아웃 조건[4]은 1년 뒤였기 때문이다. 대략 당시 상황을 재구성해 보면 이렇다.

---

4 _ 바이아웃 기간과 금액은 당연히 선수마다 다르다. 메시 같은 선수는 시즌이 끝날 때마다 선수 의지에 따라 계약을 파기할 수 있다는 조건을 달기도 한다.

토 트 넘 : 2,600만 유로 줄게. 그렇게 정리하자.

레버쿠젠 : 그 돈에는 못 보낸다. 바이아웃 걸려 있으니, 그냥
내년에 2,500만 유로 내고 데리고 가라.

토 트 넘 : 그래서 100만 유로 더 주겠다고 제안한 거잖아.

레버쿠젠 : 아, 글쎄 안 된다니까. 우리가 올해 챔스도 나가야
하는데 선수를 갑자기 데려가면 어쩌란 말이야.

다니엘 레비 회장

이런 실랑이 끝에 토트넘에서 2,800만 유로까지 금액을 올렸고, 레버쿠젠에서는 가타부타 답변하지 않고 일단락된 것이다. 그런데 다니엘이 우리를 찾아온 목적은 사실 다른 데 있었다. 협상 결렬을 이야기하면서 그가 꺼낸 제안은 이랬다. "내가 생각한 손흥민 선수의 이적료는 2,600만 유로였다. 아직 완전히 결정된 건 아니지만, 지금 예기치 못하게 200만 유로나 더 쓰게 생겼다. 그러니 선수 연봉에서 100만 유로 제하면 어떻겠니?"

정말 다니엘은 노련하다고 해야 할지, 약았다고 해야 할지 모르겠으나 보통내기가 아닌 것만은 분명했다. 다니엘은 비행기 안에서는 무조건 데리고 오겠다고 말했지만 사실 이미 머릿속에서는 선수 가치에 대한 계산을 끝냈을 것이다. 축구 구단을 운영한다는 건 보통 감각으로 할 수 있는 게 아니다. 우리에게는 정말이지 간절한 일이지만 그에게 선수를 데려오는 일은 일종의 비즈니스다. 그러니 우리 입장에서 보면 약은 것이지만 다니엘은 다니엘 자신의 일을 하고 있는 중이다. 황당하고 어이없는 제안이었으나 따지고 보면 이 모든 게 협상의 과정이다.

이 제안을 받아들일 것인가 말 것인가, 손 선생과 함께 우리는 고민했다, 잠시 생각하던 손 선생이 말했다. "할 수 없죠. 100만 깎으라고 하세요. 지금 돈이 중요한 게 아닙니다. 우리는 무조건 토트넘 가야겠습니다."

100만 유로면 당시 우리 돈으로 대략 13억 원이다. 그 돈을 말 한마디로 날린다는 건 그만큼 간절했다는 뜻일 거다. 하지만 에이전트 입장에서는 이건 말이 안 된다. 어떤 경우라도 선수 연봉이 깎여서는 안 된다고 생각했다. 결국 우리는 에이전트 수수료를 포기하기로 의견을 모았다. "선수 연봉은 건드리지 마라. 차라리 우리가 받기로 한 돈을 포기할게. 이 정도 선에서 합의하자."

사실 이때 책정된 에이전트 수수료는 40만 유로였다. 그러니까 다니엘이 13억 원을 깎자고 한 상황에서 우리는 5억 원 깎는 것으로 '퉁치려고' 한 셈인데, 이렇게까지 제안한 이유는 에이전트가 받아야 할 수수료를 포기하더라도, 선수 연봉에는 손을 댈 수 없다는 단호한 의지를 표명하기 위해서였다. 노련한 사업가 다니엘은 이게 무슨 뜻인지 금방 알아챘다. 하지만 가타부타 결론을 짓지 않고, 일단 레버쿠젠과 협상을 먼저 정리하고 다시 얘기하자는 애매한 말을 남기고 돌아갔다.

다니엘의 묘안

이적 마감 나흘 전인 8월 27일, 레버쿠젠에서 연락이 왔다. 그들이 요구한 최종 이적료는 3,000만 유로. 다니엘은 2,800만 유로 이상은 절대 안 된다는 입장. 그렇게 전화를 끊고 나서는 아무도 서로 먼저 연락을 하지 않으려고 하니, 우리만 중간에서 애가 탄다. 상황이 이렇게까지 치달으니 다니엘이 오히려 우리를 닦달하기 시작했다. "지금 레버쿠젠이 너무 과하게 욕심을 내고 있으니, 너희가 좀 얘기를 헤 봐라." 결국 우리가 다시 설득해 보았지만 레버쿠젠은 3,000만 유로 이하로는 어림도 없다며 지금도 여전히 보내고 싶지 않다는 말을 앵무새처럼 반복했다. 정말 하늘이 무너지는 것 같았다. 진전은 없고, 시간만 속절없이 흐르고 있었다.

다음 날인 8월 28일, 다니엘이 그야말로 묘안을 내놓았다. "좋아. 3,000만 유로 줄게. 다만 조건이 있어. 우선 2,800만 유로를 주고, 만약 내년에 우리가 챔스에 진출하면 100만 유로를 지급하고, 그다음 해에 또 챔스 진출하면 그때 또 100만 유로를 줄게. 어때?" 그야말로 제갈량 뺨치는 전략이라 할 만하지 않은가. 나와 티스는 감탄, 또 감탄.

챔스에 진출하면 구단은 유럽축구연맹으로부터 성적에 따라 천만 유로 이상의 돈을 받는다. 그러니 일단 진출만 하게 되면 100만 유로를 주는 건 크게 부담이 없다. 만약 진출을 못 하면 쥐야 할 돈이 굳는 셈이니 토트넘으로서는 나쁠 게 없다. 그리고 마침내 레버쿠젠 역시 이 제안을 받아들이면서 악몽 같은 나흘이 지나고 드디어 손흥민 이적 확정! 흥민이와 손 선생이 너무나 좋아하는 모습을 보면서 우리는 안도의 숨을 몇 번이나 쉬었는지 모른다.

이제 우리와 다니엘에게 남은 과제를 마무리할 차례였다. "다니엘. 너무 고생했고, 이루 말할 수 없을 만큼 고맙지만, 말했듯이 선수 연봉을 건드리는 건 안 돼. 하지만 원한다면 나와 티스의 수수료는 기꺼이 포기할게." 다니엘이 웃으면서 말했다. "사실 내가 생각한 마지노선은 2,800만 유로였어. 이건 3,000만 유로를 주는 것도, 주지 않는 것도 아니니까 선수 연봉과 수수료는 처음 얘기했던 대로 줄게."

역시 다니엘은 만만한 상대가 아니다. 협상이 뭔지를 아는 인물이다. 한 수 배웠다. 모두가 해피엔딩으로 아름답게 하루가 마무리되고 있었다.

협상이란 명분과 명분의 싸움

여기까지가 흥민이가 토트넘으로 이적할 당시 세간에 알려지지 않았던 극적인 과정이다. 에이전트로서 내가 말하고 싶은 건 결국 협상이란 명분과 명분의 싸움이라는 점이다. 레버쿠젠 구단 입장에서 선수가 이렇게까지 다른 팀으로 가고 싶어 한다면 결국엔 보낼 수밖에 없다. 루디 단장도 바보가 아닌 이상 당연히 알고 있는 사실이다. 하지만 당장 올해 챔스에 나가야 하는데 대체 자원도 없는 와중에 좋은 경기력을 보이는 선수를 다른 구단에 팔았다면 비난에 직면할 수밖에 없다.

그런 상황에서 레버쿠젠에 필요한 명분은 '돈'이었다. 따지고 보면 레버쿠젠은 1,000만 유로에 선수를 사 와서 2년 만에 3,000만 유로에 팔았으니 2,000만 유로의 수익을 올린 셈이다. 사업적으로 크게 남는 장사를 했다는 점에서 레버쿠젠 단장인 루디는 비즈니스 능력을 입증했다는 명분을 얻었다. 토트넘 회장 다니엘도 감독이 원하는 선수를 데리고 와야 한다는 사명이 있었다. 그 사명을 위해 다니엘은 직접 독일로 날아가는 열정과 3,000만 유로인 듯한 2,800만 유로를 지급하는 교묘한 협상력을 보였다. 게다가 이제 구단 성적 책임은 오롯이 감독이 지게 됐다. 이렇게까지 해서 원하는 선수를 데려왔는데 감독이 어떻게 회장 핑계를 댈 수 있겠는가!

에이전트의 명분은 선수가 원하는 것을 이루어 준다는 데 있다. 에이전트는 무조건 선수의 행복을 우선해야 한다. 선수가 불행하면 자신의 기량을 펼치기도 어렵고 성장하는 데도 걸림돌이 될 수 있다. 따라서 선수를 원하는 감독이 있는 곳으로, 선수가 원하는 팀으로 보내는 것이 무엇보다 중요하다. 그래서 흥민이가 토트넘으로 이적하는 일은 우리에게도 간절했다.

에이전트의 이익은 가장 나중이다. 에이전트 수수료 40만 유로를 티스와 나누면 한화로 각각 2억 5천만 원 정도다. 우리에게 이 돈은 크고 당연히 중요하다. 하지만 길게 보면 이 돈은 아무것도 아니다. 선수가 더 성장해서 더 많은 연봉을 받고, 더 좋은 조건으로 계약하면 그만큼 우리 수익도 늘어날 것이다. 나도 티스도 이 사실을 알았기 때문에 40만 유로를 기꺼이 포기하겠다고 말할 수 있었던 것이다.

이렇게 이적 문제를 타결하면 양 구단과 에이전트가 보도자료를 어떻게 작성할지 정한다. 당시 모든 기사에 흥민이의 이

이적 당시 토트넘에서 준비해 준 흥민이의 첫 유니폼

적료는 3,000만 유로라고 나왔다. 이 또한 협의된 사항이다. 다니엘 입장에서는 2,800만 유로라고 기사가 나든, 3,000만 유로라고 기사가 나든 그건 별로 중요한 문제가 아니다. 원하는 선수를 데리고 왔으니 그것으로 충분하다. 하지만 루디는 이야기가 다르다. 얘기했듯이 레버쿠젠의 명분은 돈이었으니 선수를 얼마에 팔았나 하는 건 무엇보다 중요한 사항이었다. 결론적으로 토트넘은 실리를 챙긴 셈이고[5] 레버쿠젠은 남는 비즈니스를 했다는 이미지를 챙긴 셈이다. 기사를 어떻게 낼지도 일종의 협상이고 전략이다. 그리고 에이전트는 필요하다면 협상과 관련된 모든 이들에게 명분을 만들어 줄 수 있어야 한다. 이번 이적 협상으로 나는 그걸 배웠다.

---

5 _ 혹시 궁금해할 독자를 위해 부연하자면 토트넘은 이후 2년 연속으로 챔스에 진출했다.

5

위기를 돌파하는 방법은 실력뿐

청천벽력 같은 부상

원하는 대로 선수 계약이 마무리되면 에이전트로서는 당연히
큰 기쁨에 취하지만 그것도 잠시, 한두 주 정도가 지나면 곧바
로 새로운 현실에 부딪힌다. 바로 적응 문제다. 흥민이는 2010-
2011 시즌부터 분데스리가에서 뛰기 시작해 총 5시즌을 뛰는
동안 점점 상승하는 추세였던 만큼 자신감도 충분히 올라와 있
었다. (아래 표 참고)

소속	시즌	골 수		
		리그	FA컵	유로파 리그
함부르크	2010-2011	3		
	2011-2012	5		
	2012-2013	12		
레버쿠젠	2013-2014	10	2	
	2014-2015	11	1	5

하지만 이제는 새로운 리그에서 새로운 팀 소속으로 처음부터 다시 시작해야 했으니 이런저런 걱정을 하지 않을 수 없었다.

이윽고 시작된 프리미어 리그. 포체티노 감독은 홍민이를 9월 13일 선덜랜드 AFC전에 처음으로 출전시키면서 선발로 뛰게 했는데 이때는 별다른 활약을 보이지 못했다. 하지만 홈경기 데뷔전인 유로파 리그 조별 1차전에서 멀티 골을 기록하면서 홈 팬들 앞에서 실력을 톡톡히 선보였다. 다음 경기인 9월 20일에도 선발로 출전하면서 프리미어 리그 데뷔 골을 터뜨렸다. 수비수 3명을 달고 15미터 이상을 드리블하면서 터뜨린 멋진 골이었고, 홍민이의 장점이 극명하게 드러난 플레이였다. 마치 400억 원이라는 몸값이 어떤 의미인지 보여 주는 것만 같았다.

홍민이는 이 두 경기로 감독에게 충분한 믿음을 주었다. 이렇게만 하면 붙박이 주전은 물론이고 공격수로서 타이틀 하나 정도는 획득할 수 있겠다는 기대에 부푸는 순간이었다. 그러나 희망이라는 풍선은 얼마나 연약하고 터지기 쉬운가. 홍민이는 다음 경기인 9월 26일 맨시티전에도 선발로 출전했지만 77분 만에 부상으로 아웃되고 말았다. 정밀 검사를 해 보니 족저근막염이었다.

그동안 크고 작은 부상이 있었지만 이번엔 시기가 너무 안 좋았다. 이제 막 본격적으로 선발 출전을 하기 시작했고, 분위기도 나쁘지 않았는데 최소 6주는 경기에 뛸 수 없다는 건 청천

벽력과도 같은 소식이었다. 나도 이렇게 가슴이 무너져 내리는 것 같았으니 흥민이와 가족들은 더 했을 것이다. 부상에는 도리가 없다. 그저 잘 치료해서 빨리 회복해야만 한다.

　나는 매일 아침 일찍 집에서 출발해 흥민이를 픽업 후 병원으로 데리고 가서 치료를 받게 했다. 어느 정도 회복된 다음엔 구단으로 데리고 가서 얼음찜질과 물리 치료를 받게 하고, 치료가 끝나면, 흥민이를 집에 데려다준 다음 두 시간 거리인 집으로 돌아왔다.

　시간이 지나면서 관계자들과도 친해졌고, 내 정성과 성실성이 통했는지 토트넘에서 내게 구단을 자유롭게 드나들 수 있는 패스 카드를 발급해 줬다. 보통 에이전트들은 메디컬 룸이나 선수들 라커 룸에 드나들 수 없는 게 원칙이다. 정해진 소수의 인원만 지문 인식으로 출입할 수 있게 하는 만큼 엄격하게 관리한다. 구단에서 특정 에이전트만 챙기면 이런저런 구설에 오를 수도 있기 때문에 어느 정도 거리를 두는 게 일반적이기도 했다. 하지만 나만큼은 예외였다. 매일같이 선수와 함께하는 모습을 보면서 에이전트라기보다는 가족으로 봐 줬던 것 같다.

　모든 에이전트가 선수에게 이렇게 하느냐고 묻는다면 그건 잘 모르겠다. 나 자신이 체계적인 시스템 아래에서 에이전트의 역할이 어디서부터 어디까지라고 배운 것은 아니니까 따지고 보면 나만의 관리 방식이라고 할 수 있다. 다만 나는 지금도 에이전트가 선수를 맡았으면 최선을 다해 그 선수를 책임져야 한다고 생각한다. 선수가 원한다면 그 책임에 경계나 한계는 없다. 스포츠 세계에서 경기를 못 뛰는 것만큼 불행한 일이 또 있을까? 에이전트라면 그 절망과 불안을 이해해야 한다. 그런 상황에서 에이전트가 할 수 있는 건 '너의 옆에 늘 내가 있다'는 걸 보여 주는 거라고 믿는다.

흥민이도 헤어질 때면 언제나 나에게 물었다. "내일은 몇 시에 오세요?" 나도 늘 대답했다. "집에서 오전 7시 30분에 나올게.", 혹은 "내일은 10시까지 올게." 이 대답은 우리의 약속인 동시에 내일도 최선을 다해서 너를 보호하겠다는 나의 다짐이기도 했다.

그렇게 6주가 지나 드디어 부상에서 회복한 11월 6일 유로파 리그 조별 경기. 포체티노 감독은 흥민이를 교체로 출전시키면서 다시 기회를 줬다. 보통 선수들이 부상에서 돌아온 뒤에 바로 경기를 뛰는 경우는 흔치 않다. 그런 점에서 흥민이의 출전은 감독의 신뢰를 받고 있다는 증거였으니 우리로서도 무척 다행스러운 일이었다. 이 경기에서 흥민이는 아직 부상의 여파가 남아있는 듯 전반적으로 몸놀림이 무거운 모습이었지만 그럼에도 1:1로 비기고 있던 후반 42분에 결승골을 어시스트했다. 시간이 지나 경기력이 올라오면 더욱 좋은 모습을 보여 줄 수 있겠다는 기대감을 주는 플레이였다.

그런데 이후 분위기가 묘하게 흘러갔다. 몇 번 선발로 출장시키기도 했지만 어느 순간부터 포체티노 감독이 흥민이를 선발로 내보내지 않기 시작한 것이다. 리그 15번째 경기부터는 교체 명단에 넣기 시작하더니 이후 8경기 연속하여 선발이 아닌 교체로 투입했다. 어느 날은 8분, 어느 날은 2분, 심지어 후반 44분에 들어가 제대로 뛰지도 못하고 경기가 끝날 때도 있었다. 이런 상황이 이어지면서 선수와 우리는 점점 지쳐 가기 시작했다.

선발로 뛰지 못하는 선수

이때 흥민이 경기력이 나쁘다고 할 수는 없었다. 물론 폼이 완벽하게 올라온 것도 아니었고, 비슷한 포지션에 있던 델리 알리, 크리스티안 에릭센, 에릭 라멜라, 무사 뎀벨레 등이 좋은 모습을 보여 줬기 때문에 감독으로서도 나름대로 이유는 있었을 것이다. 하지만 이런 식으로 계속 선발 기회를 주지 않는다면 대체 어떻게 실력을 보일 수 있단 말인가! 그런 애타는 마음을 아는지 모르는지 포체티노는 흥민이를 기존 선발 선수들의 체력 안배를 위한 정도로만 활용하는 것처럼 보였다.

이런 날 경기를 마치고 집으로 돌아갈 때의 분위기는 그야말로 물속에 가라앉는 납덩이처럼 아래로 아래로 처지기 마련이다. 이런 와중에도 우리는 그날의 경기에 대해 이야기하면서 희망의 끈을 놓지 않았다. 경기력은 어땠는지, 선발로 뛴 알리나 라멜라 같은 선수들은 어땠는지, 그들의 장단점은 무엇인지 등을 분석하면서 다음을 대비하고 준비했다.

이즈음 나도 그렇고 손 선생도 그렇고 이구동성으로 흥민이에게 한 말은 너무 이타적으로 플레이하지 말라는 것이었다. 공격수는 공격 포인트가 중요하다. 무조건 골을 넣어야 인정받는다. 계속 양보만 하다 보면 절대 골을 넣을 수 없다는 사실을 강조했다. 그리고 이 말을 꼭 덧붙였다. "잘 준비하면 분명 선발 기회가 올 거다. 감독도 분명 너의 장점을 알고 있다. 다른 선수들은 이미 몇 년간 같이 뛰었고, 너는 이제 막 들어왔으니 시간이 필요한 거다." 주문이자, 기대를 예상처럼 이야기하며 우리 자신을 다잡는 것 외엔 별다른 방법이 없었다.

흥민이나 손 선생도 정말로 혀를 내두를 정도로 최선을 다했다. 나보다 훨씬 괴롭고 힘들었겠지만 그렇다고 주저앉아 있는 사람들은 아니었다. 경기가 끝난 뒤 지치고 피곤했을 텐데도 집에 도착해서는 경기 영상을 보면서 구체적으로 내용을 분석했고 다음 경기 때까지 구단 훈련뿐 아니라 개인 훈련도 병행했다.

언젠가 흥민이가 인터뷰에서 '나의 축구는 온전히 아버지의 작품'이라고 이야기한 적이 있었다. 옆에서 이들을 지켜보고 있노라면 왜 홍민이가 그렇게 말했는지를 오롯이 느낄 수 있다. 홍민이가 처음 독일에 진출했을 때만 해도 아직 어렸기 때문에 게으름을 피우기도 했고, 좀 대충 하려고 한 적도 있었다. 그때마다 홍민이를 다잡고, 정신을 번쩍 들게 만든 건 언제나 손 선생이었다. 많이 알려진 대로 손 선생은 언제나 직접 시범을 보이면서 홍민이를 가르쳤다. 그냥 억지로 시키는 것도 아니다. 아버지가 먼저 볼 트래핑이나 리프팅을 100개 한 다음에 너도 하라고 하는데 그걸 힘들어서 못 하겠다고 할 자식이 세상에 어디 있겠나. 이때도 마찬가지였다. 손 선생의 주도하에 장점을 살리고 단점을 극복할 수 있는 맞춤 훈련을 이어 가면서 언젠가 올 기회를 놓치지 않기 위해 날카롭게 단련하고 연마했다.

이적 협상을 시작하다

그렇게 계속 기회를 노리고 준비하면서 설레고 떨리는 마음으로 명단 발표를 기다리면 또 어김없이 교체 명단, 이어지는 낙담. '뭐가 문제지? 왜 선발 기회를 안 주지?' 의문은 꼬리에 꼬리를 물지만 감독이 아닌 이상 누구도 대답할 수 없는 문제였다. 사실 이때 홍민이와 같은 포지션에서 뛰는 알리와 라멜라가 피치를 올리고 있었다. 감독은 안정성을 원했고, 우리는 실망하지 않을 수 없었다. 시즌 막바지로 가면서 가끔씩 선발로 출전하기도 했지만 대개는 교체 출전이었다. 2015-2016 시즌을 이렇게 보낸 뒤, 흥민이의 리그 기록은 4골, 도움 1개. 리그 외에 FA컵과 유로파 리그에서 4골, 4도움을 기록했지만 기대했던 것에 못 미치는 아쉬운 성적이었다.

한국에서 휴가를 마치고 이어진 비시즌 훈련 기간. 이때도 우리는 포체티노 감독이 선발 기용에 대해 확신을 주지 않는다는 느낌을 강하게 받았다. 한창 경기를 많이 뛰고, 성장할 시기인데 이렇게 가다가는 여전히 교체로만 출전하거나 경기를 뛰지 못하는 상황이 이어질 것만 같았다. 불안감에 휩싸인 흥민이와 손 선생은 급기야 나와 티스에게 다시 독일로 보내 달라고 요청했다.

이때 나와 티스도 고민을 많이 했다. 너무 빨리 이적하는 것은 아닐까, 좀 더 있으면 기회가 오지 않을까 하는 고민과 초조해하는 선수의 요청 사이에서 명확하게 판단을 내리기 힘들었다. 무엇이 옳은 길인지 명확하게 알 수 없다면, 선수가 원하는 바를 들어주어야 한다는 것이 숙고를 거듭한 끝에 우리가 내린 결론이었다. 선수가 출전에 대한 확신도 없고, 또 감독에 대한 믿음도 없다면, 아무리 노력한들 좋은 결과를 낼 수 없을 것 같았다.

결국 2016년 8월 25일, 이적 협상을 위해 다니엘을 만났다. 아무래도 감독이 선수를 활용할 마음이 없는 것 같으니 다시 독일로 보내 달라고 요청하자 다니엘이 펄쩍 뛰며 말한다. "그게 무슨 말이야. 힘들게 계약해서 이제 한 시즌을 보냈을 뿐이잖아. 소니는 분명 잘할 수 있어. 조금 더 여유를 가지고 기다려 보는 게 좋을 거다."

하지만 우리는 이미 마음을 굳힌 상태였다. "너희는 지금 3,000만 유로로 달하는 선수를 데려다 계속 벤치에 앉히고만 있어. 이게 대체 무슨 돈 낭비야. 이럴 바엔 차라리 싼 선수를 데려다 벤치에 앉히는 게 훨씬 남는 장사 아니겠어? 당신이 이적에 동의만 해 주면 내가 500만 유로짜리 선수 구해 줄게. 차라리 걔를 벤치에 앉혀."

다니엘은 선수가 정말로 원하면 보내 줄 마음이 있지만 감독이 허락하지 않을 거라며 미적지근한 모습을 보였고, 나는 멈추지 않고 설득을 이어 갔다. "어차피 이 모든 문제는 감독이 우리 선수를 쓰지 않으니까 벌어진 일 아니야? 감독도 어차피 쓸 마음이 없는 것 같으니 잘 좀 설득해 줘." 다니엘은 감독과 다시 이야기를 나눠 보겠다고 약속했다. 그렇게 1차 협상을 마무리했다.

26일 하루를 기다리고, 27일에 다시 연락을 시도했지만 다니엘은 연락을 받지 않았다. '음…, 이렇게 나오시겠다?!' 나는 즉시 차를 몰고 토트넘 주차장으로 가서 다니엘 차 근처에 내 차를 주차한 다음 무한 '버티기'에 들어갔다. 밤 10시쯤, 퇴근하는 다니엘이 차에 오르려는 찰나에 부리나케 달려가 붙잡았다. 아마 다니엘도 질릴 대로 질렸을 거다. 일부러 연락을 피했는데 주차장에서 종일 기다릴 거라고 상상이나 했겠나.

다니엘 : 오! 케빈 미안해. 바빠서 연락을 못 했어. 감독이랑 얘
기해 봤는데 감독은 절대 안 된대. 나도 최선을 다했지
만 어쩔 수 없었어. 그리고 지금 며칠 남지도 않았는데[6]
어떻게 선수를 이적시키겠단 거야?

나 : 그건 내가 알아서 할게. 그럼 이러면 어때? 내가 무슨 수를
써서라도 이적료로 3,500만 유로를 받아 올게.

다니엘 : 3,500만 유로? 음…, 포체티노가 너무 완강하긴 한데….
그럼 3,800만 유로를 받아 오면 내가 어떻게든 해 볼게.

하…, 이 교활한 장사꾼 같으니라고! 내 입장에서는 기가 질렸지만, 다니엘은 두말할 것 없이 능력 있는 사업가였다. 머릿속이 복잡했으나 한편으로는 드디어 한 발 전진했다는 생각이 들었다. 사실 내가 이렇게 강력하게 이적을 요구할 수 있었던 건 이때 독일 볼프스부르크에서 손흥민을 원하고 있었기 때문

---

6 _ 선수 이적 기간은 9월 1일까지이니 이때는 5일 남은 상태였다.

이었다. 다니엘에게 구체적으로 말하지는 않았지만 볼프스부르크에서 3,500만 유로까지 지불할 의사가 있다는 것도 확인한 상태였다. 잘만 하면 300만 유로 정도는 올릴 수 있을 것 같다는 계산이 있었다. 결국 8월 29일, 이틀간의 협상 끝에 볼프스부르크는 이적료 3,800만 유로에 오케이를 했다. 이제 7부 능선은 넘었다.

이적 기간을 이틀 남긴 8월 30일, 토트넘 구단 사무실로 의기양양하게 들어갔더니 다니엘 회장은 보이지 않고, 회장의 오른팔 격인 레베카 이사가 난감한 표정으로 지금 회의 중이니 돌아가서 기다리라고 하길래, 내가 말했다. "지금 다니엘과 이야기할 거야. 미팅 룸에서 올 때까지 기다리고 있을 테니 끝나는 대로 오라고 해."

돌아가서 연락을 기다리고 어쩌고 하기엔 시간이 너무 없었다. 오늘 무슨 수를 써서라도 정리해야만 했다. 이윽고, 다니엘이 와서는 자기는 정말 원하는 대로 해 주고 싶은데 감독이 절대 허락해 주지 않는다며 난색을 표했다.

맥이 탁 풀렸다. 토트넘과 볼프스부르크 사이에서 부지런히 정리했던 내용이 전부 무용지물이 됐다. 포기해야 할 건 포기해야 한다. 그렇다고 해서 패잔병처럼 무기력하게 물러설 수는 없다.

"우리도 토트넘이 싫은 건 아니다. 그런데 너희가 계속 우리 선수를 안 쓰잖아. 너희가 그렇게까지 선수를 데리고 있겠다면 뭔가 보장을 해 줘야 하지 않겠냐. 우리는 감독이 선수에게 믿음을 좀 줬으면 좋겠다. 우리 선수를 '3주간 연속으로 딱 세 번만' 선발로 뛰게 해 줘라. 그러면 우리 선수가 기량을 반드시 보여 줄 것이다.

그랬더니 다니엘은 선수와 감독이 한번 만나서 진지하게 이야기를 나눌 수 있게 주선도 하고 최선을 다해서 세 경기 선발 출전 기회를 만들어 보겠다고 약속했다.

주어진 세 번의 기회

다니엘은 약속을 지켰다. 얼마 지나지 않아 포체티노 감독은 흥민이를 불러 진지하게 얘기를 나눴다. 포체티노에 따르면 흥민이가 못해서가 아니라 자기 나름대로는 팀에 자연스럽게 적응할 수 있도록 시간을 준 것이라고 했다. 그래서 선발로도 출전시켰고, 교체로도 출전시킨 거라면서 마지막으로 이런 말을 덧붙였다고 한다. "어떻게 생각할지 모르겠지만 너는 여전히 나의 스쿼드 안에 있다. 그것만큼은 분명하다. 그러니 너도 나를 좀 더 믿고 따라와라."

감독이 이렇게 믿음을 주면 선수도 마음가짐이 달라질 수밖에 없다. 결정적으로 우리는 선수의 실력을 입증할 세 번의 기회를 만들어 냈다. 미팅 이후 흥민이에게 앞으로 세 번의 기회 동안 네가 누구인지를 보여 주면 감독도 너를 선발로 쓸 수밖에 없을 거라는 점을 강조했다. 이게 얼마나 중요하고 소중한 기회인지 우리 모두 잘 알고 있었다.

그렇게 여름 이적 시장이 마감되고, 2016-2017 시즌 시작. 흥민이는 리그 네 번째 경기인 스토크 시티전에 드디어 선발로 출전했다. 약속받은 세 번의 선발 기회 중 첫 번째가 이제 막 시작됐다. 그리고 이 경기에서 흥민이는 보란 듯이 2골 1도움을 기록했다! 이후 리그 다섯 번째 경기에서 다시 선발 출장. 공격 포인트를 올리는 데는 실패했지만 날카로운 움직임을 보여 줬다. 그리고 흥민이는 마지막 기회인 리그 여섯 번째 경기 미들즈브러전에 선발로 출장해 또다시 멀티 골을 기록했다. 결국 흥민이는 다시 한번 자신이 어떤 선수인지를 스스로 증명했다. 나조차도 흥민이의 활약을 보면서 벅차고 울컥했는데 정작 본인의 심정은 어땠을까?

처음엔 약속 때문에 경기에 선발로 내보냈을지 몰라도 세 경기에서 4골 1도움을 기록한 선수를 쓰지 않을 감독은 세상에 없다. 이즈음부터 체력이 많이 떨어졌을 때를 제외하곤 본격적으로 선발로 출장하기 시작했고, 흥민이는 리그에서만 총 14골 6도움, FA컵 6골, 유로파 리그 1골을 기록하는 큰 활약을 펼치며 2016-2017 시즌을 마감했다.

SONSATIONAL

Delirious: Son (right) celebrates his late goal with Alli

88MIN
SWANSEA 1 SPURS 0
FULL TIME
SWANSEA 1 SPURS 3

...BUT CHELSEA ARE STILL SEVEN CLEAR
PAGES 78-79

RIATH AL-SAMARRAI at the Liberty Stadium

TOTTENHAM pulled off a sensational, late comeback at Swansea to keep the pressure on Premier League leaders Chelsea.

While Antonio Conte's men avoided slipping up with a 2-1 win against Manchester City, Spurs scored three

six minutes at the Liberty Stadium.

Dele Alli, Son Heung-min and Christian Eriksen's goals in the 88th, 91st and 94th minutes came after Wayne Routledge's first-half opener.

REPORT — PAGES 76-77

WELL DONE MY SON

South Korean steps up with a hat-trick to see off Lions after Kane hands Poch major scare

SPURS FEARS FOR HARRY'S SEASON

손흥민 선수 관련 신문 기사

홍민이가 그렇게 한창 좋은 모습을 보이던 시기에 경기장에서 다니엘을 만난 적이 있었다. 이적시켜 달라, 못 보낸다, 옥신각신했던 게 다 옛말이 됐다. 반갑게 인사하면서 내가 그랬다. "거봐라, 내 말 듣고 네가 약속을 지키니까 우리 선수가 보여 주잖아." 그러니까 다니엘이 그런다. "거봐라, 내 말 듣고 안 보내길 잘했지?" 역시 다니엘은 만만한 상대가 아니다. 우리는 아무도 서로 당신 말이 맞았다고 인정하지 않았다. 그저 유쾌하게 웃었다. 문득, 행복하다는 생각을 했다.

6
협상의 몇 가지 원칙

경기장 뒤의 풍경

보통 경기가 끝나고 나면 선수들은 라커 룸에 모여 다 함께 인사를 나누고, 각자 가족 대기실로 흩어지는데 그날 우리 선수가 좋은 모습을 보이고 경기도 이긴 날은 아주 축제 분위기가 따로 없다. 다른 선수나 선수 가족들과 같이 식사를 하기도 하고, 즐겁게 경기 이야기를 나누기도 한다. 좋은 분위기는 돌아가는 차 안에서도 이어진다. 축하와 기쁨으로 시끌벅적하다.

"오늘은 진짜 정말이지 멋있는 골이었다. 이건 너만이 할 수 있는 거다. 오늘의 골을 기억하고 네 걸로 만드는 게 중요하다."

우리는 룰루랄라 저녁을 먹으러 가기도 하고, 집에 도착해서도 골 영상을 보고 또 보면서 여운을 이어 간다.

때로 흥민이가 골도 넣고 도움도 기록했는데 팀이 아쉽게 질 때도 있다. 이때 속으로는 기분이 좋지만, 대기실에서는 최대한 안타까워하는 모습을 보인다. 오늘 경기 너무 아쉽다며 같이 슬퍼하지만 집으로 돌아가는 차 안에서 우리끼리만 있을 땐 얘기가 다르다. 흥민이는 자신이 열심히 뛰었음에도 팀이 졌다는 사실에 여전히 아쉬워할 때도 있지만 나는 다르다. 이때만큼은 그러거나 말거나 흥민이가 넣은 골을 즐긴다. "너무 잘했다. 골도 그렇고 도움도 그렇고 진짜 멋있었어. 오늘 경기는 사실 수비수가 다 망친 거야." 따지고 보면 감독에게는 팀이 전부이고, 선수에겐 팀이 전부는 아닐지라도 꽤 중요하다. 하지만 에이전트는 다르다. 우리는 무조건 선수 편이다. 첫째도 선수, 둘째도 선수, 셋째도 선수다. 팀은 한 네 번째쯤 되려나?

그래서 에이전트는 팀 승리에 상관없이 늘 롤러코스터를 타는 기분이다. 선수가 경기를 못 뛰면 조마조마하고, 선발이냐 교체냐 발표 때마다 마음 졸인다. 선발이라고 하면 나도 모르게 걸음걸이도 당당해지고 가슴도 쫙 펴지지만, 교체라고 하면 말수가 확 줄어들기 마련이다. 선발로 출장했다고 해도 마음 졸이는 일은 많다. 부진하면 부진한 대로 마음 아프고, 잘하면 잘하는 대로 이 분위기를 계속 이어 갈 수 있을지 걱정한다. 가끔 선수가 부딪혀 넘어지기라도 하면 제일 먼저 가슴이 쿵 내려앉는다. 선수가 절뚝거리거나 경기 중에 자기도 모르게 허벅지를 만

지기라도 하면 마치 내 다리가 아픈 것만 같다. 경기가 끝나도 불안은 쉬이 사라지지 않는다. 팀 매니저에게 걱정하지 않아도 될 것 같다는 말을 들으면 그제야 안심한다.

나만 그랬던 게 아니다. 흥민이가 경기를 뛸 때 손 선생은 경기장에서 한 번도 앉아 있던 적이 없다. 손 선생이 서 있으니 나를 비롯해 우리 직원들도 다 앉지 못한다. 그래서 경기 날이 되면 나는 늘 집에서 하체를 충분히 풀고 나가야만 했다. 사실 경기가 시작되면 긴장하면서 보느라 서 있는지 앉아 있는지 잘 모를 때가 많다. 하프 타임이 되면 그제야 다리가 뻐근하다는 걸 느낀다. 선수가 운동장에서 저렇게 힘들게 뛰고 있는데, 부모도 그렇고 에이전트도 그렇고 남들처럼 온전히 경기를 즐길 수 있는 처지는 아니다.

좀 특이한 에이전트

2016-2017 시즌을 성공적으로 마치면서, 토트넘은 한국 기업과 스폰서 계약 체결을 위해 손흥민을 비롯한 카일 워커, 벤 데이비스, 케빈 비머와 함께 한국을 방문했다. 나는 전 일정을 그들과 함께하면서 토트넘 홍보에도 적극적으로 임했다. 밤낮으로 정신없이 바쁜 날들이 이어졌지만 뿌듯하고 즐거웠다. 한편 티스와 나는 에이전트로서 흥민이가 큰 성과를 올렸으니 뭔가

토트넘 선수들
한국 방문 당시

보상을 받게 해 줘야 하지 않겠냐며 입을 모았다. 이 보상이 나
올 구멍은 결국 다니엘뿐…. 얼마 지나지 않아 다니엘에게 미팅
을 요청했고, 그 자리에서 올해 우리 선수가 잘했는데 보너스를
좀 주면 안 되겠냐고 했더니 다니엘은 "케빈! 보너스와 관련한
조항은 계약서에 있어!"라며 단칼에 거절. 역시 호락호락한 상
대가 아니지. "다니엘! 작년을 생각해 봐. 우리가 더 좋은 조건
으로 독일에 가려고 했는데 안 보내 줬고, 남아 있으라고 해서
남았고, 결국 좋은 모습을 보여 줬잖아. 이럴 때 회장이 보너스

를 주면 선수가 기뻐서 더 열심히 하지 않겠냐? 더군다나 조만간 우리 선수랑 재계약도 해야 할 텐데 오라는 데는 여전히 많아. 보너스를 좀 줘야 계속 남아 있어야겠다는 생각이 들지 않겠어?" 그러니까 다니엘이 자기는 지금까지 그런 적이 한 번도 없었다며 펄쩍 뛴다. 나는 다니엘의 단호함에 오히려 의지가 더 불타올랐다.

시간이 흘러 8월에 다시 다니엘과 미팅을 재개했다. 그 자리에서 나는 "스폰서 유치를 위해 더 많이 노력할 테니, 선수 동기 부여 차원에서 추가 보너스로 한 15억 원 정도 주면 어떻겠냐."라고 했더니, 다니엘이 "15억?" 하고 깜짝 놀란다. 속으로 '음, 너무 질렀나?' 싶었지만 일단은 포커페이스 유지. 다니엘은 잠시 생각하더니 에이전트에게 추가 수수료도 줘야 하니 어쩌니 하면서 말을 흐렸다.

"우리는 필요 없다. 그냥 선수한테만 줘라." 그랬더니 결국 흥민이에게 7억 5천만 원의 추가 보너스를 주겠다는 확답이 돌아왔다. "쓸 거면 그냥 화끈하게 15억 원 쓰지…. 어쨌든 고마워 다니엘." 나는 대수롭지 않게 대답했지만 내심 기뻤다. 가만히 있었으면 한 푼도 받지 못했을 텐데 이렇게 나선 덕분에 흥민이에게 무려 7억 원이 넘는 추가 보너스가 생기게 된 것이 아닌가.

며칠 뒤에 다니엘은 그간 우리 공도 있는데 이렇게 넘어가기는 좀 그렇다면서 뭔가 우리에게도 보너스를 줄 것 같은 뉘앙스를 풍겼다. 이 깐깐하고 까다롭기 그지없는 사람이 웬일인가 싶었는데, 선수에게 주기로 한 7억 5천만 원을 6억 원으로 깎고, 에이전트 보너스로 1억 5천만 원을 주면 어떻겠냐는 제안을 해 왔다. "그게 도대체 무슨 소리냐?" 우리는 보너스 필요 없으니 그냥 선수에게 다 주면 된다고 일언지하에 거절했다. 나중에 다니엘이 토트넘 단장에게 나와 티스는 좀 특이하다고 말했다는 후문을 들었다. 세상에 자기들 보너스 거절하고, 그 몫까지 선수에게 주라는 에이전트는 처음 봤다면서 말이다.

사실 넓게 보면 이건 우리에게 오히려 합리적인 선택이었다. 그 돈이 탐나지 않아서가 아니다. 다만 우리는 선수가 더 행복하면 그만큼 더 잘할 것이고, 선수가 잘하면 잘할수록 향후 구단과 협상할 때도 더 유리하다고 판단했다. 이번에 거절한 1억 5천만 원은 시간이 지나면 훨씬 더 큰 이익으로 돌아올 것이다. 바야흐로 홍민이의 재계약을 해야 하는 시기가 다가오고 있었다.

토트넘 재계약

2017-2018 시즌이 시작될 무렵부터 슬슬 홍민이의 재계약 이야기가 나오기 시작했다. 재계약 시점은 구단마다 다른데 보통

회장이나 단장의 스타일에 따라 결정되는 경우가 많다. 다니엘의 경우는 보통 5년 계약을 맺었더라도 계약 기간이 2년 반 정도 남았을 때 재계약을 하는 편이다. 남은 기간이 짧으면 짧을수록 구단이 불리하다고 생각하기 때문이다.

2015년에 처음 토트넘으로 이적할 때 흥민이의 연봉은 기본 주급 대략 9천만 원, 챔스 진출 시 보너스 약 7억 5천만 원, 경기 출전 수당 750만 원, 초상권 약 7억 5천만 원 정도였고, 이외에 퍼포먼스 수당이 있었다. 퍼포먼스 수당이란, 한 시즌이 끝난 뒤 경기를 가장 많이 뛴 선수부터 가장 적게 뛴 선수까지 등급을 매긴 후 그 등급에 따라 일정한 액수를 지급하는 방식을 말한다.

첫해에는 이런저런 문제로 힘들어서 이적 얘기가 오가기도 했지만, 다음 해부터는 계속 잘했는데, 그에 비하면 주급이 적다고 판단했다. 그럼 당연히 재계약에서 더 올려야겠지. 우리는 다니엘에게 흥민이가 계속 토트넘에서 뛰기를 원한다면 재계약 때 연봉을 더 많이 인상해 달라고 요구했다. 다니엘은 생각해 보고 천천히 이야기하자며 시간을 끌더니 2018년 6월까지 가타부타 답을 주지 않았다. 그러는 사이 흥민이는 2017-2018 시즌, 리그에서만 12득점 6도움을 기록하면서 명실공히 토트넘 에이스로 자리매김했다. 아마 다니엘은 흥민이의 시즌 성적을 본 후에 결정해야겠다고 판단했을 것이다. 우리의 입장은 이왕이면 선수가 잘하고 있을 때 좋은 조건으로 마무리하고 싶었다. 다행히도 시즌이 끝나는 시점에 더 좋은 모습을 보여 주었다. 이런 상황에서는 조급한 건 다니엘이고 우리는 급할 게 없었다. 시간은 분명 우리 편이었다.

여기서 더 끌다가는 점점 더 불리해진다는 걸 직감한 다니엘이 협상을 마무리 짓기 위해 오히려 우리를 먼저 불렀다. 우리가 주급으로 3억 원을 달라고 요구하자, 해리 케인의 주급이 3억 원인데, 아직 소니가 그 정도는 안 된다는 대답이 돌아왔다. 그럼 어떻게 할 건지 물었더니 다니엘은 최대치로 주급 1억 3천 500만 원을 생각하고 있다고 했다. 이러면 고작 50퍼센트 올리는 건데 말도 안 된다. 우리는 재계약 안 한다며 협상을 중단했다. 물론 재계약을 엎을 마음은 없었다. 앞서도 말했지만 에이전트는 일이 되게 하는 사람이다. 사실 이 재계약은 토트넘도 원하지만 선수도 원하는 일이었다. 그렇다고 이 조건에 사인할 수는 없다. 나는 주급을 못 올리겠으면 보너스를 더 달라고 요구했다. 계약서 사인할 때 사이닝 보너스[7]로 15억 원, 시즌 끝난 후 경기 잘 뛰었다는 격려 차원에서 15억 원, 약 총 30억 원의 보너스를 요구한 것이다. 다니엘은 이 요구를 거절했고, 결

---

7 _ 계약을 할 때 선지급하는 보너스

국 이번 협상도 결렬됐다.

　며칠 뒤 다니엘에게 문자를 보냈다. "하우 아 유?" 계약을 마무리해야 할 것 아니냐는 의미였고, 다음 날 오후 2시 다시 미팅이 재개됐다.

다니엘 : 네 제안을 생각해 봤는데…, 조건부로 하자. 요구한 대로 계약서를 사인할 때 로열티 보너스[8]로 15억 원을 줄게. 그리고 추가로 요청한 15억 원은 30경기를 선발로 뛰면 지급하는 것으로 할게.

나 : 30경기라니? 말도 안 된다. 너무 무리한 조건이다! 20경기로 하자.

다니엘 : 20경기는 반도 안 뛰는 거다. 한 시즌이 대략 45경기인데!

나 : 그럼 25경기.

다니엘 : 나는 35경기를 생각했는데 5경기 줄여 준 거야.

나 : 나는 20경기에서 5경기 늘린 건데?

　그랬더니 다니엘이 '아 유 크레이지?' 그런다. '크레이지는 무

---

8 _ 선수가 구단에 남는 것을 조건으로 지급하는 보너스. 선수와 구단 모두에게 신뢰를 구축한다는 의미가 있다.

슨! 네가 크레이지다!' 나도 지지 않고 맞섰다. 과장이 아니라 실제로 이런 대화가 오갔다. 평소에는 농담도 하고 격의 없이 지내다가도 조건 이야기만 나오면 이처럼 서로 잡아먹을 듯 으르렁거렸다. 그러다가도 막상 계약이 성사되면 언제 그랬냐는 듯 웃으면서 어깨동무하고 사진 찍는 게 이 바닥의 생리이기도 하다.

하지만 아직은 어깨동무하고 사진 찍을 때가 아니다. 나 역시 제시한 조건에서 물러날 마음은 없었다. "넌 지금 계약할 마음이 없다. 그만둬라." 그러면서 벌떡 일어났다. 이 또한 미리 계획해 둔 작전이었다. 내가 화를 내는 척하면서 밖으로 나가 버리고, 티스가 다니엘을 진정시킨 후 나를 불러 앉히면 못 이기는 척 다시 협상에 임하기로 이미 다 각본을 짜 놓은 상태였던 것이다. 그런데 이런 작전이 무색하게도 나가려는 나를 잡은 건 티스가 아니라 다니엘이었다. 뜻밖이었지만, 다니엘이 잡았다는 건 그만큼 이 계약을 원하고 있다는 뜻이고, 그건 협상이 훨씬 유리해진다는 의미다. 결국 다니엘은 한숨을 푹 쉬고 고개를 절레절레 흔들며 말했다. "그렇게 하자."

협상을 둘러싼 몇 가지 원칙이 있다. 우선 나와 티스는 이번 재계약 협상에 들어가기 전에 정해 놓은 목표가 있었다. 그건 주급을 최소 2배 이상 올리겠다는 것. 그걸 위해 우리는 일단 주급을 9천 만 원에서 3억 원으로 세 배를 넘게 질렀다. 다니엘은 해리 케인의 주급과 같다는 이유로 이 제안을 받아들이지

2018년 7월, 재계약 협상이
마무리되었다. (위)
재계약 사인 후 홍민이와 (아래)

않았다. 당시 흥민이가 아직 케인 정도 성적은 못 내고 있는 게 사실이었으니 충분히 납득할 만한 거절 이유다. 그러면 에이전 트는 여기서 우회해 다른 방식으로 목표를 맞춰야 한다. 주급을 올리지 못하면 로열티 보너스를, 로열티 보너스를 올리지 못하면 출전 수당이나 퍼포먼스 수당을 올린다. 그렇게 1단계가 안 되면, 2단계, 2단계가 안 되면 3단계를 시도하고 또 시도해야 한다.

우리는 퍼포먼스 수당을 제외한 다른 보너스는 기존과 똑같 이 유지한 채 기본급을 주당 9천만 원에서 1억 3천 5백만 원으 로 올리는 데 성공했다. 여기에 앞뒤로 받을 보너스 30억 원을 52주로 나누면 주당 5,800만 원인 꼴이니 결국 주급을 2배 이 상 받겠다는 애초의 목표를 달성한 셈이다.

결과를 전달하자 흥민이와 손 선생도 대만족! 그렇게 2017년 8월부터 시작된 재계약 협상이 2018년 7월에 마무리되었고, 흥민이도 홀가분하고 행복한 마음으로 2018-2019 시즌에 들어갔다.

빛나는 순간들

흥민이는 새로운 시즌에서도 눈부신 활약을 이어 갔다. 리그에서 12골 4도움, 챔스와 FA, 유로파 리그까지 포함하면 도합 20골 10도움을 기록했다. 도르트문트전에서도 좋은 모습을 보여주면서 명실공히 양봉업자임을 증명했고, 토트넘이 사상 최초로 챔스 결승전에 진출하는 데에도 크게 공헌했다.

그 외에 2018년 러시아 월드컵에서 여전히 많은 사람의 뇌리에 깊이 남아 있는 독일전 골을 기록했고, 시즌이 끝난 후 책도 내고 다큐멘터리에도 출연하면서 자신의 위상을 더욱 높였다. 실력도 완숙한 경지에 오르면서 올해보다 내년이, 내년보다 그다음 해가 더 기대되는 선수가 되었고, 이런저런 광고와 스폰서 제안도 쏟아졌다.

영광은 이게 끝이 아니었다. 매년 런던과 그 인근 지역에 있는 프리미어 리그 구단의 선수들 중에서 축구 관련 주요 인사 및 팬 들의 공개 투표를 통해 그해 최고의 선수를 뽑는다. 2019

2019년 런던 풋볼 어워즈 당시의 빛나는 순간들

년에 감독상은 포체티노가, 선수상은 홍민이가 받게 되었다. 이보다 1년 전에는 해리 케인이 선수상을 받았었다. 그때만 해도 다니엘은 홍민이가 해리 케인에는 미치지 못한다고 말했고 우리도 그걸 인정했다. 이제 그 평가가 바뀐 것이다. 프리미어 리그 진출 3년 만에 홍민이는 세계 최고의 리그에서도 손꼽히는 선수가 되어 있었다.

이 쟁쟁한 선수들 사이에서 내 선수가 최고라니! 상을 받고 소감을 얘기하는 홍민이를 보는 건 표현하지 못할 벅참이었고, 그 무엇과도 비교할 수 없는 행복이었다. 내일을 담보할 수 없던, 어떻게든 축구로 성공하고 싶어 하던 소년이 여기까지 왔구나. 그 길에 내가 작지만 분명한 역할을 했구나…. 그 자체만으로 이 순간은 나에게 화양연화였다.

2022년 카타르 월드컵을 보면서도 나는 진심으로 홍민이를 응원했다. 그 열정과 실력에 감탄했다. 지난 10여 년이 넘도록 우리가 함께 같은 곳을 바라보고, 같이 웃고, 같이 울고, 같이 수많은 역경을 극복하고, 또 수많은 영광을 함께한 지난 세월이 주마등처럼 스친다. 한 시절, 나는 만 17세의 한 소년에게 인생을 걸었고, 그 소년은 지금 세계에서 인정받는 선수가 됐다. 지금의 홍민이가 있기까지 옆에서 내가 조금이라도 역할을 했다는 것에, 그래서 한국 축구 발전에 작은 보탬이라도 될 수 있었다는 것에 자부심을 느낀다.

PART 3

협상 테이블에서 벌어지는

뜨겁고 은밀한 이야기

1
선수를 차지하기 위한 구단의 자세

황홀미[9] 트리오- 황희찬

우리 일은 시작도 끝도 결국에는 사람이다. 희찬이와는 그가
FC 레드 불 잘츠부르크에서 뛰던 시절에 처음 인연을 맺었다.
기존 에이전시와 계약이 끝난 뒤, 우리에게 연락이 와서 구단
재계약부터 함께하게 됐는데, 이때 우리가 무려 두 달에 걸친
협상 끝에 연봉을 3배로 올렸다. 보통 잘츠부르크는 연봉 협상
을 이렇게까지 길게 끌지는 않는다고 했다. 당시 잘츠부르크 단
장은 1.5~2배 정도 연봉 인상을 생각하고 있었는데 우리는 3배

를 원했으니 협상이 쉽지는 않았다. 3배까지 올려 주지 않을 거면 차라리 다른 데로 보내 달라고 끈질기게 요구한 끝에 얻어 낸 성과였다. 결국 희찬이 연봉은 구단 톱 랭크 선수와 비슷한 수준으로 올라가게 되었다.

그런데 희찬이가 다음 해부터 감독과 잘 맞지 않는 듯했다. 교체로만 투입하거나 경기를 내보내지 않는 경우가 잦아지면서 희찬이가 팀을 떠나고 싶어 했다. 우리는 궁리 끝에 2018년 9월부터 함부르크로 임대 이적을 추진했다. 공연히 기존 팀에 남아서 시간과 감정을 소비하는 것보다 임대 형식이라도 독일에서 뛰다 보면 새로운 길이 열릴 수 있다고 봤기 때문이다. 마침 이때 함부르크에서 희찬이가 뛰는 포지션의 공격수를 찾고 있기도 했다. 만약 독일에서 활약이 괜찮으면 아예 독일 구단으로 이적할 수도 있고, 독일을 다리 삼아 영국 문을 두드려 볼 수도 있을 것이다.

조금 더 설명을 덧붙이자면 보통 축구에서 세계 3대 리그[10]라고 하면 스페인 라 리가, 영국 프리미어 리그, 이탈리아 세리에 A를 일컫는다. 5대 리그까지 꼽는다고 치면 독일 분데스리가, 프랑스 리그 앙 정도까지 포함하는 편이고, 우리나라 K 리그 같은 경우는 대략 20~30위권에 속한다고 볼 수 있다. 희찬

---

10 _ 해에 따라 세리에 A 대신 분데스리가를 꼽기도 한다.

이가 뛰고 있던 오스트리아 리그는 대략 10위~15위권 정도로 평가한다. 만약 여기서 바로 영국으로 가면 상대적으로 이적료나 연봉에서 좋은 조건을 받지 못할 수 있고, 선수도 갑자기 너무 상위 리그로 가면 적응에 어려움을 겪을 수 있다. 그래서 보통은 하위 리그에서 일단 독일이나 프랑스를 거친 후 영국이나 스페인 또는 이탈리아로 가는 게 일반적인 수순이라고 보는 편이다.

물론 언제 어디서나 예외는 있는 법이라 하위 리그에서 뛰고 있더라도 다른 선수들을 압도할 만한 실력을 보여서 바로 영국이나 스페인으로 진출하고, 거기서도 좋은 활약을 펼치는 선수가 없는 건 아니다. 다만 당시 희찬이의 경우는 경기를 꾸준히 뛰지 못했으니 일단 독일에서 경험을 쌓는 편이 좋겠다고 판단했다. 이렇게 선수 상황에 따라 더 성장할 수 있도록, 더 나은 길을 찾아 주는 것도 에이전트의 역할이다. 게다가 함부르크가 큰 팀이기도 하고, 홍민이 때부터 맺은 인연도 있으니 더 큰 무대로 가기 위한 발판으로 더할 나위 없었다.

문제는 임대가 끝나고 이적을 알아보려던 시기에 일어났다. 원소속 팀 잘츠부르크 감독이 희찬이를 원한다고 하는 바람에 고민 끝에 다시 복귀하게 되었는데, 감독은 처음 말과 다르게 계속 선발 기회를 주지 않았다. 원한다고 할 때는 언제고 막상 왔더니 선발로 쓰지 않는다니 이게 대체 무슨 경우란 말인가!

감독의 말만 철석같이 믿고 왔는데 상황이 이렇게 흘러가자 선수도 우리도 힘들어졌다.

급기야 선수는 튀르키예라도 갈 각오가 되어 있으니 다른 데로 보내 달라는 이야기까지 했고, 나는 그 즉시 비행기를 타고 오스트리아로 날아가 단장을 만났다. "너희가 원해서 이런 저런 기회를 다 포기하고 왔는데 어떻게 된 거야?" 따져 물으니 단장이 말하길, 선수가 감독 기대치에 미치지 못하니 자기야말로 힘들다며 오히려 하소연을 늘어놓는다. 그 얘기를 듣고 다

황희찬 선수와 분데스리가 경기를 보면서 분석하고 있다.

시 희찬이를 만나 대화를 나눠 보니 희찬이는 "저는 최선을 다하고 있습니다. 보여 주고 싶어도 계속 교체로만 내보는데…, 저도 답답합니다."라고 한다.

음, 틀린 말은 아니다. 나는 구단과 선수 사이를 오가며 예전에 토트넘 회장에게 했던 것처럼 세 번의 선발 기회를 얻는 것으로 일단락했다.

나는 희찬이를 만나 이 소식을 알려 주었다. "이제 세 번의 선발 기회가 있을 거다. 어쩌면 이게 우리에게 주어진 마지막

황홀미 트리오 중 한 명이었던 엘링 홀란 선수

기회일 수도 있다. 내가 더 이상 할 수 있는 건 없다. 이제 네 스스로 너의 가치를 증명할 차례다."

이후 희찬이는 선발로 뛴 첫 번째 경기에서 보란 듯이 골을 기록했다. 앞에서도 말했지만 되는 선수와 안 되는 선수는 이한 끗 차이에서 갈린다. 물론 공격 포인트가 실력으로만 올릴 수 있는 것은 아니다. 많은 경우 운과 실력이 함께 뒤섞여야 한다. 하지만 만들어야 할 때 어떻게든 만들어 내는 선수가 있다. 그런 선수가 결국 스타가 된다. 흥민이도 그랬지만 희찬이도 자기에게 온 기회를 놓치지 않았다.

이때부터 희찬이가 본격적으로 활약하기 시작하면서, 감독도 믿음을 주고 선수도 행복한 상황이 펼쳐졌고, 그 유명한 잘츠부르크 '황홀미' 트리오도 탄생했다. 이 세 선수가 그야말로 리그를 '활개 치고' 다녔던 것이다. 이를 계기로 희찬이도 한 걸음 더 나아갔다. 그전까지는 골을 넣어야만 잘하는 거라고 생각했는데, 어느 순간 그게 전부가 아니라는 사실을 깨달았다고 한다. 꼭 골이 아니라도 골 도움과 같은 공격 포인트가 있으면 인정받는다는 걸 알게 된 것이다. 또 하나의 옵션을 염두에 두다 보니 동료의 움직임을 보면서 그걸 활용하는 축구를 하게 됐고, 그러다 보니 자연스럽게 시야가 넓어졌고, 시야가 넓어지면서 축구 자체가 쉬워졌다는 거다.

이렇게 되면 상대 팀 선수 입장에서도 희찬이를 막는 게 더 어려워진다. 무조건 골만 기록하기 위해 안달인 선수라면 슈팅만 막으면 된다. 하지만 좋은 슈팅과 좋은 패스를 다 가진 선수라면 머리가 복잡해질 수밖에 없다. 이게 결국은 수비를 분산시키는 결과를 가져오면서 도움은 물론이고 예전보다 골도 더 많이 기록할 수 있었던 계기가 되었다. 특히 리버풀전에서, 발롱도르[11] 2위에 선정된 수비수인 버질 판데이크를 완벽하게 제치고 넣은 골은 그해 손에 꼽을 만큼 인상적인 장면 중 하나였다.

잘츠부르크에서 이런저런 부침을 겪기도 했지만 그걸 이겨내면서 희찬이는 분명 한 단계 더 성장했고 리그 정상급 선수로 거듭났다. 그것은 곧 희찬이가 다른 곳으로 가야 할 때가 됐다는 의미이기도 했다. 이제 희찬이가 '놀기에' 오스트리아는 너무 좁은 무대였다. 나는 겨울부터 본격적으로 이적 시장을 쫓아다녔다.

선수를 원한다면 정성을 보여야 한다

희찬이와 함께 잘츠부르크에서 좋은 모습을 보였던 엘링 홀란은 도르트문트로, 미나미노 다쿠미는 리버풀로 이적하면서 희

11 _ 그해 최고의 활약을 펼친 축구 선수에게 수여하는 상으로 1956년 제정됐다. 버질 판데이크는 2019년 2위에 올랐다.

찬이의 향방에 많은 이목이 쏠리고 있었다.

희찬이에게 관심을 보이는 구단은 많았지만 우리는 너무 강팀보다는 상위 리그의 중위권 정도의 팀으로 가는 게 좋겠다고 판단했다. 아무리 지금 활약이 뛰어나다고 해도 오스트리아 리그가 독일이나 영국과 비교할 수 있는 수준은 아니다. 그런 점에서 너무 강팀으로 가면 주전으로 뛰지 못할 가능성도 있었다. 팬 입장에서 좋은 팀이란 강한 팀이겠지만 선수 입장에서 좋은 팀이란 꾸준히 선발로 뛸 수 있는 팀이다.

적극적으로 관심을 보이면서도 이런 기준에 부합하는 팀은 울버햄프턴, 웨스트햄, 브라이턴, 에버턴, OGC 니스, RB 라이프치히 총 6개 구단이었다. 다 1부였고, 영국 4개 팀, 독일과 프랑스가 각각 1개 팀씩이었으니 리그 자체만 보면 나쁘지 않았다. 우리는 각각의 구단을 만나 하나씩 비교 분석 작업에 돌입했다.

울버햄프턴 _ 단장이 잘츠부르크에 찾아와서 미팅을 진행했다. 단장은 선수를 위해 240억 원 이상의 이적료를 준비했다고 강조했다. 잘츠부르크에서 원했던 이적료가 그 정도였으니 어느 정도 의지를 보여 준 거라는 판단이 들었다.

OGC 니스 _ 단장으로부터 연락이 와서 찾아갔다. 이때 니스는 프랑스 리그 중상위권 정도였는데 좀 더 치고 올라가서 톱2 정도로 자리 잡는 걸 목표로 삼았다. 그 과정에 희찬이가 반드시 필요할 거라는 사실을 적극적으로 어필했다. 내가 보기에 당시 니스에는 희찬이와 같은 포지션 선수층이 빈약했다. 니스로 가면 희찬이가 확실하게 주전으로 뛸 수 있겠다는 사실이 마음에 들었다.

웨스트햄 _ 단장과 미팅을 진행했는데, 이 팀은 주로 키가 큰 스트라이커를 많이 보유하고 있었던 터라 희찬이처럼 빠르고 저돌적인 스트라이커가 필요하다는 의견을 내비쳤다. 역시 주전 경쟁에서 밀리지는 않을 것 같았다.

브라이턴 _ 당시 브라이턴의 감독이었던 그레이엄 포터가 굉장히 적극적이었다. 단장과 함께 뮌헨까지 직접 날아와서 미팅을 진행했는데, 희찬이를 절실하게 원한다는 게 느껴졌다. 희찬이의 장점을 정확히 파악하고 있었고, 자신은 희찬이를 스트라이커 자리뿐만 아니라 경우에 따라 2선에서도 적극 활용할 수 있다는 점을 어필했다. 또한 그레이엄은 젊은 선수들을 성장시키는 데 탁월한 것으로 정평이 나 있는 감독이었다. 그런 점에서 희찬이의 미래를 위해서도 좋겠다는 생각이 들었다. 게다가 선수 이적을 위해 감독이 직접 찾아오는 경우는 흔치

에버턴에서 미리 맞춰 둔 유니폼을 들고

않다. 이렇게까지 한다는 건 정말로 선수를 원한다는 의미였으니 이 정도면 브라이턴으로선 충분히 영입 의지를 보여 준 셈이었다.

에버턴 _ 구단에서 비행기표를 보내와 선수와 함께 구단을 방문했다. 잘츠부르크가 원하는 만큼 이적료를 줄 수 있다는 확답을 했고, 어느 정도 협상이 마무리되어 가고 있을 때 카를로 안첼로티[12]가 등장했다. 안첼로티 감독은 우리에게 자신의 전술을 설명하면서 희찬이를 어떻게 활용할지에 관한 구체적인 계획도 이야기했다. 자신은 스피드가 좋은 선수를 원하는데 희찬이가 100미터를 11초대에 주파하는 만큼 다양하게 활용할 수 있을 것 같고, 경기당 평균 11킬로미터 이상 뛴다는 점을 언급하며 자신은 이렇게 열심히 뛰는 선수들을 좋아한다고 강조했다. 그동안 희찬이가 기록한 공격 포인트를 영상으로 보여 주면서 자신의 축구 철학과 어떤 점이 부합하는지에 대해서도 충분히 설명했다. 게다가 에버턴에서는 나름대로 감동 포인트를 준비했는데, 희찬이의 에버턴 유니폼을 미리 만들어 선물로 준 것이다.

이런 게 이른바 구단의 구애 작전이다. 물론 아직 결정된 바는 없다. 에버턴도 이걸 모르지 않는다. 하지만 이런 세심한 모습은 구단이 선수를 얼마나 원하는지를 보여 주는 것이고, 당연히 선수의 마음에도 영향을 미친다.

RB 라이프치히 _ 단장이 잘츠부르크로 넘어와 희찬이를 원한다며 1차로 어필했고, 구단에 초청하고 싶다며 전용기를 보내 주기까지 했다. 독일로 넘어가는 전용기 안에서 희찬이도 굉

12 _ 현 레알 마드리드 감독

RB 라이프치히의 전용기를 타고 미팅 가는 중

장히 좋아했다. 자기를 위해 구단에서 비용을 써 가면서 모셔 가려고 한다는 느낌을 받았고, 나도 이 적극성이 마음에 들었다. 감독과 단장을 만나러 가는 만큼 팀 전술을 비롯해 왜 우리를 원하는지 등 궁금한 점을 다 해소하자는 이야기를 나눴다. 실제로도 단장은 웬만한 조건은 다 맞춰 주겠다며 적극적인 의지를 표명했고, 감독 또한 자신의 전술과 선수의 활용 계획에 대해 상세하게 설명했다.

이렇게 각각의 구단과 만났는데, 다들 분위기는 나쁘지 않았지만 조금씩 차이는 있었다. 만약 이 책을 읽고 있는 당신이 선수나 혹은 에이전트라면 어떤 구단을 택할 것 같은지 한번 생각해 보시라. 물론 결과는 다 알고 있겠지만.

앞서도 얘기했듯 선수를 원한다면 구단에서도 성의를 보여야 한다. 얼마나 선수를 원하고 있는지 적극적으로 어필하는 곳으로 마음이 쏠리기 마련이다. 우리가 생각했을 때 적극적이었던 곳은 브라이턴, 에버턴, 라이프치히 세 곳이었다. 왜냐하면 다른 곳은 감독을 만나지 못했다. 감독이 나타나지 않았다는 건, 일단은 찔러 봤다는 의미일 수 있다. 그건 동시에 우리 선수가 구단에서 생각하는 1순위가 아닐 수도 있다는 뜻이다.

이를테면 울버햄프턴 같은 경우 이적료를 맞추겠다고는 했지만 최대한 많은 선수를 확보하는 게 단장의 일인 만큼 그런 약속 따윈 언제든 취소할 수 있다. 하지만 감독이 원한다면 그때는 이야기가 다르다. 또 똑같이 감독을 만났다고 하더라도 에버턴은 비행기표를 보냈고, 라이프치히는 전용기를 보냈다. 물론 에버턴은 유니폼 제작이라는, 소소하지만 정성을 담은 이벤트를 준비하기는 했다. 구단 입장에서 선수 영입은 경쟁이다. 이 경쟁은 구단의 성패와 성적을 좌우할 수도 있다. 구단이든 에이전트든 원한다면 그만큼 정성을 보여야 한다.

결국 우리는 브라이턴, 에버턴, 라이프치히 세 구단을 놓고 고민하고 있었는데 그런 와중에 브라이턴의 이적 예산이 부족하다는 정보를 입수했다. 대략 175억 원 정도면 선수를 영입하겠는데 240억 원까지는 좀 부담스럽다는 입장인 듯했고, 연봉도 에버턴과 라이프치히에 비해 낮았다. 만약 이적료 부분에서 협상이 안 되면 잘츠부르크에 남을 수도 있으니 우리에게는 큰 불안 요소였다. 이런 요소를 안고 협상에 임할 수는 없다.

이제 두 개 구단만 남았다. 나는 에버턴이나 라이프치히 어디라도 나쁘지 않다고 생각했다. 에버턴은 프리미어 리그라는 장점이 있었고, 라이프치히는 챔스를 뛸 수 있다는 장점이 있었다. 이 정도까지 오면 보통 최종 결정은 선수에게 맡긴다. 물론 그렇다고 해서 "둘 다 대동소이한 만큼 어디든 괜찮을 것 같으니 알아서 결정해라." 이런 식으로 내버려 두는 것은 아니다. 각각의 장단점을 분석한 내용, 세부적인 계약 요건을 일목요연하게 볼 수 있도록 정리한다. 선수가 좀 더 명확하게 파악할 수 있도록 하기 위해서다.

결론적으로는 라이프치히가 연봉이 높았지만 모든 선수들이 그러하듯 프리미어 리그에 진출하고픈 꿈은 쉽게 접히지 않는다. 몇날 며칠 동안 고민 또 고민을 한 끝에 희찬이는 결국 챔스를 뛸 수 있는 라이프치히로 결정했다.

2

에이전트와 언론의 관계

이적 기사 양산 과정

2022 카타르 월드컵이 끝난 후 우리나라를 비롯해 세계 여러 나라 선수들의 이적 기사가 쏟아졌다. 나에게도 기자들의 문의가 꽤 많이 들어왔는데, 그중 이런 내용이 있었다.

[모리뉴가 원한다… 로마, '독일-스페인 격파한' 일본 윙어와 협상 돌입]

조제 모리뉴 감독이 이끄는 AS 로마가 일본의 윙 포워드 도안 리쓰와 협상에 돌입했다. (후략)

음, 도안이 AS 로마와 협상에 돌입했다고? 도안은 스텔라 소속 선수인데 그렇다면 우리가 제일 잘 알지 않을까? 이 기사가 난 시점에 도안은 SC 프라이부르크로 이적한 지 1년도 채 되지 않았기 때문에 바로 또 옮긴다는 건 사실상 힘들다. 물론 다른 구단에서 너무너무 원한다면 이적이 완전히 불가능한 건 아니지만 그 대신 엄청난 이적료를 지불해야 하는데 로마에서 그 정도의 돈을 투자할 가능성은 크지 않다.

다시 말해 이런 식의 이적 관련 기사는 이른바 '카더라 통신'이 많다. 도안의 경우도 아마 무리뉴 감독이 기자에게 무슨 말을 하긴 했을 거다. 이를테면 요즘 "도안을 눈여겨보고 있다." 정도의 뉘앙스가 아니었을까? 이때부터 언론은 알아서 점점 살을 붙인다. 기사는 [모리뉴, 도안 리쓰 영입 원한다]로 시작해 [도안 영입에 로마 참전]으로 번지고 급기야 [로마, 도안과 협상에 돌입했다]로 이어지는 식이다. 뭐 감독이 눈여겨본다고 했으니 전혀 뜬금없는 얘기라고 할 수는 없지만 그렇다고 완전히 사실이라고 할 수도 없다. 다시 말해 이런 이적 기사를 무작정 믿는 건 곤란하다.

에이전트와 구단이 언론을 이용하는 방법

때로 에이전트가 언론을 이용할 때도 있다. 예전에 흥민이가 레버쿠젠에서 좋은 활약을 보일 때 맨유에서 전화가 왔었다.

맨유 : 선수 이적 조건이 어떻게 되냐?

나 : 이러이러한 정도다.

맨유 : 선수 컨디션은 어떠냐?

나 : 물론 좋지. 관심 있냐?

맨유 : 관심 있다.

이때 맨유와는 대략 이 정도 대화를 나눈 게 전부였다. 아마 맨유에서는 선수 상황을 파악하고 싶었던 것 같다. 이후 이야기가 진행되지 않은 것은 바이아웃을 따져 봤을 때 당장 데리고 오기에는 비싸다고 판단했을 가능성이 크다. 토트넘은 달랐다. 적극적으로 관심을 표명했고 조건도 쭉쭉 나왔으니 맨유에 비해 훨씬 더 구체적으로 이야기가 진행되고 있었다.

이후 한 기자가 티스에게 연락해서 홍민이 이적 협상이 어떻게 되고 있느냐고 묻길래 우리는 일부러 리버풀, 토트넘과도 미팅을 진행했고, 맨유에서도 연락이 왔다고 슬쩍 흘렸다. 그러면 얼마 지나지 않아 이런 기사가 뜬다.

[맨유 감독, 손흥민에게 눈독]

리버풀, 토트넘이 손흥민 영입에 눈독을 들이고 있다는 소식이 전해진 가운데 박지성이 뛰었던 팀으로 유명한 프리미어 리그 명문 클럽 맨유까지 손흥민을 지켜보고 있다. (후략)

이러면 적극적으로 흥민이를 원했던 토트넘은 슬슬 마음이 급해진다.

토트넘 : 너네 맨유도 갔다 왔어? 어디까지 이야기했어? 구체적
　　　　인 조건까지 나왔어?

나 : 그건 말 못 하지.

토트넘 : 우리한테 올 거지?

나 : 고민하고 있어.

이런 과정을 통해 우리는 협상에서 유리한 고지를 점할 수 있게 되는 것이다. 이 외에도 언론을 이용하는 경우는 많다. 티스가 독일의 일간지 「빌트」에 있는 친한 기자에게 슬쩍 안부 인사라도 하는 척 전화를 건다. 기자는 이게 웬 떡이냐고 생각하면서 요즘 황희찬 선수 이적은 어떻게 되는지 묻는다. 그러면 티스가 슬쩍 흘리는 식이다. "아직 정해진 건 없는데 오늘 웨스트햄 단장이랑 밥 먹기로 했어." 며칠 뒤 「빌트」지에 뜬 기사는 이렇다.

[웨스트햄, 황희찬과 영입 협상]

티스가 한 얘기 중에 거짓말은 없다. 이적과 관련해서 구체

적인 이야기는 전혀 없었지만 말이다. 「빌트」지에서 기사가 한 번 나가면 유럽의 동향을 주시하는 한국 언론에서 그걸 받아 안아 조금씩 살을 붙이면서 일파만파 퍼지기도 하고, 어떤 경우는 선수 가치가 270억 원 정도임에도 자기들끼리 올리고 올리다가 나중엔 400억 원이 넘는다는 기사를 내보내기도 한다. 물론 그렇다고 해서 구단들이 이 모든 '뻥튀기'를 다 믿는 건 아니다. 구단의 단장과 회장 들 역시 이런 일을 수없이 겪은 베테랑이 아닌가. 때로 자기들이 역으로 흘리는 경우도 있다. 흥민이의 토트넘 이적 협상 때는 이런 기사가 뜬 적도 있었다.

[토트넘, 사이도 베라히노 선수 영입 임박]

우리로서는 실제로 영입이 임박했는지, 아닌지 알 수 없다. 다만 토트넘은 이 기사를 통해 자기들이 흥민이만 보는 게 아니라는 걸, 우리가 너무 비싸게 부르면 얼마든지 다른 선수로 갈아탈 수도 있다는 은근한 압박을 걸어 온 셈이다. 그러면 또 나와 티스는 "토트넘이 제일 싫어하는 게 아스널이니까, 아스널에 밥 한번 먹자고 하고 신문사에 흘릴까?" 이런 대화를 나누며 작전 아닌 작전을 짜기도 했다. 이렇게 언론을 대할 때도 각자의 논리와 논리가 부딪치고 이익과 이익이 부딪치면서 이런저런 심리전이 난무한다.

유능한 에이전트라면 언론을 잘 이용할 줄 알아야 한다. 구단은 물론 에이전트도 이런 생리를 잘 알고 있는 만큼 언론 기사를 완전히 믿는 경우는 없다. 따라서 사실상 구단과 에이전트 간 협상에서 언론의 영향력 자체는 아주 미미한 수준이다. 하지만 구단은 물론 에이전트도 언론에 전혀 신경을 쓰지 않을 수 없다. 협상에서는 단 1퍼센트라도 유리한 위치를 점하는 것이 중요하기 때문이다.

3
두드리고 또 두드리다

이청용 선수와의 인연

때는 2020년 봄, 울산에서 뛰고 있던 이청용 선수에게서 한 통의 전화를 받았다. 잠깐 청용이와의 인연을 소개하자면 2010년 축구협회에서 뽑은 우수 지도자 연수 팀을 데리고 영국 볼턴 구단을 방문하였을 때, 당시 볼턴 선수로 뛰고 있던 청용이가 나와서 도움을 주었다. 이후 크리스털 팰리스에서 뛰던 시절에는 함께 식사를 한 적도 있다.

2018년, 청용이가 갈 곳이 정해지지 않은 상태에서 크리스털 팰리스와의 계약이 해지되어 버린 적이 있었다. 개인적으로 이 상황이 무척 안타깝다고 생각했다. 관련해서 통화를 몇 번 주고받았는데, 청용이는 어디라도 괜찮으니 유럽으로만 갈 수 있으면 좋겠다고 얘기했다. 고민 끝에 나는 티스와 함께 팀을 좀 알아보기로 했다. 그러고 보면 대부분의 독일인들이 좀 진중하고 딱딱한 편인데 반해, 티스는 정 많고 흥 많은 타입이라 한국인들과 결이 좀 맞았다. 예전에 차두리 선수가 독일에 있을 땐 둘이 꽤 친하게 지내기도 했다. 청용이에게도 호감을 갖고 있었던 만큼 티스도 적극적으로 나서겠다고 약속했다.

그렇게 마음을 모은 지 단 이틀 만에 티스는 청용이를 원하는 구단을 찾아냈다. 당시 독일 2부였지만, 현재는 1부 리그 구단인 보훔이었다. 이후 과정은 일사천리였다. 청용이가 독일로 날아갔고, 티스와 함께 협상 테이블에 앉은 뒤 무사히 계약까지 마쳤다.

우리가 이렇게 짧은 시간에 청용이를 이적시킬 수 있었던 이유는 명확하다. 나는 청용이를 잘 알고, 티스는 독일 구단을 훤히 꿰고 있다. 독일에 한해서라면 티스만큼 구단의 동향과 성향과 전술과 감독 스타일과 원하는 선수를 잘 아는 에이전트는 없을 거라고 자신한다. 한국 에이전트들과는 비교조차 할 수 없고, 독일 에이전트와 견주어서도 그렇다. 내가 지금까지도 여전히 티스와 함께 일하는 건 서로 잘 맞는 친구라는 이유도 있지만 무엇보다 그가 유능하기 때문이다. 다행히도 청용이는 소속팀에서 좋은 활약을 보였고 이후 얼마 지나지 않아 대표 팀에도 복귀할 수 있었다. 2019년 1월 대표 팀이 두바이에서 아시

이청용의 보훔 이적 때 티스가 많은 도움을 주었다.

안컵 경기를 치를 때 방문했다가 청용이를 만난 적이 있는데, 보훔 이적 후 다시 대표 팀으로 복귀하게 되었다며 고맙다는 말을 여러 번 했다. 그때 나와 이런저런 인연이 있던 지동원, 김진수, 황인범, 이승우 등 많은 대표 팀 선수들이 다가와서 반갑게 안아 주며 인사를 하고 갔다. 옛 추억들이 새록새록 생각나는 순간들이었다. 모두 잘 성장해 주어 한국을 대표하는 선수들이 되었구나! 뿌듯하고 기분이 좋았다.

이동경 선수 임대 후 이적

청용이가 전화를 걸어 왔던 2020년 무렵엔 독일 구단과의 계약을 마무리하고 울산 현대에서 뛰고 있던 때였다. 내용인즉슨 룸메이트가 너무 해외로 나가고 싶어 하는데 도와줄 수 없겠냐는 것이었다. 그렇게 소개받은 선수가 이동경이었다. 흔히들 분야를 막론하고 어떤 경지 이상에 다다르면 '예술'이라고 칭한다. 이를테면 요리를 기가 막히게 잘하면 그 요리는 예술이 되고, 건물을 기가 막히게 잘 지으면 그 건축물은 예술이 된다. 우리나라 축구 선수 중에 왼발을 예술로 잘 쓰는 선수는 동경이라고 생각한다. 동경이가 우리 소속 선수가 아니었을 때도 그의 왼발 하나만큼은 늘 인정해 왔었다. 실제로 동경이를 만나 보니 어떻게든 해외로 나가겠다는 의지도 강했다. 실력 좋겠다,

왼발 잘 쓰겠다, 공격적이겠다, 의지 충만하겠다, 가능성은 충분했다.

나는 동경이에게 언어를 포함해서 이런저런 준비를 시키고, 바로 티스가 있는 독일 지사에 동경이를 이적 리스트에 올려놓은 다음 본격적으로 구단과 접촉하기 시작했다. 얼마 지나지 않아 FC 샬케 감독에게서 동경이 같은 스타일의 선수가 팀에 있으면 매우 큰 도움이 될 것 같다는 연락을 받았다. 그런데 샬케가 그 전까지는 분데스리가 1부였지만 여름에 2부로 강등되면서 자금이 너무 부족한 상황이었다. 선수는 너무 탐이 나는데 돈은 없으니 일단 임대라도 하면 어떻겠냐고 제안했는데, 울산에선 이적은 몰라도 임대는 절대 안 된다며 틀고 나왔다. 울산에서는 12억 원 이상의 금액에 완전 이적을 원하고, 샬케는 임대 아니면 곤란하다고 하니 이 팽팽한 줄다리기 속에서 나만 몸과 마음이 찢길 것 같았다. 한쪽은 왼쪽으로 당기고, 한쪽은 오른쪽으로 당기는데 중간에서 어찌 남아나겠나 싶었지만 나는 어떻게든, 어느 쪽이든 설득해야만 했다. 급박하게 양쪽을 왔다 갔다 한 끝에 이적 마감 3일 전, 마침내 샬케로부터 확답을 들었다. "좋다. 12억 원에 이적하자." 드디어 됐다! 기쁘고 설레는 마음으로 울산에 전달했더니, 울산에서 하는 말, "너무 늦었습니다. 진작 정리가 됐으면 우리도 어떤 대비를 했을 텐데 이제는 돈이 문제가 아닙니다. 동경이는 팀에 꼭 필요한 선수니까 이번 시즌은 여기서 뛰어야겠습니다."

　나와 동경이는 낙담이 이만저만이 아니었지만, 더 이상 방법이 없었다. 멘털이 약한 선수라면 경기력에 기복이 있을 법도 하지만 동경이는 그렇지 않았다. 여전히 좋은 활약을 보였고, 월드컵 예선전에서도 팀에 기여하면서 실력을 입증했다. 이에, 샬케는 여름 시즌이 끝나고 겨울에 다시 연락을 해 왔다. 이번에는 아름답고 무난하게 이적이 성사되나 싶었는데 웬걸, 여름에 돈을 다 썼다며 또다시 임대 후 이적을 요구했다. 임대 후 이적이란 선수를 일정 기간 임대하고, 임대 기간이 끝날 무렵, 완전 이적 또는 복귀를 결정하는 것이다.

　당시 샬케에서는 선수가 7경기를 뛸 경우 자동 이적이 성사되는 방식을 원했다. 하지만 울산, 선수 그리고 나의 생각에는 좀 더 안정성을 위해 경기 수를 줄이는 것이 중요하다고 생각해서 결국 7경기를 4경기로 줄이는 데 성공했다. 선수를 써 보고 결정할 수 있는 만큼 임대 후 이적은 철저하게 사는 쪽 메리트가 크다. 그래서 임대 후 이적은 파는 쪽에서 어떻게든 팔고 싶어 안달이 나 있고, 사는 쪽에선 미적지근한 입장일 때 성사되는 경우가 일반적이다. 동경이의 경우엔 울산에서는 가뜩이나 보내고 싶지도 않은 와중에 선수가 그토록 원하니까 보내주겠다는 입장인데, 샬케에서 이런 조건까지 들고나오니 당연히 곱게 받아들일 리 없다. 울산에서는 완전 이적이 아니면 협상은 없다는 원칙을 고수하면서 다시 난항에 빠졌다.

　그렇다면 남은 것은 다시 나의 몫이다. 이때는 동경이도 합세해 힘을 모아 구단을 설득했다. "독일 리그에서 경험이 없다는 이유 때문에 샬케에서 임대 후 이적을 제안했지만, 동경이는 분명 실력이 있습니다. 잘 알지 않습니까? 선수의 미래를 생각해 주십시오." 간곡한 설득 끝에 울산은 그간 동경이의 팀 공헌도와 선수의 입장을 고려해 이 요구를 받아들여 줬다. 임대 후 이적 조건도 그렇지만 이적료 등 여러 부분에서 울산이 선수를 위해 정말 많이 양보해 준 것이 사실이다.

　두드리고 두드려서 유럽행에 성공한 동경이는 성공적으로 안착하는 듯했으나 훈련 도중 골절 부상을 당하고 말았다. 부상에서 회복하고 나니 시즌이 끝나 가고 있었고, 동경이의 부상 뒤에 놓인 건 엄정한 계약 조건이었다. 뜻밖의 부상으로 시즌 아웃 되면서 애초 계약상의 4경기를 채우지 못했으니 이적은 물 건너간 상황이었다. 하지만 나는 어떻게든 동경이에게 독일에서 뛸 수 있는 기회를 더 만들어 주고 싶어 다시 울산과 샬케를 오가길 또 반복했다. 계약서를 들이밀면 아무 소용이 없었으니, 이번 협상에는 작전이고 원칙이고 없었다. 그저 무작정 사정하고, 읍소했다. 계약서의 조항은 무겁고 차갑기 이를 데 없지만 그 내용대로 실행할지 말지 결정하는 건 사람이다. 사람에겐 마음이 있다. 그러니 불리할 땐 마음에 기대는 것도 에이

스텔라 스포츠 독일 지사 직원들과

전트의 전략일 수 있다. 지금이야 시간이 지났으니 짐짓 유능한 에이전트인 척, 뛰어난 전략가인 척 말하지만 사실 그때는 그게 작전이라고 생각하지도 않았다. 내가 할 수 있는 유일한 방법은 제발 선수를 생각해 달라며 빌고 또 비는 것뿐이었다.

샬케와 울산은 그 마음을 알아줬다. 정말 이례적으로 두 구단 다 연장을 허락한 것이다. 하지만 고난은 이게 끝이 아니었다. 부상에서도 무사히 회복했고, 임대 기간도 연장되었으니 모든 게 해결됐구나 싶었는데, 샬케는 동경이를 아끼던 감독을 성적 부진으로 경질하고, 다음 시즌을 위해 새로운 감독을 영입했다. 상황이 또 바뀐 것이다. 그렇게 동경이를 아끼던 감독이 다른 구단으로 가고, 새 감독이 왔는데 동경이를 기용하지 않았다. 우리가 어떻게 여기까지 왔는데…. 이제 우리에게 놓인 선택지는 하나였다. 무슨 수를 써서라도 새로운 구단을 찾는 것.

긴박했던 한자 로스토크행

독일통인 티스를 통해 동경이가 이적할 구단을 백방으로 알아봤지만 쉽지가 않았다. 임대를 가려면 즉시 전력감이 되어야 하는데, 동경이가 독일로 오자마자 다치는 바람에 오랫동안 경기에 뛰지 못해 객관적으로 평가할 방법이 없다는 게 이유였다.

우리는 포기하지 않고 윙어가 필요한 구단을 열 군데도 넘게 접촉하고 또 접촉했다. 그러다 이적 협상 마감 3일 전, 기적처럼 한자 로스토크에서 연락이 왔다. 사실 이적 협상이 막바지로 치달으면 그때까지 행선지를 구하지 못한 선수들의 연락이 쏟아지기 마련이다. 반대로 선수 보강이 필요한 구단에서도 마음은 급해진다. 그런 와중에 동경이가 눈에 들어온 것이다. 한자 로스토크에서는 공격적인 윙어가 필요했는데, 동경이의 실력이면 좋다고 판단했던 것 같다.

일단 원하는 곳이 생겨 다행이긴 했지만, 동경이가 로스토크로 가기 위해서는 과정이 상당히 복잡했다. 우선 샬케에서 임대 이적 해지 - 울산으로 복귀(실제로 복귀하는 건 아니고 서류상으로) - 울산에서 다시 로스토크로 임대 이적의 절차를 거쳐야 했고, 대한축구협회에서 국제 이적 동의서도 다시 받아야 했다. 하지만 이 단계를 거치는 사이 국내 이적 가능 기간이 끝나 버리고 말았다. 이제 남은 유일한 방법은 국제축구연맹(FIFA, 이하 피파)의 재가를 통해 동경이를 특별 케이스로 처리하는 것이었는데, 이 마저도 하루밖에 남지 않은 상황이었다. 대한축구협회에서는 시차도 다르고 피파의 일 처리가 느리다며 포기하는 것이 좋을 것이라고 말했다. 하지만 우리에게 포기는 없다. 될 때까지 두드리고 또 두드린다. "마감일 안에 무조건 해결할 테니 믿고 진행해 주십시오."

이후 전화통에 불이 나게 여기저기 연락하기 시작했다. 대한축구협회 닦달하고, 샬케 단장 닦달하고, 울산 닦달하고, 한자 로스토크 이적 담당자 닦달하고, 독일축구협회를 닦달했다. 시간을 아끼기 위해 샬케와 울산도 이적 동의서에 사인을 했기 때문에 만약 일이 틀어지면 동경이는 샬케로도 갈 수 없다. 통상적으로 에이전트는 협상을 하든, 전략을 짜든 다양한 경우의 수를 생각하기 마련이다. 이게 안 될 경우를 대비해 저 방법을 알아 놓고, 이 길이 막힐 상황을 예상해 다른 길을 계산한다. 이 때만큼은 예외였다. 우리는 무슨 수를 써서라도 무조건 한자 로스토크로 가야만 했다.

독일의 이적 마감은 현지 시간으로 오후 6시. 우리는 필요한 모든 절차를 처리하고, 한자 로스토크로 가서 기다리고 있었다. 이제 피파의 승인만 떨어지면, 모든 게 아름답게 마무리되는 것이고, 만약 승인이 시간 내 이루어지지 않는다면 울산, 샬케, 한자 로스토크, 선수, 에이전트 등 그야말로 모두가 매우 복잡한 처지에 놓이게 된다. 시간은 흘러 오후 3시, 전화벨이 울려서 '됐나?' 하면서 봤더니, 샬케 단장이다. 여기도 마음이 달았다. "케빈, 스피드 업!!!", "지금 스포츠카로 달리고 있어. 맥스니까 조금만 더 기다려 봐!!" 농담조로 대답했지만 초조하긴 매한가지였다. 그리고 결국 마감을 1시간 남겨 놓은 오후 5시 '띠링' 하는 문자 소리와 함께 드디어 기다리고 기다리던 소식이 도착했다. 다들 기쁨의 환호성!

세상 모든 일이 그렇다. 두드리고 또 두드린다고 무조건 성사되는 건 아니다. 하지만 복잡하고 까다롭고 현실적으로 불가능해 보이는 일들도 포기하지 않고 두드리고 또 두드리다 보면 가끔 기적같이 성사되는 경우가 많다는 사실을 나는 경험으로 안다.

동경이는 항상 긍정적이고, 멘털이 강했고, 실력으로 증명하겠다고 항상 의지를 불태우는 선수였다. 현재 울산으로 복귀하여, 복귀전(24라운드, 제주 유나이티즈 전)에서 1골을 1도움으로 자신의 가치를 증명했다.

이후로도 꾸준히 좋은 활약을 이어 가고 있으며, 이를 눈여겨본 클린스만 감독은 이동경 선수를 웨일스, 사우디아라비아와의 친선전을 위해 국가 대표에 소집했다. 어려운 시절을 이겨내고 천천히 다시 자신의 가치를 증명하고 있는 동경이가 나는 자랑스럽다.

4
K 리그 계약 협상 이야기

독일이든 한국이든 상관없이 보통 연봉 협상을 진행하는 과정
은 비슷하다. 에이전트는 우선 선수와 만나 대략적인 금액을 정
한다. 원하는 연봉은 얼마인지, 이유는 무엇인지 등을 구체적으
로 물어보는데, 당연한 것이지만 모든 선수가 많이 받기를 원
한다. 실력이 된다면 아무 문제가 없다. 하지만 시장에서 평가
하는 선수의 실력과 선수 자신이 생각하는 실력이 다른 경우가
항상 생긴다. 이걸 현실적으로 납득시키는 게 우리의 첫 번째
과제다. 예를 들어 우리 선수의 실력이 1에서 10 중 7 정도이고
같은 포지션의 리그 톱 랭커의 실력이 10이라고 가정하자.

나 : 이번 연봉 협상에서 원하는 금액은 얼마니?

선수 : 현재 연봉이 3억 원인데, 이번 시즌에 여러 가지로 활약한 게 있으니 6억 원 정도는 받으면 좋겠습니다.

K 리그 연봉 상승 폭은 얼마나 될까. 프로 첫해 연봉이 3,600만 원이라면 다음 해에는 7,200만 원, 그다음 해에는 1억 4천만 원까지 올라갈 수 있다. 하지만 현재 3억 원 이상 고액 연봉을 받는 선수라면 시즌 중 계속 좋은 활약을 펼쳤더라도 다음 해 연봉은 대략 4억 원 선, 많이 받아야 4억 5천만 원 정도이다. 연봉을 2배 이상 올려 주는 경우는 흔치 않다. 이걸 선수도 모르는 바 아니지만 대개는 일단 지르고 본다.

나 : 네 나이나 경력과 비교했을 때 리그에서 가장 많이 받는 선수인 A의 연봉이 6억 원 정도다. 물론 너의 실력은 A에 비해서 전혀 부족할 건 없지만, A는 리그 최고인 ㅈ 구단에서 뛰고 있지 않냐. 단지 소속 구단이 최고가 아니니까 5억 원 정도에서 정리하는 게 어떨까 싶다. 통상적으로 구단은 4억 원 정도로 마무리하려고 들 거야. 하지만 내가 어떻게든 최소 5억원은 만들어 볼게.

앞서 말했듯 우리 선수의 실력은 7이고, 같은 포지션의 선수는 10이라는 엄연한 실력 차이가 있다. 하지만 여기서 핵심은 절대 우리 선수의 실력에 대해 직설적으로 얘기하지 않으면서도 현실적인 연봉 목표를 제시하는 데 있다. 보통 이 정도로 얘기하면 선수도 어느 정도 납득하기 마련이다. 이렇게 1차로 선수와 대략적인 목표를 정리하면 다음은 구단 관계자를 만날 차례다.

구단과 벌여야 하는 협상은 몇 배나 복잡할 뿐 아니라 더 치열한 심리전이 펼쳐진다. 만나서 "얼마 줄 겁니까?" 물으면 절대 바로 대답하는 구단은 없다. 질문은 다시 질문으로 돌아온다. "얼마 원하는데요?" 구단 측도 나도 먼저 말하는 쪽이 불리하다는 걸 알고 있다. 우리는 다시 이렇게 답한다. "아, 많이 주시면 좋지요." 서로 속마음을 숨긴 채 몇 번 왔다 갔다 한 다음에야 슬쩍 패를 하나 꺼내 보인다. "이번 시즌에 우리 선수랑 비슷한 활약을 펼친 누구는 7억 원 받는다고 하던데…."

구단 측에서는 깜짝 놀라며 펄쩍 뛴다. 물론 이들이 놀라는 모습도 사실은 그들만의 전술이다. 경기장뿐 아니라 협상 테이블도 전쟁터다. "7억 원이라니요! 그건 ㅈ 구단쯤 되니까 그런 거죠. 우리는 그곳과는 다르다는 거 잘 아시지 않습니까?" 이제 다시 나의 턴. 혼잣말인 듯 혼잣말 아닌 듯 혼잣말을 흘린다. "음, 그럼 뭐 한 6억 원은 주시려나…." 그러면 이런 대답이 돌아오기 마련. "오늘 결정하기는 아무래도 힘들 것 같은데…, 내일 다시 얘기할까요?"

K 리그나 분데스리가, 프리미어 리그 등 각 나라별로 정해

진 연봉 체계나 보너스 조항은 상이하지만, 어디든 첫 번째 협상에선 이렇게 상한선을 정하는 정도로 족하다. 1차 협상에서 물러나면 문자도 오고 전화도 오는데 절대 급한 기색을 보여서는 안 된다. 서두르는 협상은 필패다. 앞에서 소개했던 것처럼 홍민이의 토트넘 이적이나 동경이의 독일행 같은 진짜 급박한 경우가 아니라면 최대한 미적거리면서 시간을 끄는 게 기본이자 상수이다.

> 나 : 예산이 부족하다면, 굳이 무리하실 필요 없습니다. 놔주는 것도 방법이잖아요. 우리야 어차피 오라는 데도 많으니까….
>
> 구단 : 그건 안 되죠. 이적료를 못 받는데….
>
> 나 : 그러면 연봉을 좀 더 올려 주고 재계약을 하고, 향후 이적료를 더 받으시면 되잖아요. 하여튼 정리되시면, 연락 주십시오.

이렇게 미팅을 잡지 않고 차일피일 미루다 보면 구단에서 선수에게 직접 연락하는 경우도 있다. "우리가 너를 너무 잡고 싶은데, 사정이 힘들다. 그러니까 장 대표는 빼고 우리끼리 얘기를 좀 해 보자." 에이전트가 버티고 서서 꼼짝도 하지 않으니까 나 대신 만만한(?) 선수를 '꼬시려는' 작전이다. 이때 선수가 취할 현명한 방법은 간단하다. "돈 얘기는 잘 모릅니다. 그냥 에이전시 대표님과 상의하십시오. 저는 그냥 축구만 열심히 하겠습니다." 이 정도로 얘기하고 빠지는 게 좋다. 선수가 돈 때문에 구단과 갈등을 빚으면 이후에도 이런저런 문제가 생길 수 있고, 깊이 개입하면 할수록 협상에서 불리해지기 때문이다. 구단이 먼저 움직였다는 것은 구단이 좀 더 애가 달았다는 증거다. 보통 이 정도까지 진행이 되면 아무래도 유리한 입장에서 협상을 진행할 수 있다.

연봉보다 중요한 것

국내 선수 연봉 협상에서 돈보다 중요한 게 하나 있다. 특히 실력이 좋으면 좋을수록 그 중요도는 더욱 높아지는데 바로 해외 진출 바이아웃 조항이다. 예전에 모 구단과 우리 선수 연봉 협상을 진행할 때의 일이다. 구단이 연봉을 파격적으로 올려 줘서 홀가분하게 연장 계약이 마무리되나 싶었는데 갑자기 바이아웃 금액을 18억 원으로 올려야겠다고 나섰다.

그 선수 정도면 해외로 나갈 수 있는 가능성이 충분했다. 그렇기 때문에 바이아웃 조항은 절대로 양보할 수 없었다. 유럽 구단이 볼 때, 아직까지는 18억 원이나 주고 한국 선수를 사 가는 건 꺼려질 수밖에 없다. 그러므로 바이아웃 금액이 낮을수록 관심을 가지는 유럽 구단도 많아진다. 당시 나는 8억 원 선에서 바이아웃 기준을 정리할 것을 요구했는데 구단은 절대로 안 된다는 입장을 굽히지 않았다. 이대로는 사인 못 한다고 틀고 나온 다음, 우여곡절 끝에 구단을 설득해 일단 구두상으로 12억원에 합의하기로 문자를 주고받았다. 그런데 막상 계약일이 되자 갑자기 감독이 합세하더니 16억 원이 아니면 절대 안 된다고 공격적으로 나오면서 선수에게 사인을 종용한 적이 있었다.

나는 12억 원에 바이아웃을 정하기로 한 문자를 보여 주면서 "감독님, 구단이랑 이렇게 다 정리했는데 이 사실을 알고 계십니까? 구두로 한 약속도 약속인데 갑자기 감독님이 나오셔서 이러는 경우가 어디 있습니까!" 당시 감독은 협의 사실을 까맣게 몰랐고, 결국 구단 측이 마음을 돌려 처음 이야기했던 12억 원에 계약한 경우가 있었다. 이때 내가 구단을 설득하기 위해 했던 말이 또 하나 있었다.

"실력 있는 선수라면 당연히 유럽에 가고 싶어 합니다. 그런데 바이아웃을 이렇게 높게 부르면, 어떤 유럽 구단이 접촉해 오겠으며 또 어떤 좋은 선수가 이 구단에 오려고 하겠습니까. 선수를 해외로 보내게 되면 그만큼 전력 손실이야 있겠지만, 오히려 그런 사례를 보고 뛰어난 선수들이 더 많이 찾아올 테고, 그러면 더 많은 이적료를 받을 수 있지 않겠습니까?"

좋은 선수를 다른 팀으로 보내고 싶지 않은 건 K 리그든, 유럽 리그든 마찬가지다. 그 입장도 충분히 이해한다. 하지만 에이전트는 선수를 최대한 많이 해외에 선보여야 할 책무가 있다. 선수와 한 약속이고 또 선수의 미래가 달린 일이기 때문이다. 이때 18억 원에 내놓는 것과 12억 원에 내놓는 건 천지 차이다.

이렇게 우리가 선수에게 유리한 조건으로 재계약을 맺은 게 소문이 나면서 많은 선수들이 우리 회사와 계약을 맺고 싶다고 찾아오기도 했다. 비록 나를 상대해야 하는 구단은 좀 힘들 수도 있겠지만 나는 협상에서 최선을 다하는 것이 선수를 보호하는 일이라고 생각한다. 특히 요즘은 선수들을 해외로 보내는 것에 열려 있는 구단을 선호하는 추세다. 구단은 그걸 하나의 홍보 수단으로 삼아 실력이 좋은 선수를 영입하면 상황에 따라 훨씬 더 높은 금액에 선수를 보낼 수 있다.

협상 과정은 지난하지만 다 끝나고 나면 보통 구단 측 관계자와 친해지면서 구단의 진솔한 속내를 듣기도 하고, 나도 좋은 외국인 선수를 구단에 많이 소개해 주기도 한다. 협상 때는 다시 안 볼 것처럼 치열하게 싸우지만, 가급적이면 적으로 만들지 않는 것도 전략이다. 그래서 협상이 끝나면 웃으면서 사진 찍고 밥 먹고 사우나도 가면서 얼어붙은 마음을 풀기 위해 노력한다. 그쪽도 마찬가지로 나와 척지기보다는 좋은 관계로 지내는 편이 얻을 게 더 많다는 걸 안다. 일은 일이고 관계는 관계다. 협상에서는 비록 상대로 만나지만 언제든 동지가 될 수 있다. 우리 일이 그렇다.

5

독일 협상 이모저모

일단 질러 보는 거지, 뭐

모든 협상엔 그 나름의 드라마가 있는데, 독일 구단과 벌이는 협상은 좀 코미디 같은 구석이 있다. 일례를 하나 소개해 본다. 만 15살 무렵부터 볼프스부르크 유소년 팀에서 뛰었던 P 선수가 있었다. 독일에서 학교도 다니면서 적응을 잘했고, 당시에는 흥민이 다음으로 어린 나이에 분데스리가 데뷔전을 치르기도 했다. 이후 볼프스부르크에서 독일 2부 리그인 카를스루에 구단으로 이적시키기 위해 나와 티스가 협상에 들어가게 되었다. 그 전에 미리 P를 만나 이런저런 대화 끝에 연봉 2억 5천만 원 정도를 목표로 하겠다고 이야기해 둔 상태였는데, 단장이 연봉을 너무 적게 주려고 하는 거다.

"이 선수는 한국의 국가 대표급이다. 그런 선수를 데리고 가면서 고작 이것밖에 안 준다고?"

당시 P가 진짜 국가 대표급이었냐고 물어보면…, 사실은 좀 애매했다. 하지만 협상에서 설득을 위해 어느 정도의 과장은 필요하다. 나는 '에라 모르겠다.' 하는 심정으로 6억 원을 질렀다. 그랬더니 단장이 말도 안 된다며 펄쩍 뛰더니 2억 원밖에 못 준단다.

몇 번의 줄다리기를 벌였음에도 단장은 도무지 물러설 기미가 보이지 않았고, 나는 결국 "에이, 하지 말자!" 하면서 벌떡 일어나 나가는데…, 어라? 단장이 안 잡네? 그러면 이때는 티스가 나설 차례.

사실 나와 티스는 철저하게 역할 분담이 되어 있었는데, 간단하게 말해서 내가 악한 역할이라면, 티스는 선한 역할이다. 협상이란 게 하다 보면 감정의 골이 극도로 깊어질 수도 있다. 대게는 사인을 하는 순간, 그간의 모든 갈등은 봉합되기 마련이지만 영영 틀어지는 경우도 가끔은 있다. 특히 작은 계약이라서 단장이나 회장이 직접 임하지 않고 그 아래 직원이 들어왔다가 우리에게 설득당해서 불리하게 계약을 맺으면 우리 입장에선 '땡큐'지만 그 직원은 단장에게 쓴소리를 듣거나 인사 고과에 불이익을 받을 수도 있다. 그러면 당연히 나에 대해 좋지 않은 감정이 남는다. 우리에게 협상은 전부지만 그렇다고 협상이 끝은 아니다. 우리는 계속 우리 선수가 속한 구단과 잘 지낼 필요가 있다. 그렇기에 이런 식으로 역할 분담을 해 놓으면 협상에서도 유리한 고지를 점령할 수 있는 동시에, 혹여 협상 과정에서 좀 안 좋게 끝나도 그건 나에 한정된 만큼 티스가 계속 천사의 얼굴을 유지하면서 구단과 좋은 관계를 이어 갈 수 있는 것이다.

보통 협상 중에 내가 코를 만지면 지금부터 크게 화를 내는 척하겠다는 뜻이고, 귀를 만지면 소리를 지르며 나가겠다는 사인이다. 그러면 티스도 대략 마음의 준비를 하고 그에 맞춰 다음 작전을 펼친다. P 선수와의 협상 때에도 같은 작전을 썼는데 만약 단장이 나를 잡으면 당연히 유리하게 협상을 이끌 수 있다. 하지만 단장은 그러거나 말거나 입을 닫아 버렸다. 사실 우리는 어떻게든 이 협상을 마무리 지어야만 했다. 만약 여기서 이적이 성사되지 않으면 우리는 또 다른 구단과 협상을 새로 시작해야 했기 때문이다. 그렇다고 해서 "협상 안 한다." 하고는 나와 버렸는데 아무도 붙잡지 않는다고 슬그머니 다시 들어가면 아무래도 '모양이 빠질' 뿐 아니라 우리가 조급하다는 사실이 그대로 드러난다. 그때는? 티스가 나서면 된다.

"단장, 당신이 이해해라. 케빈은 별종이다. 애는 착한데 화가 많은 편이다. 아무래도 선수한테 자신이 있으니까 저러는 거 아니겠냐? 내가 다시 붙잡아 올 테니까 우리 5분만 휴식하자." 이렇게 시간을 번 후에 티스가 나를 찾아 나서면 나는 못 이기는 척, 더 이상 이 협상을 하고 싶지 않지만 티스 때문에 어쩔 수

177

없이 임하는 척 다시 테이블에 앉는 식이다.

또 하나, 뜬금없다고 생각할지도 모르지만 내가 6억 원으로 높여 부른 이유가 있다. 아주 가끔 달라는 대로 줄 때가 있기 때문이다. 이게 참 독일인의 특성인지 아닌지 모르겠지만, 그냥 아무 생각 없이 질렀는데 그날 단장 기분이 좋았는지 어땠는지 그걸 오케이할 때가 있다. 이런 경험을 몇 번 한 다음부터 독일에서 협상할 때는 일단 그냥 질러 본다. '주면 좋고, 안 주면 말고' 하는 심정이랄까?

카를스루에 단장은 그럴 마음이 조금도 없어 보였다. 그러면 다시 작전 변경. "P는 대표 팀에 갈 선수인데, 자존심 상해서라도 2억 원은 안 된다." 그러면 단장은 조금 생각하다가 3억 원 카드를 꺼내 든다. '좋아! 단장이 처음 말한 것보다 1억 올렸다.' 속으로는 쾌재를 불렀지만, 이대로 끝내긴 아쉬우니 좀 더 밀어붙여 볼까? "우리가 6억 원 불렀고. 너희가 2억 원을 말했으면 4억 원에서 만나야지, 3억 원이 웬 말이냐?", "그건 말이 안 되는 거야. 애초에 6억 원은 어디서 나온 거냐?", "그래, 그럼 깔끔하게 3억 5천만 원. 네가 이겼다."

그랬더니 단장의 입꼬리가 살짝 올라가면서 내가 던져 준 승리감에 도취되려고 하는 것이 아닌가. 그 모습을 보고 있자니 나도 입꼬리가 따라 올라갈 것 같았지만 꾹 참고 가만히 있었다. 잠깐의 시간이 지난 후 단장이 말했다. "오케이", "굿!" 서로 웃으며 악수하고 단장이 일어나려고 하길래 내가 말했다. "근데 보너스는 별도지? 못해도 5천만 원은 줘야 돼." 단장이 고개를 절레절레 흔들더니 결국 보너스도 오케이를 해 줬다. 그랬는데도 기분이 좋았는지 이날 우리를 저녁 식사에 초대했다. 따지고 보면 2억 5천만 원을 목표로 하고 들어간 협상에서 4억 원을 받아 낸 셈이다. 이렇게 독일 협상은 좀 재미있는 구석이 있다. 그냥 질렀는데 그대로 되는 경우도 가끔 있고.

훈련 보상금 제도

현재 대전 시티즌 소속 S 선수가 H 대학교에서 뛰던 시절의 이야기다. 원래는 우리가 눈여겨봐 뒀던 다른 선수가 있어서 그 선수를 독일 구단에 소개하려고 했는데, 감독이 이 선수도 괜찮다며 S를 추천해 줬다. 우리는 반신반의하면서 영상을 봤는데 좋은 선수라는 생각이 들었다. 그래서 원래 소개하려고 했던 선수 플레이 영상과 함께 S 선수의 영상을 같이 독일 구단에 돌렸더니 함부르크에서 우리가 애초 주목했던 선수에 대해서는 별말이 없고 S를 마음에 들어 했다.

이런저런 우여곡절 끝에 결국 이 선수가 3년 계약을 하게 되었는데, 여기서 훈련 보상금 제도가 발목을 잡았다. 훈련 보상금 제도는 피파에서 정한 일종의 보상 시스템으로, 선수가 정규

학제 학교 또는 학생 육성 기관을 수료한 뒤에 처음으로 계약하는 프로 구단에서 그동안 선수 육성에 기여한 학교나 기관에 일정한 대가를 지급하는 걸 말한다.

따지고 보면 합리적인 시스템이다. 프로 구단은 관객 입장료나 광고 수입 등 다양한 방식으로 수익을 낼 수 있지만 학교나 유소년 팀은 수익을 창출할 수 있는 방법이 사실상 전무하다. 그렇기에 훈련 보상금 제도를 통해 대학교나 유소년 팀으로 하여금 유소년 선수를 지속적으로 발굴하고 교육할 수 있도록 하는 것이다. 리그에 따라, 선수 나이에 따라, 구단 규모[13]에 따라 정해진 액수는 조금씩 다르다. 보통 독일 1부 리그와 계약을 맺으면 구단은 선수가 소속되어 있던 학교나 팀에 약 49만 유로, 2부 리그일 경우라면 약 34만 유로의 훈련 보상금을 지급해야 한다.

예시

만 20세의 대학교 2학년 한국 선수가 독일의 바이에른 뮌헨 구단(카테고리 1)으로 이적할 경우, 뮌헨 구단이 지급해야 하는 훈련 보상금

00 초등학교에 지급하는 금액	1년(만 12세) X 1만 유로 = 1만 유로
00 중학교에 지급하는 금액	3년(만 13세 ~ 만 15세) X 1만 유로 = 3만 유로
00 고등학교에 지급하는 금액	3년(만 16세 ~ 만 18세) X 9만 유로 = 27만 유로
00 대학교에 지급하는 금액	2년(만 19세 ~ 만 20세) X 9만 유로 = 18만 유로

총액 49만 유로

※출처 대한축구협회 홈페이지

---

13 _ 피파는 구단을 규모에 따라 카테고리 1부터 4까지 나누었다. 카테고리 1에 속하는 것은 규모가 큰 구단이고, 카테고리 4는 작은 구단이다. 실질적으로 이 구단의 규모라는 것은 구단이 속해 있는 리그의 수준을 의미한다고 볼 수도 있다. 이를테면 세계 4대 리그의 1부 구단들은 모두 카테고리 1에 속해 있고, K1, J1은 카테고리 2에 속해 있다.

한화로 치면 1부 리그는 약 6억 9천만 원, 2부 리그는 약 4억 8천만 원이다. 만약 선수가 실력이 좋고, 가능성도 높다면 이 정도 금액은 크게 부담스럽지 않을 수 있다. 예를 들어, 바이에른 뮌헨에서 뛰었던 정우영[14]선수 정도면 이 금액을 지불하면서 데려갈 가치가 충분했다. 실제로 그 이상의 실력을 보여 줬고, 결과적으로 바이에른 뮌헨 측에서 봤을 때도 남는 장사였다. 하지만 2부 리그인 경우엔 얘기가 좀 다르다. 보통, 2부 리그에서 어린 선수들을 데려간다면 그건 즉시 전력감이라서가 아니라 성장 가능성을 보았기 때문인 경우가 많다. 거기에 보상금으로 5억 원에 가까운 금액을 투자해야 한다는 건 구단 입장에서 큰 리스크를 감수해야 하는 꼴이다.

나는 기본적으로 피파의 훈련 보상금 제도에 동의한다. 선수 발굴과 육성보다 중요한 일은 없다. 그래서 이 제도는 반드시 필요하다. 하지만 기회가 주어져야 할 정도의 실력을 갖춘 선수임에도 훈련 보상금 제도 때문에 해외 진출이 무산된다면 안타까운 일이 아닐 수 없다. 아주 뛰어난 선수라면 별 영향이 없겠지만, 가능성 단계에 있는 선수에게 이 제도는 오히려 역효과를

---

14 _ 1989년생 정우영이 있고 1999년생 정우영이 있는데, 이 둘을 구분하기 위해 나이가 많은 선수를 큰 정우영, 나이가 적은 선수를 작은 정우영이라고 부른다. 본문에서 말하는 정우영은 작은 정우영이다.

낼 수 있다.

이런 상황을 잘 조율하는 게 에이전트다. 나는 S가 다녔던 대학교와 고등학교를 찾아가 많은 이야기를 나누었다. 선수의 미래를 생각해 달라고 간곡히 부탁했다. 선수를 위해서 냉정하게 협상에 임하는 것도 에이전트의 역할이지만 때로 선수를 위해 부탁하는 것도 에이전트의 역할이다. 결국 학교 측에서 훈련 보상금 금액을 줄이고, 우리 측에서는 선수가 1군이 되면 일정 금액을 학교에 기부하는 방식으로 정리하면서 선수를 무사히 함부르크로 보낼 수 있었다. 이 과정에서 자신들의 이익보다 선수의 미래를 더 고려해 준 학교 측의 배려가 있었음은 물론이다. 선수가 프로 1군에 가면 당연히 정당한 금액을 요구하겠지만, 상황이 그렇지 않다는 걸 알고, 양보하고 기다려 준 셈이다.

나는 이 과정에서 H 대학교와 함부르크 구단 간 자매결연을 주선했다. 서로 교류도 하고 친선 경기도 하다 보면, 함부르크 측에서는 숨어 있는 좋은 선수를 발굴할 수 있고, 대학 측도 독일 프로 구단의 선진 축구를 배울 수 있다. 어떻게 보면 작은 다리를 이어 준 것뿐이지만 함부르크 구단과 H 대학 양측에 도움을 주었다고 생각한다.

덧붙여, 훈련 보상금 제도 때문에 어린 선수들의 이적이 무산되는 경우가 많은데, 만약 자식을 해외로 보낼 수 있는 기회가 생긴 부모님들이 이 책을 본다면 앞에서 말한 일화와 내가 제시하는 가이드라인이 어느 정도 도움이 될 수 있을 거라고 생각한다. 물론 아주 잘해서 훈련 보상금 전액을 지급받고, 바로 1군으로 계약해서 간다면 더할 나위가 없다. 하지만 그게 모두에게 가능한 일은 아니다. 선수에 따라 상황이 다르기 때문이다. 지금은 비록 유럽 1군으로 갈 정도는 안 되지만 2군에서 경험을 쌓다 보면 급격하게 성장하는 경우도 많다. 이때 에이전시에서 나서서 학교 측과 적당한 선에서 조율하는 것이 좋다.

이를테면 지금은 일부만 받되, 나중에 1군에 들어가게 되면 남은 훈련 보상금을 지급하고 추가로 선수가 일정 금액을 모교에 기부하는 형식을 제안하는 방법도 있다. 이렇게 학교 측이 훈련 보상금을 유예해 준다면, 나중에 더 큰 금액을 받을 수도 있기 때문에 서로서로 이익이 된다는 점을 설득해야 한다. 눈앞에 놓인 훈련 보상금을 모두 받으려다 이적이 무산되면 결국 받을 수 있는 보상은 아무것도 없게 될 뿐이니까.

중요한 건 방법을 찾는 것이다. 일이 진행되게 해야 한다. 그 노력이 선수의 인생을 바꿔 놓을 수 있고, 제2의 박지성, 제2의 손흥민이 나오게 할 수 있다.

6

때로 답은 계약서에 있다

운동선수라면 누구나 스포츠 브랜드와 후원 계약을 맺고 싶어한다. 모두가 원하지만 모두에게 허락되는 건 아니다. 최소한 국내에서라도 충분한 인지도와 출중한 능력이 있는 선수에 해당하는 일이다. 스포츠 브랜드사의 입장에서 보면 어떤 선수와 후원 계약을 맺느냐에 따라 비교적 적은 돈을 쓰고 상상 못 할 정도의 홍보 효과를 거둘 수도 있다. 일례로, 2022 카타르 월드컵에서 우리나라와 우루과이 경기 당시 홍민이 축구화가 벗겨지면서 운동화와 양말이 그대로 노출된 적이 있었는데, 그 덕분에 그 제품 판매량이 엄청나게 상승했다고 한다.

우리 회사 소속 선수 중에도 후원을 받는 선수가 꽤 있는데, 그중 유럽에서 뛰고 있던 A 선수 이야기다. 처음 A와 에이전시

계약을 맺은 후에 살펴보니 유명 스포츠 브랜드 B사와 연 1억 원 정도 금액과 현물 후원을 받고 있었다. 그 후 얼마 지나지 않아 우리 회사 소속 독일 선수와 B사의 계약 때문에 프랑크푸르트에 간 적이 있었는데, 거기서 협상을 잘하면, A도 B사와 4억 원에서 5억 원 정도 후원은 받을 수 있겠다는 생각이 들었다. 왜냐하면 바이에른 뮌헨 소속인 그 독일 선수가 B사로부터 약 5억 원의 후원을 받고 있었는데, A는 그 독일 선수보다 출전 경기 수도 훨씬 많고 전체적인 공격 포인트도 더 많았기 때문이다. 결론적으로 구단 인지도는 독일 선수가 좋지만, 나머지는 A가 다 조금씩 높으니 종합적인 장단점을 비교하면 A도 비슷한 금액으로 조정할 수 있겠다고 판단한 것이다.

이후 2019년에 B사와 재계약 협상을 하게 됐는데, B사 담당자는 마치 금액을 엄청나게 많이 올려 주는 것 같은 뉘앙스를 풍기며 3억 원을 제시했다. "우리가 이번에 정말 신경 많이 썼습니다. 한 번에 이렇게 올리는 경우는 브랜드 역사상 없었고, 앞으로도 없을 겁니다."

'허, 제법 협상 시작을 잘하는군' 생각하면서 이야기를 꺼냈다. "이 금액은 곤란합니다. 우리는 6억 원은 받아야겠습니다." 당연히 우리가 달라는 대로 다 주지 않을 테고 좀 깎을 걸 감안하고 적당히 올려서 얘기했더니, 펄쩍 뛰면서 자기들 예산이 그렇게 안 된단다.

나는 B사의 다른 글로벌 계약 관계를 알아봤다는 말과 함께 유럽에서 어느 정도 성적을 거두는 선수가 얼마를 받고 있는지, 그에 따라 우리 선수는 얼마나 받아야 하는지 하나하나 짚어 가며 설명했다. 그리고 덧붙였다. "A는 이제 곧 더 큰 구단으로 이적할 겁니다. 프리미어 리그 상위 팀이나 최소 챔스 뛰는 팀으로 갈 텐데 그걸 계산해야죠. 솔직히 3억 원이면 현재 가치 수준입니다. 이렇게 선수 미래 가치를 인정해 주지 않는데 우리가 5년씩이나 어떻게 계약을 맺습니까? 3억 원에 할 거면 그냥 1년만 계약하죠. 내년에 더 좋은 팀으로 이적하면 그때 조건을 한 번 더 검토하시는 것도…."

이런 줄다리기 끝에 우리는 최종적으로 현금 약 5억 8천만 원에 더해 몇천만 원 상당의 현물을 후원받는 것으로 1년 계약을 맺는 데 성공했다 이렇게 계약을 맺었다고 해서 무조건 후원금을 전부 받을 수 있는 건 아니다. 정해진 후원금을 다 받으려면 한 해 동안 벌어지는 클럽 및 국가 대항전 경기의 65% 이상을 뛰어야만 한다는 세부 조건이 있다.

어떻게 보면 합리적이라고 할 수 있는 게 선수가 자사 브랜드의 축구화를 신고 경기를 뛰어야 홍보가 되어도 될 것 아닌가. 만약 계약을 맺은 선수가 경기를 뛰지 못하면 후원사는 투자한 만큼 홍보가 되지 않는 경우가 발생한다. 그래서 이런 세부 조항을 달아 놓는 것이다.

시즌이 끝나고 출전 횟수를 계산해 보니 A는 후원금을 100% 받기에 딱 한 경기가 모자랐다. 단 한 경기 때문에 약 1억 2천만 원이 삭감되는 셈이니 선수도 그렇고 부모도 그렇고 너무 억울하다고 하소연한다.

나 또한 이 상황에 대해 너무 안타까운 생각이 들었다. 그래서 그날 밤, 계약서를 다시 꼼꼼히 들여다보기 시작했다. 그러다 아주 애매한 조항 하나를 발견했으니…, 계약서에 국가 대표 경기와 리그 경기가 각각 65%인지, 합쳐서 평균이 65%인지 정확하지 않았다. 계약서의 원문은 이랬다.

> The percentages indicated below if, for any reason while playing for a Category A, B, C or D Club, PLAYER makes the corresponding percentage (or the designated number) of Club Game and International Game Game Appearances in such Contract Year:

A가 출전한 경기 수를 따져 보니 대표 팀 경기는 총 75%를 뛰었고, 리그 경기는 63%를 뛴 상황이었다. 다시 말해 각각 계산하면 리그에서 한 경기가 모자라지만 전체 경기를 합쳐서 평균을 내면 65% 이상이 되는 것이었다.

'엇! 이거 잘하면 되겠는데?' 희망을 품고 다음 날 B사 담당자를 찾아갔다. 그리고 계약서를 들이밀면서 말했다.

> 나 : 따져 보니 우리 선수가 출전한 경기가 전체 경기의 69%입니다. 그러니까 금액을 다 주셔야 합니다. 보세요. 계약서에 이렇게 명시되어 있지 않습니까?
>
> B : 이건 그런 뜻이 아닙니다. 리그와 대표 팀 경기 각각(each)을 의미합니다.
>
> 나 : 중요한 건 계약서에 각각이라는 말이 없지 않습니까?
>
> B : (계약서를 꼼꼼히 들여다보더니, 머리를 쥐어뜯고는) 참 난감하네요….
>
> 나 : 계약서에 나와 있는 대로 확인 부탁드립니다.

담당자 선에서 처리할 수 있는 일이 아니라고 해서 결국 법무 팀 상무와 다시 미팅을 진행했다.

"상무님, 계약서를 다 훑어봐도 '각각(each)'이라는 단어는 없고, '그리고(and)'라고 되어 있지 않습니까? 조항 자체가 한 문장인데, 그러면 전체 더해서 평균 낸다고 해석하는 게 맞는 거 아닙니까? 누가 이 문장을 보고 대표 팀 경기와 리그 경기를 각각 계산한다고 보겠습니까? 계약서에 의거하면 전체 계약 금액을 다 지급해야 합니다."

결국 브랜드 담당자, 법무 팀 상무, 한국 총괄이사까지 모두

고심한 끝에 100% 지급하는 것으로 마무리되었다.

이 사건(?) 이후로 B사의 후원 계약서의 조항에는 'each'라는 단어가 들어가는 것으로 수정됐다고 한다. 나는 그 과정에서 담당자들에게 미안한 마음이 들어 식사 대접을 하며, 당시 선수를 위한 에이전트의 입장이었으니 이해해 달라고 부탁했다. 다행히 지금은 그때 일을 이야기하며 웃을 수 있는, 서로 형님 동생 하는 사이가 되었다. 일이라는 것이 그런 거 같다. 그 과정에서 누구를 힘들게 하거나 예기치 않게 상처를 주기도 한다. 또한 그 상처를 위로해 줄 방법을 찾기도 한다. 결국 각자의 자리에서 최선을 다하며 도리를 지키는 것이 중요하다.

PART 4

일의 기쁨과 슬픔

1
에이전트를 꿈꾸는 친구들에게

에이전트가 되는 과정

내가 에이전트 일을 했던 초기에만 해도 스포츠 에이전트라고 하면 무슨 일을 하는 건지 잘 모르는 경우가 대부분이었고, 이런저런 오해에 휩싸일 때도 종종 있었다. 실제 주먹구구식으로 운영하는 곳도 많았으니 반드시 오해라고 할 수만은 없을 것이다. 이제는 축구 산업 자체가 많이 전문화되면서 이 직업에 대한 사람들의 인식도 예전과 많이 달라졌다는 걸 느낀다. 최근 들어서는 어린 선수와 그 부모 들을 대상으로 한 강연 요청도 많고, 설명회를 다녀 보면 에이전트라는 직업에 관심을 보이는 친구들도 심심찮게 볼 수 있다.

젊은 친구들은 에이전트가 되려면 스포츠 매니지먼트 학과

나 스포츠 마케팅 학과를 나와야 한다고 생각하는데, 어느 정도 도움이 되는 측면은 있겠지만 절대적인 것은 아니다. 우리 회사 직원들만 봐도 경영학과, 법학과, 토목과 등 스포츠와 관련이 먼 전공이 대부분이고 나 역시 경제학을 전공했다. 다만 외국어만큼은 필수 영역에 속한다. 영어는 기본이고 독일어, 스페인어 일본어, 프랑스어, 이탈리아어 등 축구 리그가 활발한 나라들의 언어를 하나 정도 더 구사할 줄 알면 큰 도움이 될 뿐 아니라 입사할 때도 유리하다.

그렇다고 꼭 외국어에 능통해야만 에이전트를 할 수 있는 건 아니다. 국내 위주로 활동하거나, K 리그만 담당할 에이전트를 뽑는 회사에선 영어 실력을 크게 중요하게 보지 않는다고 들었다. 하지만 기왕 에이전트가 되려고 마음먹었다면 세계를 무대로 하는 곳에서 시작하는 걸 추천하고 싶다. 선수가 얼마나 높은 금액으로 이적하고, 얼마나 많은 연봉을 받느냐에 따라 수익도 정해지는 업계 특성상 한국에서만 활동하는 에이전트는 크게 성공하기도 힘들 뿐 아니라 성장하는 데에도 한계가 있다. 요즘엔 한국에 진출한 글로벌 에이전시도 많은 편이고, K 리그가 성장함에 따라 해외에 있는 에이전시에서도 한국인을 많이 뽑는 추세이니 그런 곳에서 인턴십을 경험해 보는 것도 좋다. 에이전트 업무 자체가 일반적인 회사원들이 하는 일과는 다른 점이 많아서 처음엔 의지가 넘치더라도 막상 해 보면 적성에 맞지 않는다고 느끼는 사람들도 많기 때문이다.

영어를 비롯해 외국어 구사 능력이 있는 지원자라면 서류는 무난히 통과할 가능성이 크다. 문제는 이후 행보다. 우리 회사의 경우 면접 때 우리나라 고등학교 선수 중 최고의 공격수와 수비수는 누구라고 생각하는지, 또 그 이유는 무엇인지 꼭 물어본다.

보통 대답은 각양각색인데 고등학교 축구 선수를 전혀 모르는 경우도 있고, '그냥 상을 많이 받았으니까?' 정도로 얘기를 하는 지원자도 있다. 그 정도의 무관심과 식견이라면, 아쉽지만 탈락이다. 에이전트 경험은 없더라도 축구를 좋아해야 하고, 기본적으로 어느 정도 보는 눈도 있어야 한다. 선수를 보는 눈이야말로 에이전트의 첫 번째 자질이다.

만약 이 과정을 거치고 회사에 입사하게 되면 처음엔 유소년을 담당한다. 팀장과 함께 선수 발굴에 참여하기도 하고, 다양한 경기를 보면서 선수의 어떤 점이 좋았고, 어떤 점이 부족했는지 분석하는 방법도 배운다. 보통 초보자들은 선수가 '공을 가지고 있을 때의 움직임'만 본다. 이때 드리블을 잘했다, 슈팅을 잘했다 이런 수준인데, 이건 사실 축구를 조금만 알아도 누구나 볼 수 있는 점이다. 좋은 에이전트가 되려면 선수가 '공을 소유하지 않고 있을 때의 움직임'도 봐야 한다. 공을 쫓아다니는 플레이를 하는지, 예측하고 기다리는 플레이를 하는지 분석하고 파악할 수 있어야 한다. 한 번의 패스라도 근처 수비수에게 주는 패스가 있고, 윙어를 향해 패스해 공격으로 전개할 수 있게 하는 패스가 있고, 스트라이커에게 곧바로 찔러 주는―소위 '라인을 깨뜨리는'―패스가 있다. 또 패스의 정확성, 각도, 강도 등 선수의 감각과 판단력을 분석할 수 있어야 한다. 패스를 하고 난 이후의 움직임도 중요하다. 가령 주변 동료에게 공을 패스하고 나서 멀뚱히 있는 선수가 있고, 패스를 한 다음 그 공을 뺏으려고 하는 상대방 선수를 몸이나 동작으로 견제함으로써 동료가 좀 더 편하게 다음 플레이를 할 수 있게 만들어 주는 선수도 있다. 패스 하나만 놓고도 봐야 할 게 이렇게 많다.

이런 식으로 눈으로 파악해야 하는 요소들을 익히고 나면 그다음엔 통계학적으로 자료를 분석하는 방법을 배운다. 모든 스포츠가 그렇지만 현대 축구에도 과학적인 요소가 많이 도입되면서 선수 스피드, 패스 성공률, 공을 잡은 횟수, 드리블 횟수, 드리블 성공률, 슛 정확도 등 온갖 지표가 다 나온다. 각각의 포지션과 플레이 스타일에 따라 중요하게 봐야 할 항목과 그냥 참고만 해도 좋은 항목을 나누는 법, 지표가 들쭉날쭉하다면 어떤 것이 선수 본인의 실력인지를 파악하는 법 등 알아야 할 것은 끝이 없다. 감각적이고 예리한 눈과 과학적인 통계를 적절히 섞을 줄 알아야만 진짜를 골라낼 수 있다.

어느 정도 선수를 분석하는 법을 배웠으면 다음으로 필요한 것은 선수를 설득하는 능력이다. 내가 좋은 선수라고 느꼈다면 거의 예외 없이 다른 에이전트들도 비슷하게 생각하기 마련이다. 유소년 대회에서 득점왕을 차지한 선수가 있다면 어떤 에이전트가 그 선수를 그냥 놔두겠는가. 그런 선수라면 당연히 자신을 가장 성장시킬 수 있고, 가장 도움을 줄 수 있는 에이전트를 선택할 것이다. 이때부터는 에이전트 사이에서 경쟁이 펼쳐지는 셈이다.

신입 직원의 경우, 처음엔 선배들이 다양한 미팅에 함께 데려가면서 최대한 여러 가지 상황을 경험하게 한다. 선수와 계약을 맺기까지 어떤 과정이 필요한지, 여러 에이전트가 눈독 들이는 선수를 데리고 오기 위해서는 어떻게 해야 하는지 등을 배우는 과정이다. 이런 현장을 두루 거치고 나면, 다음은 직접 주도적으로 선수와 선수 가족을 만나고, 스스로 계약도 맺을 수 있는 단계로 올라서야 한다. 여기까지 왔다면 이제 그 친구는 자기 선수가 있는, 그야말로 정식 에이전트가 되었다고 할 수 있다.

물론 그렇다고 일이 끝나는 건 아니다. 어쩌면 본격적인 업무는 이제부터 시작이라고 할 수 있다. 끊임없이 선수를 관리해야 하고, 격려해야 하고, 조언해야 하고, 위로해야 한다. 때로 축구에 매진할 수 있게 해 줘야 하고, 때로 잠시 축구는 잊고 회복할 수 있도록 해 줘야 한다. 같이 게임도 하고, 같이 밥도 먹고,

같이 달리기도 해야 한다. 이런 일상의 공유가 선수와 나의 동질성으로 이어진다. 그렇게 선수와 나는 조금씩 그리고 함께 성장한다. 선수의 가치가 올라가면 나의 가치도 올라간다. 내 선수가 모든 축구 선수 중에 최고가 되면 나 또한 모든 축구 에이전트 중에 최고가 된다. 조금 더 직접적으로 말한다면 내 선수가 모든 축구 선수 중에서 가장 많은 연봉을 받으면 나도 모든 에이전트 중에서 가장 높은 수익을 올릴 수 있다. 꼭 돈 때문이 아니더라도 에이전트라면 선수를 위해 살아야 한다. 언제나 선수를 배려하고, 선수의 몸과 선수의 성적과 선수의 행복을 위해 최선을 다해야만 한다.

다만 이것은 나의 철학이지 모든 에이전트의 철학은 아니다. 요즘 젊은 선수와 젊은 에이전트 들은 서로가 너무 가깝게 지내는 것보다 적당한 거리를 유지하는 게 더 좋다고 생각하기도 한다. 어쩌면 선수를 위해 온 마음과 정성을 다해야만 한다는 나의 방식은 이제 구식이 되었는지도 모른다.

통상 에이전트가 선수와 계약을 맺으면 보통 그 기간은 2년 정도다. 그 이후에 선수는 나와 다시 재계약을 할 수도 있고, 나를 떠나 다른 에이전시와 계약을 맺을 수도 있다. 이렇게 선수가 들어오고 나가는 것은 너무 자연스러운 과정이다.

에이전트와 선수의 관계 또한 일종의 비즈니스다. 비즈니스는 비즈니스로 대하는 게 가장 좋을 수도 있다. 하지만 결국 사람이 하는 일이다. 나는 여전히 사람과 사람이 하는 일에 정이 없으면 그건 너무 슬픈 일이라고 생각한다. 직원들이 가끔 선수 관리에 대해 물어 올 때 이런저런 조언을 하지만 결정은 자율에 맡긴다. 이를테면 내가 생각했을 땐 선수를 직접 만나서 정리해야 하는 상황이라고 보지만, 요즘 젊은이들 방식처럼 그냥 전화로 일을 처리하는 것도 괜찮다고 본다. 그건 담당 에이전트의 판단이므로 오케이. 자신이 최선이라고 생각하는 방식대로 하면 된다.

실제로 우리 회사는 많은 부분을 자율에 맡긴다. 선수 관리도 그렇지만 출퇴근도 마찬가지다. 공식 업무 시간은 오전 10시부터 오후 4시까지이지만, 늦게 출근해도 괜찮고 일찍 퇴근해도 상관없다. 본인이 원하는 선수가 있으면 조사하고 분석해야 한다. 하지만 그 장소가 꼭 사무실일 필요는 없다. 종일 사무실에 앉아 있는다고 종일 분석하는 건 아니니까. 우리에게는 사무실보다 유소년 축구가 펼쳐지는 경기장이 더 중요한 업무 공간일 수 있다.

이처럼 특별한 제약을 두지 않는다고 해도 이적 시기가 되면 밤낮이 없고, 계속 실시간으로 진행 상황이 올라오기 마련이다. 스스로 열정적으로 일한다. 직원들끼리 서로 정보를 공유하고 업무를 도와준다. 어떻게 그럴 수 있냐고? 그 이유는 우리 회사의 인센티브 체계에 있다.

에이전트의 수익 구조 및 연봉 체계

회사 기준으로 볼 때, 소속된 선수가 유럽 1부 리그 구단과 계약하는 경우 큰 수익을 올릴 수 있다. 수익은 보통 이적 수수료, 선수 연봉 수수료, 선수 이미지를 활용한 광고 수수료, 이렇게 크게 세 부분으로 나뉜다. 보통 연봉 수수료는 대체로 총 연봉의 5~10퍼센트 선이고 이적 수수료는 정해진 바가 없다. 이건 철저하게 에이전트의 능력인데, 독일이 좀 후한 편이다.

예를 들어 이적 수수료가 10퍼센트라고 할 경우 만약 200억 원짜리 대형 이적을 성사시키면 그것만으로도 회사는 20억 원의 수익을 올린다. 우리 회사의 경우 해외 이적 협상은 내가 주도하거나 담당자와 함께 진행하고, 국내 이적이나 협상은 직원들에게 맡기는 편인데, 대략 수익의 20~30퍼센트를 인센티브로 지급한다. 직급에 따라, 한 해 동안 얼마나 많은 계약을 성사시켰는지에 따라 연봉 상승률도 정해진다.

이런 시스템으로 회사를 운영하다 보니 주인 의식을 가진 직원들도 많고, 성장도 빠른 편이다. 간혹 나보다 더 뛰어난 역량을 보이면서 정말 좋은 에이전트가 되겠다 싶은 친구들도 있다.

내가 직원들을 대하는 방식이나, 선수들을 대하는 태도는 교육원을 운영할 때의 마음가짐과 비슷하다. 잘하는 친구는 더 잘할 수 있도록 밀어주고, 좀 부족한 친구는 잘할 수 있도록 끌어 준다. 그렇게 함께 가기 위해 노력한다. 살면서 점점 더 크게 와닿는 한 가지는, 선수도 에이전트도 그리고 한 회사의 대표도 혼자서는 할 수 없다는 사실이다.

2

에이전트를 둘러싼 몇 가지 오해

선수를 관리한다는 것

찰리 채플린이 그랬다. 인생은 멀리서 보면 희극이고, 가까이서 보면 비극이라고. 비극까지는 아니겠지만 에이전트도 그런 면이 없지 않다. 멀리서 보면 에이전트라는 직업은 참 화려하다. 전용기를 타고 전 세계를 돌아다니고, 특별히 하는 거 없이 매일같이 월드컵과 아시안 게임과 챔스를 보러 다니는 게 일의 전부처럼 보인다. 그것도 늘 가장 비싼 자리인 스카이박스에서 말이다. 세계적인 선수들과 함께하는 파티에 초대받고 단장이나 구단 운영진과 어울리면서 놀러 다니기 바쁘다.

그럴까? 정말 그게 다일까? 이런 에이전트들은 사실 극소수에 불과한 데다 에이전트가 그 레벨까지 가기 위해 얼마나 많은 노력을 해야 하는지에 대해서는 간과하기 마련이다. 에이전트의 처음은 좋은 선수를 발굴하는 것이고, 에이전트의 핵심은 그 선수를 가능한 넓은 무대에 최대한 많이 노출하는 것이다. 에이전트가 가장 빛을 발하는 순간은 선수와 구단 사이에서 협상력을 발휘할 때이지만 그렇다고 그게 또 전부는 아니다. 그 사이사이에 '관리'라는 무한히 넓고도 무한히 다양한 영역이 존재한다.

우선 에이전트는 선수의 경기력을 관리한다. 보통 팬들은 축구 '경기'를 보지만 우리는 축구 '선수'를 본다. 볼이 왔을 때 움직임과 볼이 없을 때의 움직임을 통해 팀 속에서 경기를 하는지, 혹은 혼자서 따로 노는 건 아닌지를 본다. 만약 경기 중에 선수의 몸이 좀 무거운 것 같다면 그 이유를 찾아내야 한다. 잠을 못 잤나? 어디 아픈가? 음식이 안 맞나? 경우의 수는 다양하다. 만약 고민이 있다면 최선을 다해 들어 주고, 해결할 수 있다면 해결해 줘야 한다. 예전에 어떤 선수가 몸이 좋지 않았을 때, 현지 음식을 못 먹겠다고 한 적이 있었다. 나는 바로 영국에서 소고기와 장어를 독일로 공수해 가기도 했다. 선수가 그 음식들을 맛있게 먹는 모습을 보면서 너무 좋았다. 이것이 에이전트의 작은 행복일지도 모른다. 그게 경기력에 좋은 영향을 미칠 수 있다고 믿기 때문이다.

음식 외에도 선수의 경기력에 영향을 미치는 요인은 다양하다. 선수가 훈련을 열심히 하지 않아서 그럴 수도 있지만, 때로는 너무 축구 생각만 하기 때문일 수도 있다. 에이전트는 선수보다 먼저 그 이유를 알아야 한다. 전자라면 잘 구슬려서 어떤 부분을 더 훈련해야 할지 조언하고, 후자라면 함께 게임을 한다거나 재미있는 영화나 드라마를 추천해서 축구를 잠시 잊게 해줘야 한다. 선수도 쉴 때는 쉬어야 한다. 선수들도 스스로 컨디션 조절에 최선을 다하지만 아무래도 먼 타국에 혼자 있다 보면 루틴을 항상 유지하기 쉽지 않다. 자야 할 때는 잘 수 있게, 일어나야 할 때는 일어날 수 있게 해야 한다. 그래서 에이전트는 선수가 어떤 고민도 털어놓을 수 있는 베스트 프렌드여야 하고, 트레이너여야 하고, 매니저여야 한다.

나는 아시안 게임이든, 월드컵이든, 올림픽이든 내 선수가 출전하는 국제 대회가 있으면 대부분 따라다녔다. 관리 차원이라기보다는 선수에게 힘을 실어 주는 동시에 소위 '면'을 세워 주고 싶었기 때문이다. 대부분 아직은 어리고 젊은 선수들이다 보니 에이전트가 대회에까지 따라왔다고 하면 다른 선수들이 부러워하기도 한다. 그만큼 우리 선수는 자기가 대접받는다는 걸 느낀다. 동시에 불편한 부분이 있다면 해결해 주기도 하고 선수에게 가장 좋은 환경, 가장 편안한 심리적 상태를 유지할 수 있도록 도움을 준다. 때로는 선수와 가장 잘 맞는 피지오 트레이너를 모셔 가기도 한다.

이렇게 선수를 관리하는 것은, 에이전트니까 어떻게 보면 당

2018 아시안 게임 당시
인도네시아 (위)
황희찬 선수가 아시안 게임
금메달을 목에 걸어 주었다. (아래)

연한 일이라 생각한다. 하지만 때로 선수 가족부터 사돈의 팔촌까지도 도맡아야 할 때가 있다. 너무 자잘해서 구체적으로 밝히지는 않겠지만, 친척 결혼식부터 가족 비자 문제, 영주권 취득, 취업 알선, 애인 픽업, 스캔들 무마까지 그야말로 다양한 영역에서 뒤치다꺼리를 해야 한다. 어쩌다 일가친척이 유럽에 경기라도 한번 보러 올라치면 회사에 그야말로 비상이 걸린다. 비행기표부터 숙소, 식사까지 모두 책임져야만 한다.

여기서 어떻게 보면 아무것도 아니고, 또 어떻게 보면 정말 중요한 일이 될 텐데, 회사 입장에서는 정말이지 곤혹스러운 것이 식사 문제다. 이왕 왔으니 현지 음식을 먹어 보자는 '현지파'와 음식은 무조건 한식에 소주여야 한다는 '한식파'가 대립하면 이를 조율하는 것부터 시작해서, 세부적으로 들어가면 그야말로 다양한 취향들이 난무하는 상황까지 모두 해결해야 한다. 또 그들이 경기만 보고 돌아갈 리가 있나. 기왕 온 김에 여기도 가 보고 저기도 가 보고 싶다고 하면 당연히 현지 내 이동 수단부터 코스 정리까지 몽땅 우리가 맡아야 할 몫이다. 3박 4일이든, 6박 7일이든 그들을 모시고 돌아다니다 보면 내가 에이전트인지, 여행 가이드인지 헷갈릴 지경이 된다. 이런 수많은 일들이, 그저 화려해 보이는 에이전트가 하는 업무들이다. 사람들의 생각과 달리 전세기 타고 스카이박스에서 경기를 관람하는 것만이 우리의 일이 아닌 것이다.

협상은 아무나 하나

혹자는 에이전트를 가리켜 하는 일 없이 돈만 많이 가져가는 사람이라고 말하기도 한다. 이 분야를 잘 알지 못하는 사람이라면 어느 정도 이해하겠는데, 선수나 선수 가족이 그러면 정말 답답하기도 하고 내가 하는 일이 참 부질없구나 싶을 때도 있다. 그들의 주장은 "그깟 협상 누가 못 하나? 제일 중요한 건 선수 실력이고, 에이전트는 한두 시간 앉아서 말만 좀 하면 되는 거 아냐?" 이런 식이다. 당연히 이런 논리의 흐름은 '에이전트 수수료가 지나치게 많고, 주기 너무 아깝다'로 귀결된다. 따지고 보면 결국 돈 문제인 셈이다.

우리는 한 번의 협상을 위해 몇 달 전부터 고민하고 연구하고 분석한다. 협상 전에 이 구단의 약점은 뭐고, 우리 선수의 강점은 뭔지, 그들이 보는 기준 금액은 얼마고, 예산은 얼마인지, 비슷한 레벨의 선수는 얼마나 받는지 등 다양한 조건과 상황을 파악하고 조사한다. 협상에 들어가서도 만약을 대비해 2중, 3중으로 작전을 짠다. "우리의 목표가 50억 원인데 만약 45억 원만 주겠다고 하면 어떡하지? 그러면 45억 원에 보너스로 5억 원을 채우자. 40억 원에서 더 이상 여지가 없다고 하면 어떡하지? 그럼 보너스 5억 원에 경기 승점 수당을 올려 5억 원을 더 받아 내자." 이렇게 다음 수순을 준비한다. 한꺼번에 많이 올려 달라고 하면 구단에서도 거절할 게 분명하니까 여기서 조금 올리고, 저기서 조금 올려서 최대한 목표 금액에 맞추는 것이다. 이런 식으로 다양한 우회 전법을 통해 목표에 최대한 가깝게 다가갈 수 있도록 전략을 수립하는 것이 에이전트의 역할이다. 물론 협상에서 가장 중요한 요소가 선수 실력이라는 것은 부동의 사실이다. 선수가 잘하면 잘할수록, 그만큼 높은 연봉을 받을 수 있는 가능성이 커진다. 하지만 선수가 일정 레벨 이상 올라가서 연봉이 높아져 있으면 협상력에 따라 그 차액도 커진다.

그 외에도 초상권을 어떻게 할지, 구단이 챔스에 진출하면 보너스를 얼마 받을지, 해외에 진출했을 때 해당 국가의 세금 문제는 어떻게 되는지, 구단이 선수에게 스폰서십을 요청했을 때 배당은 얼마까지 받을 수 있을지, 선수 유니폼이 많이 팔리면 보너스는 얼마일지 등등 한 번의 협상을 위해 준비하고 챙기고 따져야 할 것이 차고 넘친다. 협상 전에 이 조건 하나하나를 전부 그리고 완벽하게 정리해 놓지 못하면 받을 수 있는 보너스를 못 받게 되는 것이 당연지사인 만큼 사소한 것 하나도 놓치지 않도록 준비해야 한다.

이런 세부적인 상황이나 내막을 모른 채 협상이 아무것도 아니라고 쉽게 생각하지 않았으면 좋겠다. 에이전트가 하는 일 없이 그저 선수에 기대 떡고물이나 받아먹는 직업이라는 오해도 부디 접어 두기 바란다. 우리가 하는 일과 노력을 본다면 에이전트가 선수에 기생하는 사람이 아니라 선수의 성장을 돕기 위한 사람이라는 것을 알게 되리라 생각한다. 다른 한편, 에이전트가 무작정 화려하기만 한 직업으로, 선망의 대상으로 여겨지는 것도 사절이다. 가끔 젊은 친구들이 에이전트가 되면 별다른 노력 없이 멋지게 살 수 있을 줄 알고 무턱대고 덤벼들었다가 이렇게 힘든 일인 줄 몰랐다며 금세 그만두는 경우도 부지기수다.

나는 이 직업이 돈을 많이 벌 수 있는 일이라고 무작정 찬양하고 싶지도 않고, 대가도 의미도 없이 그저 힘들기만 한 일을 의무처럼 해야 한다며 지레 겁을 주고 싶지도 않다. 다만 이 일이 아무나 할 수 있는 건 아니라는 걸, 누구보다 치열하게 고민하고 노력해야 하는 전문가의 영역이라는 걸, 세상의 수많은 직업과 마찬가지로 이 일에도 그 나름의 고충이 있고 기쁨이 있고 괴로움이 있고 보람이 있다는 걸 말해 주고 싶다.

3

선수와 구단, 그 사이의 에이전트

에이전트는 일종의 커플 매니저

에이전트 입장에서 축구 비즈니스 관계를 보면 크게 구단과 선수로 나눌 수 있고 그 사이에 에이전트가 존재한다. 그래서 에이전트는 구단이 원하는 선수, 선수가 원하는 구단을 찾아 매칭하는 역할을 맡은 사람이라고 볼 수 있다. 어떻게 보면 우리 일은 결혼 정보 회사의 커플 매니저와 일맥상통하는 점이 많다. 커플 매니저도 그렇겠지만 우리 역시 매칭을 잘하려면 일단 손에 쥐고 있는 카드가 많아야 한다. 남들보다 더 많은 구단과 관계를 맺고 있는 에이전트, 더 많은 선수를 데리고 있는 에이전트가 훨씬 유리하다는 뜻이다. 앞에서 K 리그 구단이나 스포츠 브랜드와 있었던 일처럼 협상을 할 때는 마치 전투에 임하듯 최선을 다하지만 그게 마무리된 이후엔 최대한 좋은 관계를 유지하기 위해 노력하는 것은 이런 이유 때문이다. 인연은 어떻게 이어질지, 어떻게 연결될지 알 수 없다. B사의 관계자가 나중에 경쟁사인 C사로 이직했고, 그 인맥을 타서 나중에 우리 선수와 C사 간에 후원 계약을 맺은 일도 있다. 나는 일은 일이고 인연은 인연이라는 점을 명확히 한다. '치열한 협상'이 끝난 이후에는 그때 일을 미안해하며 그 관계자와 '친선'을 도모했다. 내가 계속 손을 내밀며 꾸준히 인연을 이어 가지 않았다면 불가능한 일이었을 것이다.

우리 회사처럼 글로벌로 연계되어 있으면 매칭에 유리한 지점이 있다. 우리 회사의 각 지사는 매년 이적 시기가 다가오면 전 구단 관계자들과 미팅을 진행한 다음 일종의 스카우트 리포트를 만들어 전 세계에 있는 우리 지사로 뿌린다. 이 리포트를 통해 미국 리그의 어떤 구단에서 어떤 선수를 찾는지 일목요연하게 파악할 수 있다. 예를 들면, 미국 메이저 리그 사커의 시카고 구단에서는 오른쪽 윙백을 찾고 있는데, 일대일 능력, 스피드, 강인한 체력, 큰 키, 크로스 능력이 있는 선수를 원하면서 연봉은 70~80만 달러 수준이라는 등의 정보가 들어 있다. 만약 우리 회사 선수 중에서 조건에 맞는 친구가 있다면 이 구단과 협상을 시도해 보는 식이다. 이렇게 기본적인 정보를 가지고 들어가면 아무래도 시행착오를 줄일 수 있다는 장점이 있다. 매칭

가능성이 상당히 높아지는 셈이다.

일반인들은 말할 것도 없고, 심지어 선수나 선수 가족마저도 에이전트가 어떻게 구단을 선정하고 어떤 과정을 거쳐 선수를 소개하는지 잘 모르는 경우가 많다. 막연하게 여기저기 찔러 보나? 생각하기도 하는데 전문적인 에이전트라면 그렇게 일하지 않는다. 이적 정보 관련 자료 및 도표를 만드는 건 우리 회사 역시 마찬가지다. 이적 시기가 다가오면 나를 비롯해 전 직원이 K 리그와 J 리그에 속해 있는 모든 구단을 확인하고 그 자료를 취합해 역시 전 세계 지사로 보낸다. 그러면 그쪽에서도 '전북 현대가 스트라이커를 찾고 있는데, 신장은 최소 186센티미터 이상이 되어야 하고, 스피드와 파워가 있는 선수면 좋겠고, 예산은 최대 100만 달러'라는 세부 정보를 파악할 수 있다. 그때부터 아르헨티나, 미국, 브라질 등등 각 나라에서 추천이 들어온다. 이렇게 같은 회사의 지사를 통하면 정보를 공유하기도 쉽고 무엇보다 해당 정보를 신뢰할 수 있다는 장점이 있다. 사실 에이전트들은 정말 믿을 만한 사이가 아니면 이런 내용을 잘 공유하지 않는다. 우리와 함께할 것처럼 얘기해 놓고 필요한 정보만 쏙 빼 가기도 하고, 선수 가치를 과하게 부풀리는 경우도 종종 있기 때문이다.

이 바닥 사기꾼의 기술

어느 분야인들 아닐까마는 이 바닥에도 사기꾼은 많다. 가장 흔한 건 전문 에이전트 자격증을 따지도 못했고, 손에 쥐고 있는 것도 없으면서 여기저기 왔다 갔다 하는 방식으로 일을 진행하는 경우인데, 유명한 인터넷 농담인 '아들을 빌 게이츠 딸과 결혼시키는 방법'과 비슷한 경우다. 우선 이 농담을 소개하자면,

어떤 남자가 아들을 빌 게이츠 딸과 결혼시키기 위해 빌 게이츠에게 접근한다.

남자 : 당신 딸에 어울리는 남편감을 소개해 드리죠.
빌 게이츠 : 제 딸의 결혼은 본인 결정에 맡기고 있습니다.
아버지 : 하지만 그 남자는 ○○그룹 부회장입니다.
빌 게이츠 : 아, 그렇다면 좋습니다!

이제 남자는 ○○그룹 회장을 만나러 간다.

남자 : 제가 그룹 부회장을 추천해 드리고 싶습니다.
회장 : 부회장은 이미 여럿 있습니다.
남자 : 하지만 이 남자는 빌 게이츠의 사위입니다.
회장 : 아, 그렇다면 좋습니다!

예컨대 우리 회사의 해외 지사와 계약 관계인 브라질의 G 선수가 있었는데, 마침 일본 구단 우라와 레드에서 이 선수를 원했다. 그때 한 사기꾼이 우라와 레드에 연락했다. "너희, G 선수를 원하고 있지? 걔가 나랑 거의 가족 같은 사이야. 걘 내 말만 듣거든. 그러니까 너희 조건 얘기해 봐."

그렇게 이 사기꾼은 G 선수의 담당 에이전트도 아닌 주제에 우라와 레드와 꽤 세부적인 사항까지 진행하는 데 성공했다. 이 다음 수순은 뻔하다. 선수 담당인 우리 지사 에이전트에게 연락해서 "나는 우라와 레드 구단의 대리인인데, 선수를 우리 구단에 보내려면 나와 협상을 진행해야 한다. 우리는 현재 G 선수에게 관심이 있고, 조건은 대략 이러이러하다."라고 하면서 협상을 시도하려 한다. 다행히 이때는 그 남자가 G 선수 에이전트에게 접근하기 전에 우연히 그의 사기꾼 같은 행각을 알게되어 일이 커지지 않았지만, 자칫 잘못했으면 사기꾼한테 된통당할 뻔한 웃지 못할 사건이다. 이런 일이 잦아지면서 구단에서 에이전트에게 선수의 사인이 든 위임장을 요구하기도 한다.

최근에는 나에게도 비슷한 일이 있었다. 우리 회사의 해외 지사로부터 한 남미 선수의 한국 내 이적 권한을 위임 받은 후 얼마 지나지 않아 그 해외 지사에서 연락이 온 것이다. "케빈! J 구단에서 30억 원에 우리 선수를 영입하려고 한다는데, 진짜야? 방금 선수 여권 사본을 보내 달라고, 한국 에이전트라는 사람한테서 연락이 왔어."

내가 위임받은 선수가 이적한다는 사실을 내가 모르고 있는 게 말이 되나? 대체 무슨 일인가 싶어 J 구단에 연락해 보니, 현재 내용을 검토하고 있기는 하지만 아직 정해진 바는 없고, 자기들이 가용할 수 있는 최대 금액은 18억 원 정도라는 답이 돌아왔다. 만약 이때 해외 지사가 내게 확인하지 않고 여권 사본을 보냈다면 어떤 일이 벌어졌을까? 잘못하면 누군지도 모르는 사람의 사기 행각에 휘말렸을 수도 있다.

이런 일 또한 우리가 중간자 역할을 맡기 때문에 벌어질 수 있는 일들이 아닌가 싶다. 다른 측면에서는 시스템적인 문제도 한몫한다고 볼 수 있다. 특히 2015년 4월 피파가 각 나라 협회에서 실시하던 에이전트 자격시험을 폐지하고 중개인 제도를 도입하면서 각종 잡음과 논란이 끊이질 않았다. 이렇게 진입 장벽이 낮아지면서 축구 관련 업계에 종사하지 않는 이들도 쉽게 등록할 수 있게 됐고, 이면 계약과 높은 수수료 등 다양한 문제가 발생하면서 축구 시장에 많은 혼란을 야기했다.

결국 피파는 최근 공정하고 투명한 이적 시스템을 구축하고 계약 안정성을 강화하기 위한 의무 라이센스 시스템 도입, 이해충돌 방지를 위한 복수 대리인 금지, 에이전트 수수료 상한선 도입 등 여러 개혁 사항을 포함한 규정을 새롭게 발표했다. 이에 따라 에이전트 자격시험도 재도입하면서 2023년 10월 1일부터는 공식 시험에 통과한 에이전트만 고객들과 교섭, 협상을 진행할 수 있도록 바뀌었다. 앞으로는 피파 에이전트 플랫폼에 중개인 정보, 중개인이 담당하는 고객 그리고 고객과의 계약기간, 독점 계약 여부, 중개인의 수입 등 모든 정보가 공개된다.

피파가 추진하는 중앙 관리 시스템이 축구 산업 시장을 투명하게 만들 거라는 의견이 있는 반면, 일각에서는 규제 일변도의 정책이 야기할 폐해를 우려하는 목소리도 분명 존재한다. 특히 에이전트가 받을 수 있는 수수료 상한이 생기는 만큼, 앞으로 에이전트가 아무리 양질의 서비스를 제공해도 받을 수 있는 수수료가 같아질 수밖에 없으니 자연스럽게 서비스의 질이 낮아질 수 있다. 하지만 나는 장기적으로 봤을 때 이런 규정이 필요하다고 생각한다. 나의 개인적인 의견은 차치하고서라도 이런 규정이 만들어진 만큼 에이전트를 꿈꾸는 사람이라면 관련 내용을 준비해야 한다. 에이전트 자격시험은 영어, 프랑스어, 스페인어 중에서만 선택해 치를 수 있기 때문에 해당 외국어 구사 능력의 중요성도 더욱 높아졌다.

우리는 언제나 선수 편

보통 유럽 같은 경우는 선수 자신이 주도적으로 에이전트와 의논하면서 일 처리를 직접 진행하는 편이지만, 한국은 상황이 조금 다르다. 보통 선수들은 대체로 운동에만 전념하고 계약을 비롯해 기타 돈과 관련된 일들은 부모들이 맡아서 하는 경우가 많다. 그러다 보니 나중에 선수와 부모가 갈등을 빚는 사태도 발생하는데, 비난의 화살이 돌고 돌아 결국 에이전트에게 향하기도 한다. 아무래도 그들은 가족이고 우리는 남이 아닌가. 원망하기에 가장 편하고 또 만만하다. 한편 부모들이 생각하기에 우리 아들은 늘 최고의 선수이기 때문에 어떤 조건을 가져다줘도 그들을 만족시키기는 쉽지 않다. 2억 원 정도 받던 선수의 월급을 6억 5천만 원으로 올려놓았는데도, 우리가 최소한 10억 원은 받아야 하는 거 아니냐, 에이전트 자질이 부족한 거 아니냐 이런 말을 들은 적도 있다.

물론 최선은 부모와 선수 그리고 구단을 모두 만족시키는 것인데 그게 참 쉽지가 않다. 정말 그런 방법이 있는지도 잘 모르겠다. 그래서 나는 나만의 방침을 정했다. 나의 영순위는 무조건 선수라는 것. 대부분 부모와 선수는 같은 편이지만, 만약 갈등을 빚는다면 처음에는 당연히 중재하려고 노력한다. 그렇게 노력해도 어쩔 수 없는 순간이 와서 한쪽을 선택해야만 한다면 나는 선수 편을 들 수밖에 없다. 이것이 결국 나에 대한 원망과 비난으로 이어지더라도 그렇다. 이건 선수와 구단 사이에서도 마찬가지다. 에이전트는 기본적으로 선수를 위해 존재한다. 나는 선수를 대변하는 사람이고, 선수를 위해 싸우는 사람이다.

다만 여기서도 전략은 필요하다. 구단과 선수는 여러 이유로 이런저런 갈등을 빚을 수는 있지만 적대적 관계는 아니다. 그래서 나는 감정의 추를 80퍼센트 정도는 선수 쪽에 두지만 구단에도 약 20퍼센트 정도의 비중을 둔다. 완전히 극단으로 몰아붙이지는 않는다는 얘기다. 그래야 선수도 계속 구단과 잘 지낼 수 있고, 나중에 이적 협상 때도 원만하게 진행할 수 있다. 또 언젠가는 나의 다른 선수가 그 구단으로 이적할 수도 있다. 우리는 기본적으로 아무리 조건이 좋아도 비슷한 포지션의 선수를 같은 팀으로 이적시키지 않는다. 또 같은 팀에서 뛰고 있는 비슷한 포지션에 있는 선수를 영입하지도 않는다. 일종의 상도의인 셈이다.

하지만 우리 회사에 소속된 공격수가 이미 있는 팀에 새롭게 수비수가 들어가는 경우는 가끔 있다. 그러니 비록 선수 편에서 싸우더라도 돌아올 수 없는 강을 건너서는 안 된다. 티스와 내가 철저하게 역할을 분담하는 것도 같은 이유다. 그래서 우리는 늘 중간자의 위치에서 아슬아슬한 외줄을 타야 한다. 에이전트로 오래 살아남으려면 처세의 달인이 되는 수밖에는 없다.

어떤 경우에는 우리 선수를 보호하기 위해 에이전트가 구단과 일심동체로 어떤 외부 기관에 함께 대응해야 하는 상황들도 있다. 일례로, 2019년 11월 4일(한국 시간) 에버튼전에서 흥민이는 역습을 막기 위해 안드레 고메스에게 조금 깊은 백태클을 하게 되었고, 넘어지던 고메스는 불행하게도 토트넘 선수인 오리에와 충돌하면서 오른쪽 발목이 돌아가는 심각한 부상을 당했다. 완전히 꺾여 버린 발목을 본 홍민이는 엄청난 충격과 함께 울음을 참지 못했다. 결국 홍민이는 레드카드를 받고 말았다.

나 또한 고메스가 부상을 입은 것에 대한 미안함과 우리 선수에 대한 걱정이 뒤섞여 복잡한 심경이었으나 이럴 때일수록 정신을 차려야 했다. 우선 나는 홍민이에게 고의성이 없었음을 인지시키고, 경기 중에 얼마든지 일어날 수 있는 사고라고 말하며 마음을 달래 주려고 노력했다. 그리고 고메스 선수에게 진심을 다해 미안함을 전달하는 게 어떻겠느냐고 했다. 홍민이는 자신의 마음을 담아 다음과 같은 메시지를 보냈다.

Dear Andre

저는 당신에게 일어난 일에 깊이 사과드립니다. 일요일 이후로 당신과 당신의 가족, 당신의 팀과 팬들이 어떤 일을 겪었을지, 그리고 많은 사람들이 당신을 얼마나 걱정하고 있는지 상상조차 할 수 없습니다. 수술이 잘되었고 지금은 회복 중이라는 소식을 듣고 너무 다행이라 생각합니다. 제가 도울 일이 있으면 뭐든지 말씀해 주세요. 빠른 회복을 진심으로 기원합니다.

고메스 선수는 다음 날 홍민이에게 이렇게 답장을 보내왔다.

Hey Champ!

저는 이제 퇴원해서 가족 그리고 친구들과 함께 집에 있습니다. 이런 일은 얼마든지 일어날 수 있습니다. 많은 사람들이 당신이 얼마나 힘들어하고 있는지 말해 주었습니다. 나는 괜찮습니다. 수술은 잘되었고, 빨리 호전될 것입니다. 당신이 얼마나 뛰어난 선수인지 계속해서 보여 주세요. 계속해서 골을 넣으세요. 저와 제 가족은 당신을 응원합니다.

역시 프로들이라는 생각을 했다. 서로가 서로를 존경하는 멋진 모습이었다. 홍민이는 고메스의 답장을 받고 조금은 마음을 놓을 수 있었다.

다만 에이전트의 역할은 여기서 끝이 아니다. 나에겐 정리해야 할 것이 하나 더 남아 있었으니 바로 홍민이의 레드카드였다. 프리미어 리그에선 다이렉트 퇴장을 당하면 최소 3경기 출장 금지에 추가 징계까지 받을 수 있다. 따라서 이 판정이 적절했는지 반드시 따져야 했다. 이 태클로 안드레 선수가 부상을 입은 것은 큰 불행이지만 태클 자체가 고의성이 없음이 분명한 만큼 다퉈 볼 여지가 있다고 생각했다.

다음 날 아침 일찍 토트넘 구단을 찾아가 나의 의견을 전달했고, 토트넘의 협회 담당 직원인 제니퍼, 구단 운영이사 레베카, 팀 매니저 등 많은 직원들과 함께 의논했다. 제니퍼와 나는 태클 장면 영상을 수십 번 돌려 보며 고의가 아님을 입증할 수 있는 부분을 캡처해서 판정 항소 서류를 꼼꼼히 준비한 후 EPL 상벌위원회에 재판정 신청을 하게 되었다.

사흘 뒤에 구단에서 전화가 왔다. "케빈! 우리의 노력이 성공했어!" 홍민이의 레드카드가 옐로카드로 변경되면서 바로 다음 경기에 출전이 가능해진 것이다. 그제야 겨우 안도의 숨을 내쉴 수 있게 되었다.

에이전트라면 선수의 불행을 함께 공감하고, 아픔을 나누어야 한다. 동시에 냉철한 판단력으로 경기를 분석할 수 있어야 한다. 만약 그때 일을 구체적으로 살피지 않고 그냥 넘어갔다면, 홍민이는 물론 토트넘도 훨씬 더 큰 타격을 입었을 것이다. 분석했고 고민했고 항소했기 때문에 최악을 피하는 결과를 만들 수 있었다. 나는 이 일화를 통해 에이전트의 일이 어디부터 어디까지인지 설명하려는 것은 아니다. 다만 에이전트에게는 따뜻한 심장과 차가운 머리가 동시에 필요하다는 것을, 그 경험을 통해 새삼스럽게 깨달았다는 것을 이야기하고 싶다.

마음을 쓴다는 것

구단과 좋은 관계를 유지하기 위해 내가 주로 쓰는 작전은 '특별한 선물'이다. 특별한 선물이라고 해서 꼭 값비싼 것은 아니다. 그때 내가 떠올린 것은 우리 문화를 알리는 것이었고, 이를 대표할 수 있는 게 한복이라고 생각했다. 상대가 부담을 느낄 정도로 고가는 아니면서도 그렇다고 또 마냥 싸지만도 않은 수준의 물건. 게다가 선물하는 사람의 마음을 전달할 수도 있고, 우리 문화를 알릴 수도 있으니 제격이라고 생각했다. 그래서 특별히 주문한 어린이용 한복을 토트넘 직원들에게 선물로 돌렸다.

그들 대부분은 한복을 난생처음 본다. 다들 신기해하고 즐거워하면서 자녀들의 학교 행사나 구단 행사 때 한복을 입히기도 하고, 그 모습을 찍어 내게 보내 주기도 했다. 결과는 그야말로 기대 이상이었다. 나 또한 뿌듯했다. 그들에게 우리의 한복을 알릴 수 있었던 것도 좋았고, 어떻게 보면 소소한 선물이지만 이게 결국 우리 선수에게도 좋은 영향을 미칠 거라고 생각했다. 에이전트와 구단의 관계가 얼마나 돈독한지에 따라 구단이 선수를 대우하는 것에도 미묘한 차이가 생기기 때문이다. 당연히 가장 중요한 것은 실력이라는 사실은 분명하지만 이런 마음 씀씀이를 무시할 수는 없다. 내가 '특별한 선물'을 준비하는 이유다. 또한 아직 선수가 본격적으로 실력을 보이기 전이라면 에이전트의 노력이 선수 적응에 영향을 미칠 수 있고, 그 작은 차이로 미세하지만 선수 기량에 영향을 줄 수도 있다. 사실 유럽 최고의 리그에서 뛰는 선수들이라면 경기력이나 실력이 크게 차이가 난다고 볼 수는 없다. 단 1퍼센트, 2퍼센트의 간극으로 선발과 후보가 나뉘고, 공격 포인트를 기록할 수 있고 없고가 갈린다. 그래서 에이전트라면 선수가 구단으로부터 조금이라도 더 배려를 받을 수 있도록 최선을 다해야 한다고 생각한다.

그 이후로도 나는 우리 선수가 속해 있는 구단에, 소소하지만 마음을 전달하기 위해 이런저런 노력을 기울였다. 나전칠기 거울을 선물하기도 했고 전통 문양이 들어간 명함집을 선물한 적도 있었다. 구단 매니저가 나보고 피부가 좋다고 하길래 이게 다 한국 화장품을 써서 그런 거라며 구단 직원들에게 한국 마스크 팩을 돌린 적도 있었다.

조개껍데기가 들어간 함은 딱 봐도 굉장히 정성이 많이 들어간 것 같은 느낌을 주기 때문에 나의 선물을 특별하게 생각해서 다른 구단 관계자들에게 자랑하거나 만날 때마다 꺼내며 고마워하기도 했고, 한국 화장품을 받고는 전문적으로 관리를 받은 것 같다며 감탄하기도 했다. 사실 둘 다 가격으로 치면 그렇게 고가의 물건은 아니다. 이 선물은 결국 마음이다. 내가 구단에 마음을 쓰면 그 마음은 결국 다시 선수를 향할 거라고 믿는다. 축구도 협상도 다 사람이 한다. 사람에겐 마음이 있다. 모두 다 마음이 하는 일이다.

4

내가 이적한 선수들을 위해
한식을 준비하는 이유

선수가 좋은 조건에 좋은 팀으로 가기 위해서는 협상을 어떻게 진행하느냐 하는 점도 매우 중요한 요소지만, 그것보다 훨씬 더 우선해야 하는 것은 두말할 필요 없이 선수의 실력이다. 아무리 용한 재주가 있는 에이전트라도 실력 없는 선수를 좋은 팀으로 보낼 수는 없는 노릇이다. 그래서 에이전트라면 선수의 경기력 뿐만 아니라 일거수일투족에 신경을 곤두세울 수밖에 없다. 선수에게 조언하고, 필요하다면 선수가 축구에서 잠시 해방되어 충분한 휴식을 취할 수 있게 돕고, 부상을 당하면 빨리 나을 수 있게 보조하고, 먹는 것은 물론 자는 것까지 신경 쓰는 것도 다 같은 맥락이다.

해외에서 뛰는 선수에게 또 중요한 것이 바로 적응 문제.

새로운 나라, 새로운 문화, 새로운 팀에 얼마나 잘 적응하면서 녹아들 수 있는가 하는 것은 경기력과 직결되는 부분이니까. 그간 뛰어난 재능을 지녔음에도 이 적응 문제 때문에 결국 유럽에서 실패한 선수를 수없이 봐 왔다. 그중에는 다시 K 리그로 돌아간 뒤에 승승장구하는 친구들도 있다. 이는 유럽이라는 낯선 환경에 대한 적응이 얼마나 중요한지를 보여 준다.

적응 측면에서 가장 큰 관건은 '동료'라고 해도 과언이 아니다. 축구라는 팀 스포츠에서 동료의 도움은 필수다. 그래서 막이적한 선수라면 무슨 수를 써서라도 낯선 동료들과 최대한 빨리 친해져야만 하고, 동료들에게 팀의 일원으로 인정을 받아야 한다. 하지만 사람과 사람의 관계라는 건 어쩔 수 없이 시간이 걸리기 마련이다. 다만 누가 어떻게 노력하느냐에 따라 그 시간을 단축할 수 있는 노하우는 있다. 이때 내가 주로 쓰는 방법은 선수들을 위해 한식을 준비하는 것이다.

홍민이가 막 토트넘에 갔을 때 그나마 대화라도 좀 나눴던 선수들은 공격 라인의 해리 케인이나 수비수인 케빈 비머 정도였다. 나는 그 둘과 함께 크리스티안 에릭센과 얀 베르통언도 초대했다. 이러면 아무래도 선수가 직접 부르는 게 아니니까 거절에 대한 부담도 없고, 서로 자연스럽게 친해질 수 있는 계기가 된다. 만약 선수가 직접 파티에 초대했는데 응하지 않으면 아무래도 민망할 수 있다. 하지만 공식적인(?) 호스트는 나인

토트넘 선수들을 위한 한식 파티 당시

만큼 거절해도 괜찮고 함께하면 좋은 거다.

그렇게 어울려 먹고 얘기하다 보면 아무래도 나이대도 비슷하고, 같은 팀이라는 동료 의식도 있는 만큼 금세 친해지기 마련이다. 당시 런던에 있는 한식당의 큰 룸을 빌려서 다양한 한국 음식을 맛볼 수 있게 했는데, 반응이 폭발적이었다. 나중에는 비비고 런던 지부 법인장님의 도움으로 토트넘 트레이닝 센터에서 비비고 셰프들이 준비한 음식을 대접하기도 했다. 그러다 보니 얼마 지나지 않아 자연스럽게 흥민이도 함께 어울리는 무리가 생겼다. 골키퍼인 요리스와도 친해졌고, 델리 알리는 자신의 생일 파티에 흥민이와 나를 초대한 적도 있다.

이렇게 하는 이유는 명확하다. 앞서 말했듯 축구도 결국 사람이 한다. 공을 잡은 미드필더 입장에서 두 명의 동료에게 동시에 기회가 난다면 이왕이면 더 친한 선수에게 공을 주기 마련이다. 동료들과 친하면 친할수록 좋은 패스를 받을 확률이 높아진다. 그 한 번의 패스로 우리 선수가 그날 경기에서 공격 포인트를 올릴 수도 있고, 나아가 그 경기의 승리를 이끌어 낼 수도 있다.

동료 선수는 서로 경쟁하는 사이이기도 하지만 동시에 서로 힘이 되고 의지가 되는 사이이기도 하다. 아무리 치열한 프로의 세계라고 해도 늘 경계하고, 견제만 할 수는 없다. 프로의 세계에서는 어느 단계 이상 올라서면 그 누구도 대신 해 줄 수 없는, 반드시 혼자 힘으로 해내야만 하는 영역이 분명 존재한다. 하지만 그 영역까지 누군가와 함께 서로 끌어주고, 밀어주면서 올라간다면 혼자서 애쓰는 것보다 훨씬 더 빨리, 훨씬 더 높이, 훨씬 더 쉽게 갈 수 있다.

프로의 삶은 분명 고독하다. 게다가 세계 최고의 리그에서 난다 긴다 하는 선수들 사이에서 살아남아야 한다는 건 일반인이 상상하기 힘들 만큼 큰 외로움과 고단함을 동반한다. 화려한 모습 이면에 온갖 고통과 눈물과 아픔이 있다. 에이전트도 사실 그렇지만, 그 갭은 선수가 훨씬 더 깊고 넓다. 그래서 선수에게는 함께 웃고, 함께 울고, 함께 놀고, 함께 훈련하고, 함께 기쁨과 슬픔을 나눌 동료들이 필요하다. 때로 가족이나 에이전트가 그 역할을 할 수도 있겠지만, 그라운드에서 함께 뛰었던 선수들만이 나눌 수 있는 교감이 분명히 있다. 인생도 축구도 혼자서는 결코 멀리 갈 수 없다. 이런 영역을 철저히 선수 스스로 알아서 해야 한다고 생각하는 에이전트가 있고, 조금이라도 빨리 적응할 수 있도록 도와야 한다고 생각하는 에이전트가 있다. 나는 늘 후자였다.

쉬는 날 런던 나들이. 흥민, 케빈 비머

5

그 외 다양한 에이전트 업무들

안전

에이전트의 첫 번째 걱정은 선수의 부상이다. 경기 중 선수가 다칠까 노심초사해야 하는 것은 기본값이다. 하지만 경기장 안에서 벌어지는 일은 에이전트가 어떻게 할 수 없는 영역이다. 그저 다치지 않기를 바랄 수밖에 없다. 문제는 인기가 많아졌을 때다. 사람들이 알아보기 시작하면 그때부터 의도치 않은 사건 사고에 휘말릴 가능성이 높아진다. 선수의 인기와 함께 에이전트가 마주해야 하는 새로운 종류의 걱정이다.

물론 선수가 음주 운전을 했다거나 하는 식의 잘못을 저질렀다면 당연히 그에 합당한 처벌을 받아야 한다. 하지만 누구의 잘못이라고 할 수는 없는데, 한번 일어나면 큰 사건으로 번지

에이전트의 세계

는 종류의 문제도 있다. 대표적으로 '안전'이다. 특히 유럽에서 뛰는 선수가 한국에 들어올 때면 신경이 바짝 곤두선다. 인파가 몰려 어떤 사고라도 발생한다면 돌이킬 수 없는 사태가 되기 때문이다. 게다가 이건 대비와 준비를 철저히 하면 충분히 막을 수 있는 사안이라 더욱 그렇다. 그래서 이런 상황에서는 회사 차원에서 동선을 철저히 계산할 뿐 아니라 대부분 다섯 명 이상의 직원이 항상 함께 움직인다.

스폰서 투어를 위해 한국을 방문한 적 있는 토트넘 선수단에 대한 공항 경호를 요청한 적이 있다. 처음 공항 측에서는 공항이 사회 공유 시설인 만큼 선수들 경호를 별도로 해 줄 수 없다고 했다. 물론 맞는 말이다. 여기서 우리는 계약 협상 때 구단이 선수들에게 보너스를 지급해야 할 이유가 있음을 상기시키듯, 공항 측에도 명분을 줄 필요가 있다는 걸 깨달았다. 결국 나는 이 일이 몇몇 토트넘 선수만을 위한 것이 아님을 어필했다.

"선수들이 나올 때 팬들이 갑자기 몰리면 어쩔 것인가? 만약 그 때문에 누군가가 다치기라도 하면 책임질 수 있는가?" 이런 질문을 하는 나나, 대답을 해야 하는 공항 관계자나 난감하기는 서로 마찬가지지만, 나는 선수들만을 위한 것이 아니라 많은 팬과 대중에게 불미스러운 일이 생기는 것을 방지하고, 공항의 안전을 위해서 필요한 일임을 강조하는 데 집중했다. 에이전트로서 쌓아 온 협상의 기술을 발휘한 것이다. 결국 공항 측도 이를 수긍했다.

그때 이후, 입구부터 차를 탈 때까지 공항 특경대가 호위하게 되었는데, 우리 또한 이 과정이 무리 없이 진행될 수 있도록 늦어도 3시간 전에는 공항에 나와서 혹시 발생할지 모르는 상황에 대비했다. 이 또한 선수들을 위한 일이므로 에이전트 입장에서는 당연한 업무 수행이다. 하지만 특경대가 동원됐다고 해서 모든 상황이 끝나는 것은 아니다. 간혹 공항에서 인터뷰를 하게 되는 때도 있는데 무수한 기자들과 팬들이 운집하면 긴장할 수밖에 없다. 일어날 모든 경우의 수를 검토하고 조율하고 각 상황에 맞게 동선을 체크하고 사고가 없도록 방지하는 것 역시 모두 우리의 일이다.

광고를 대하는 자세

선수 인지도가 높아지면 우리는 광고 의뢰 문의 대응 및 광고 수주를 위해 분주해진다. 회사 차원에서는 선수의 광고 또한 주요 수입원이기는 하지만, 그렇다고 들어오는 광고를 모두 받지는 않는다. 어디까지나 선수의 경기력이 가장 중요하고, 광고는 그 경기력에 지장을 주지 않는 선에서 진행하는 게 원칙이다. 때로 이 광고 수입 역시 에이전시에서 하는 일 없이 수수료만 가져가는 거라고 생각하는 경우가 많은데 천만의 말씀이다.

우선 광고와 관련해 우리가 해야 하는 첫 번째 일은 무엇일까? 사람들은 보통 어떻게 수용해 얼마를 받을 것인가 하는 점을 생각하겠지만, 아니다. 실제로는 광고를 제안한 상대방의 마음이 상하지 않게 '거절'하는 일이다. 엄청나게 많은 연락이 오지만 막상 성사되는 건 그리 많지 않다. 경기력 유지 다음으로 고려하는 건 이미지다. 선수 이미지에 해를 끼칠 수 있는 광고는 당연히 거절한다. 이 과정에서 업체가 자존심이 상하거나 기분이 나빠서는 안 된다. 그래서 잘 거절하는 일이 중요하다. 기존에 찍었던 광고와 유사하거나 경쟁 업체에서 외뢰하는 경우 또는 사회적으로 인정받기 어려운 업종일 경우도 역시 거절한다.

예를 들면, 흥민이의 경우는 기존에 아디다스, 게토레이 그리고 넥슨과 후원 및 광고를 진행하고 있던 중에, 2018년 러시아 월드컵 전후로 수많은 광고 문의가 들어왔는데, 그중 하나은행, 유한양행, 빙그레, 농심, SK 텔레콤, TS샴푸, 질레트, 삼성, 제일제당 외 여러 회사들과 촬영을 진행했다. 하나의 광고를 진행하는 과정은 다음과 같다. 우선, 광고 대행사가 광고 콘셉트와 조건을 보내오면 먼저 선수와 의논한 후, 광고 출연료, 계약 기간, 촬영 장소, 촬영 횟수, 촬영 시간 등등 여러 조건에 대해 협상을 진행한다. 이어 서로 합의가 되면, 우리 회사 고문 변호사를 통해 계약서를 검토한다. 통상 이 단계가 지나면, 선수 경기 일정에 차질이 없도록 촬영 일정을 조율하고 보내온 스토리 보드를 꼼꼼히 확인한다. 이때 선수에게 무리가 되는 동작은 없는지, 부담되는 의상을 입어야 하는 것은 아닌지, 이미지에 부정적인 영향을 줄 수 있는 부분은 없는지 등등 체크해야 할 항목은 수없이 많다. 또 열 번이고 스무 번이고 우리 선수 이미지에 부합하는 내용으로 스토리 보드를 수정해 달라고 요청한다.

손흥민 선수 광고 촬영 현장

이렇게 모든 게 사전에 합의된 상태에서도 실제 광고 촬영 현장에서는 생각지 못한 변수가 나타나므로 신경을 더 곤두세우고 진행 과정을 관리해야 한다. 그래서 촬영 날에는 반드시 네 명 이상의 직원과 동행한다. 광고 현장은 정신없이 복잡하게 돌아가기 때문에 애초에 협의한 대로 찍지 않을 수도 있고, 사람이 많으니 사고의 우려도 있고, 촬영 감독의 요청으로 시간을 넘겨 촬영하려 할 수도 있다. 이런 일들에 신속하게 대응하고 재빨리 조율하는 것이 선수를 위한 우리의 일이다.

보통 광고를 의뢰한 업체에서는 1년에 네 번 정도 촬영을 요구하는데, 이렇게 하면 선수 일정이나 몸에 무리가 갈 수 있기 때문에 흥민이가 광고를 찍을 때에는 두 번 이상은 응하지 않게 했다. 나중에는 관례처럼 자리잡으면서 우리 회사 소속 선수를 모델로 하는 대부분의 광고는 1년에 두 번 촬영이라는 원칙이 당연한 것처럼 받아들여지게 되었다. 한 번 광고를 찍을 때도 통상 12시간씩 촬영하는 것이 보통이었는데, 이것 역시 우리 선수는 6시간을 넘기지 않도록 조율했다. 긴 시간 촬영을 하게 되면 축구 선수들은 근육에 무리가 갈 수 있기 때문이다.

광고 촬영 얘기를 하다 보니 생각나는 에피소드가 하나 있는데, 아이스크림 광고를 촬영할 때 스토리보드에는 '가벼운 동작으로'라고 나와 있었다. 그런데 촬영장에서 음악에 맞춰 댄스를 좀 해 달라는 요청이 있었다. 아니 이 무슨, 축구 선수더러 댄스라니?! 하지만 광고를 찍지 않을 수는 없고, 우리 선수는 많은 사람들 앞에서 추는 댄스가 어색하기 그지없고, 특히나 다리 근육이 일반인보다 많으니 발 스텝이 자꾸 꼬이고, 촬영은 계속 지연되기만 했다. 하는 수 없이 몸치에다 박치까지인 내가 옆에서 박자를 맞춰 주고, 같이 댄스도 춰 주고 해서 촬영을 마칠 수 있었다. 지금 생각해 보니 나름 재미있는 시간이었다.

나중에 가편집본이 나왔을 때도 확인해야 할 사항은 많다. 무엇보다 선수 이미지가 중요하기 때문에 영상의 수준이 별로면 수정을 요구하고, 눈 깜빡임이 있어도 수정을 요구하고, 사진이 이상하게 나와도 수정을 요구한다. 때로는 제작자들이 우리가 너무 깐깐하고 예민하게 군다고 불만을 터뜨리기도 한다. 솔직히 미안할 때도 있지만, 이는 우리가 결코 양보할 수 없는 부분이다. 우리에게는 돈보다 선수의 몸과 선수의 이미지가 훨씬 더 중요하다. 더 중요한 걸 위해서 우리는 더 많이 움직이고, 더 세밀하게 확인해야 한다.

결론적으로, 비록 돈이 된다 하더라도 광고는 어디까지나 부수적인 것이어야 한다. 광고 촬영은 몸의 부담으로 이어지고, 몸의 부담은 결국 본업인 축구에 지장을 주기 때문이다. 어떻게 보면 광고는 독이 든 성배다. 실력 있는 선수라면 자연스럽게 따라오는 과정이지만, 눈앞의 욕심에 사로잡히면 더 중요한 가치를 놓칠 수밖에 없다. 그러다 보면 결국 어느 순간 선수도 생명이 끝나고, 에이전트 역시 생명이 끝난다. 이것이야말로 선수와 에이전트가 가장 경계해야 하는 부분이라고 생각한다.

고객과의 약속

이번엔 에이전트가 선수를 대하는 자세에 관한 에피소드다. 앞에서 다루었던 내용에 비하면 매우 소소하다고 할 수도 있지만, 여기에 에이전트로서의 나의 철학이 담겨 있다고 생각한다.

토트넘 구단에서는 매년 크리스마스 파티를 여는데 선수들은 각자 원하는 캐릭터 의상을 입는다. 누구는 프랑켄슈타인 코스프레를 하고, 누구는 배트맨 복장을 입는 식이다. 이때 홍민이는 아이언맨을 좋아해서, 우리는 아이언맨 복장을 준비하겠다고 구단 측에 말해 두었다. 선수끼리 복장이 겹치면 안 되니까. 그런데 막상 아이언맨 슈트를 구하려고 보니 홍민이에게 맞는 사이즈가 영국에 없었다. 백방으로 수소문하다가 간신히 캐나다에 비슷한 사이즈가 하나 있다는 사실을 알아냈고 무사히 주문까지 마쳤다.

파티가 금요일이라 여유 있게 화요일까지 도착할 수 있도록 주문했는데 감감무소식이었다. 수요일까지도 오지 않아서 연락했더니 업체 측의 착오로 아직 출발조차 하지 못했다고 한다. 직원들이 발을 구르면서 해결책을 논의했지만 별 뾰족한 수를 찾지 못했다. 이를 지켜보다가 내가 말했다. "뭘 고민해? 그냥 캐나다에 가서 가지고 와."

처음에 직원들은 내가 왜 그렇게 하는지 이해하지 못했다. 아이언맨 슈트가 150만 원 정도인데, 300만 원을 들여 비행기 표 사서 캐나다에 직접 가는 게 말이 되냐는 거다. 나는 그렇게 생각하지 않는다. 에이전트에게 있어 선수는 고객이다. 그것도 어떤 물건을 한 번 구매한 후 인연이 끝나고 마는 고객이 아니라 짧게는 2년, 길게는 몇십 년을 함께할 수도 있는 고객이다. 고객과의 약속은 무조건 지켜야 하고, 그래서 나는 얼마를 쓰든 무조건 구해 와야 한다고 생각했다. 비단 아이언맨 슈트가 아니라도, 내가 에이전트로 살기로 결심한 이후 모든 경우에서 이런 마인드로 살아왔다. 성장을 돕겠다고 했으면 도와야 하고, 협상에서 얼마 이상을 받아 오겠다고 했으면 어떻게든 받아와야 한다. 이게 에이전트로서 가지고 있는 내 철학이자 원칙이다.

아이언맨 슈트 에피소드의 뒷얘기를 덧붙인다. 우리 직원들은 정 못 구하면 캐나다로 가기로 하고, 영국과 유럽 전역의 히어로 관련 숍과 도매상 등에 연락을 시도했다. 그 결과 영국 북쪽 버밍햄 지역의 한 가게에 한 벌이 남아 있다는 걸 알게 되었고, 특송을 요청한 끝에 파티 전인 금요일 오후 2시까지 무사히 받을 수 있었다. 나중에 우리 직원들은 그때 대표가 왜 저렇게까지 하는 걸까 의아하게 생각했다지만, 시간이 지난 뒤 보니 뭔가 깨닫는 바가 있었다고 말하기도 했다.

당시 구매한 아이언맨 슈트를 입은 손흥민

PART 5

프로 선수로 성공하는 길

1

유럽의 유소년 육성 시스템에 관하여

장기적인 관점에서 성장할 수 있도록

그간 에이전트로 살면서 많은 선수를 유럽으로 보냈다. 그게 나의 자부이자 내가 한국 축구를 위해 할 수 있는 최선이었다고 생각한다. 그 덕분에 다른 사람들보다 유럽 축구의 다양한 면을 오래도록 그리고 자세히 들여다볼 수 있었다. 그런데 가끔은 마음 한편에 부럽고 씁쓸한 기분이 들기도 한다. 최첨단 시설을 자랑하는 구장이나 구단의 화려함 혹은 상상을 초월하는 유럽 리그의 인기가 부러워서가 아니다. 그들이 운영하는 선진 유소년 육성 시스템 때문이다.

물론 그 기반에 엄청난 자본이 자리하고 있다는 사실을 부정할 수는 없다. 잘 키운 선수 하나는 엄청난 경쟁력이 되고, 유럽 리그의 생리상 경쟁력은 곧 돈이 된다. 그래서 유럽 구단은 소속 선수를 육성하기 위해 구단별로 유소년 팀을 운영하면서 훈련시키는 시스템도 잘되어 있고, 아이들을 보호하고 관리하는 방식도 굉장히 체계적이다. 예컨대 유럽에서는 유소년들을 절대 무리하게 운동시키지 않는다. 12세 아이들은 일주일에 두 번 훈련하고 한 번 경기, 15세는 일주일에 세 번 훈련하고 한 번 경기하는 것이 원칙이다. 훈련 시간 역시 길어도 90분을 넘기지 않는다. 그에 반해 우리나라는 매일 운동하는 게 일반적이다. 요즘엔 유럽의 방식을 도입한 유소년 팀도 점점 늘어나는 추세이기는 하지만 그래도 한 번에 2시간 훈련은 기본이고 팀 훈련이 끝나도 다시 2시간 정도는 개인 훈련에 돌입하는 게 보통이다.

이런 한국 특유의 방식은 단기적으로 보면 선수를 빨리 성장할 수 있도록 하지만 장기적으로는 선수 생명을 단축할 수도 있다. 특히 성장기 아이들이 과도한 훈련을 하는 것은 무릎에 치명적인 경우가 많다.

운동에 최선을 다하는 건 좋다. 하지만 그 최선은 더 성장하기 위한 최선이어야 한다. 선수 생명을 갉아먹는 열정은 보약이 아니라 독이다. 체계적으로 짜인 유럽의 유소년 훈련 프로그램을 보면서 시간과 횟수를 조절하는 게 얼마나 중요한지 절실하게 느낀다.

뒤셀도르프 유소년 팀 훈련 전 미팅

유소년 경기는 달라야 한다

경기에서도 큰 차이가 있다. 아직 어린 소년이든, 한창 혈기 왕성한 청년이든 나이에 상관없이 선수라면 매 경기에 최선을 다하고 이기고 싶어 하는 건 당연지사다. 하지만 유소년들의 경기에서는 승리가 목적이 되어서는 안 된다. 비록 지금 펼치고 있는 경기가 우승을 결정짓는 경기라 해도, 라이벌 팀과의 자존심이 걸린 한판 승부라 하더라도 마찬가지다.

아이들은 경기를 통해 성장한다. 경기를 통해 전술을 이해할 뿐 아니라 많은 걸 습득한다. 그래서 유소년들의 경기는 이기기 위한 경기가 아니라, 성장하기 위한 경기여야 한다. 유럽의 유소년 팀들은 그런 관점을 지킨다. 예를 들어 경기 전술 측면을 보자. 유럽 팀들은 어떻게 하면 이길 수 있을지가 아니라, 어떤 전술을 쓰고, 어떤 포메이션으로 선수를 배치했을 때 선수들이 더 많이 배울 수 있을지를 고민한다. 선수 개개인을 지도하는 방식도 그렇다. 부족한 부분이 있다면 그걸 실전에서 시도하도록 주문하기도 하고, 최근 훈련에서 배운 걸 써 볼 수 있는 기회를 주기도 한다. 그걸 통해 어린 선수들이 이걸 이렇게 했더니 통하더라, 혹은 이렇게 하니까 막히더라 하는 점을 스스로 깨우치게 한다.

우리나라의 경우는 좀 다르다, 모든 팀들이 그렇다고 단정지을 수는 없지만, 대부분의 경우 성적 지상주의와 진학 문제 때문에 이기는 축구, 지키는 축구를 지향한다. 그러다 보니 선수들이 그라운드에서 실수하지 않으려고 소극적으로 플레이를 하게 되고, 창의적으로 새로운 것을 시도하는 모습을 찾기 어렵다. 더군다나, 눈높이에 맞춘 개인 훈련 시간이 부족해 기본기를 충분히 익히지 못한다. 또한 정해진 포지션에 맞는 전술만 수행하면서 다른 포지션에 대한 이해도를 키울 기회를 놓치기도 한다. 감독이 바뀌어 전술 변화 혹은 포지션 변화가 생기면 쉽게 적응하지 못하고 좌절하는 경우가 생기는 것도 이 때문이다.

어린 유소년들에게 필요한 것은 성장의 시간이다. 다양한 포지션과 역할을 시도할 수 있는 기회를 제공하여 선수들이 다양한 스킬과 전술을 배울 수 있도록 도와야 한다. 선수 개개인의 강점과 약점을 파악해 이에 맞춘 맞춤 훈련 기회를 마련해 주고, 선수들에게 문제 해결 능력과 도전적인 마인드를 길러 주는 기회를 제공해야 한다. 실패와 성공을 경험하며 성장할 수 있는 환경을 조성해 줄 때 쉽게 좌절하지 않고 새롭게 도약할 수 있다. 이를 위해서는 선수, 부모, 클럽, 학교 등이 협력하여 종합적인 지원 구조를 구축해야 한다.

이보다 더 중요한 것이 있다. 축구는 놀이와 경쟁이 조화를 이룬 스포츠이기에 유소년들에게 새로운 도전과 재미를 주는 훈련 방식과 활동을 도입하여 창의성과 열정을 자극해야 한다. 이렇게 자유롭고 창의적인 환경이 조성되었을 때 유소년들은 축구를 즐기며 사랑할 수 있게 된다. 축구가 그저 묵묵히 노력하고 훈련해야만 하는 힘겹고 괴로운 운동이라면, 그것을 수행하는 아이들이 과연 즐거울 수 있을까? 자신만의 축구가 무엇인지 알고, 그 경험을 통해서 자연스럽게 성장하면서 스스로의 한계를 부수는 단계로 나아갈 때 자신이 왜 축구라는 세계에 뛰어들었는지 알 수 있게 되지 않을까?

지금 당장 눈앞의 성과에 집착해서는 이 원대한 흐름을 파악할 수도 없고 완성할 수도 없다. 이것은 단지 선수라는 좁은 관점이 아니라 한 사람의 성장이라는 큰 틀에서 고찰해야 할 부분이다.

더 많은 기회를 준다는 것

우리나라든 유럽이든 프로가 되기를 원하는 선수는 유소년 팀에서 바로 프로로 진출하는 것이 가장 이상적이다. 하지만 우리나라가 각 유소년 팀에서 1년에 한두 명 정도 프로로 진출하는 수준이라면 유럽은 이런 사례가 훨씬 많다. 게다가 유럽 1부 리그 팀들은 1군과 2군을 함께 운영하고 있고, 많은 유소년이 유소년 팀에서 2군을 거친 다음 1군으로 올라갈 수 있는 체계를 만들어 놓았다. 게다가 2부 리그의 시스템도 잘 구축되어 있어, 유소년 팀에서 2부 리그로 간 다음 거기서 경험과 실력을 쌓고 1부 리그로 이적하는 것이 가능하다.

우리나라도 2군 팀이 없는 것은 아니지만, K1, K2 리그 25팀 중에 5팀만 2군(k4)을 운영하고 있는 실정이다. 열악하기는 하지만 K4 선수들은 꾸준히 경기 출전 기회가 주어져서 성장할 수 있는 가능성도 있고 1군과 같이 훈련을 하기도 한다. 여기서 뛰는 선수들은 하부 리그 팀으로 임대되었다가 좋은 활약을 펼치면 1군에 데뷔할 수 있다. 가장 좋은 케이스다. 하지만 K4에도 속하지 못한 선수들은 실전 감각을 익히고 성장하는 것에 어려움이 있다. 그보다 더 안타까운 것은 자신의 실력을 입증할 만한 공식 경기를 치를 수 없다는 점이다. 결국 대부분 선수들은 어떤 팀에도 소속되지 못한 채, 또한 별다른 활동도 하지 못한 채 은퇴 수순을 밟는다. 안타깝지만, 이게 현실이다.

하지만 유럽의 경우 대부분의 구단들이 2군 팀을 운영하고 있고 또한 2군도 최소 3년 계약을 하는 편이다. 선수들이 스스로를 다듬고 성장할 수 있는 시간을 어느 정도는 보장한다고 볼 수 있다. 그뿐 아니라 출전 기회를 잡기 위해 타 팀으로 임대하는 일도 활발하게 일어나기 때문에 어린 선수들은 더 많은 기회를 얻을 수 있다. 이런 기회는 선수가 발전할 가능성을 열어 준다는 점에서 주목할 만하다.

유럽 구단의 2군은 1군과 같이 운동할 수 있는 기회도 많다. 주기적으로 유소년을 1군으로 보내기도 하고, 월드컵이나 UEFA 유러피언 챔피언십 같은 큰 규모의 국제 대회가 열리는 동안에 주전 선수들이 대표 팀으로 차출되면 2군 선수 중 상당수가 1군으로 가 훈련도 하고 출전도 한다. 경험을 쌓고 실력을 높일 수 있는 좋은 계기다.

최근 일본은 유럽의 유소년 육성 방식을 대거 도입했다. 이 책의 첫 부분에 언급했던 J 선수의 일본 구단 테스트 과정도 유럽의 훈련 시스템에 가깝다고 볼 수 있다. 다양한 방식의 미니 게임을 비롯해 1:1, 7:7 경기를 통해 선수가 전술을 얼마나 이해하고 있는지 살피고 선수가 잘하는 것은 무엇이고 부족한 점은 무엇인지 구체적으로 파악한다. 테스트를 위한 훈련 때도 마찬가지다. 압박을 중시하는 현대 축구의 흐름을 따르는 한편, 다양하지만 압축적인 계획을 세워 훈련 시간이 총 90분을 넘지 않도록 한다. 또 J2나 J3의 수준을 최대한 끌어올려 리그 간 수준 차이가 크게 나지 않도록 노력한다. 가능성이 있는 선수에게 2년 이상 기회를 주는 것도 유럽 스타일을 도입한 예이다. 선수들을 유럽에 많이 진출시키면서 지도자들 연수에도 적극적이었던 만큼 전반적으로 유럽식 축구를 배우고 추구하는 분위기가 지배적이다.

우리도 겸허한 마음으로 이런 방향성을 배워야 한다. 단지 선수들이 뼈를 깎는 노력을 하는 것만으로는 채울 수 없는 점이 있다는 것을 인정해야 한다. 그건 시스템의 몫이다. 나는 아직 늦었다고 생각하지 않는다. 축구 산업에 오랜 기간 종사한 경험을 바탕으로 한국 축구에 가장 중요한 한 가지를 꼽으라고 하면 무조건 유소년 육성이라고 말한다. 그들이 곧 한국 축구의 미래다. 재능 있는 아이들이 체계적인 훈련을 받아 성장하고 발전하는 것은 무엇보다 중요하다. 잠재력은 이제 막 피어난 새싹과 같다. 적절하게 물을 주고 적당한 빛과 꾸준한 관심을 기울이면 기대를 뛰어넘는 크고 실한 열매를 맺는다. 하지만 그 시기를 놓치면 금세 시들어 버리고 만다.

내가 대한축구협회의 유소년 유학 프로그램을 맡은 것은 2008년이 마지막이었다. 이후 지금까지 계속 중단된 상태인데 이 프로그램부터 부활시켜야 한다고 생각한다. 2007년, 2008년 2년 동안 총 12명이 이 프로그램의 수혜를 입었는데, 그중 백성동·이용재가 올림픽 대표에 뽑혔고, 김민혁·남태희·손흥민·지동원이 국가 대표에 발탁되었다. 50퍼센트 이상의 비율로 대표 선수들을 배출한 셈이다. 만약 꾸준히 지속했더라면 1년에 2~3명 정도의 선수를 더 키울 수 있었을 테고, 적어도 지금보다 30명 이상의 선수가 국내 또는 해외에서 뛰고 있을 거라는 계산이 나온다. 그런 선수들을 계속 발굴해 왔더라면 어땠을까. 분명 어떤 식으로든 한국 축구에 변화가 있었을 것이다. 그리고 나는, 그 변화가 분명 발전과 같은 말이었을 거라고 생각한다.

유소년 축구 발전이 멈춘다는 것은 곧 한국 축구의 미래가 무너진다는 것이다. 사람을 키워야 한다. 그게 시작이고 끝이며 전부이다.

함부르크 SV 유소년 선수들의 훈련 모습

2

축구 꿈나무에게 인생을 건 부모들을 위해

우리나라는 선수들의 계약이나 돈과 관련한 부분에 부모들이 많이 나서는 편이다. 왜 그런지 생각해 본 적이 있다. 일정 부분은 미비한 선수 육성 시스템에 원인이 있지 않나 싶다. 우리나라의 경우 한 명의 선수를 프로에 보내거나 빅 리그에 진출시키기 위해서는 부모가 거의 인생을 갈아 넣다시피 할 정도의 노력이 필요하다. 물론 유럽이라고 해서 부모가 신경을 쓰지 않는 건 아니지만 우리나라는 그 정도가 상상을 초월한다. 우리나라 부모들이 유달리 자식 문제에 극성인 것은 아니다. 유소년을 제대로 관리하거나 성장시키는 육성 프로그램이 아직 충분히 자리 잡지 못했기 때문이다. 다시 말해 아이를 선수로 키우려면 시스템에만 맡겨서는 안 된다. 부모가 하나부터 열까지 관리해야 한다. 그렇게 온갖 고생을 해 가며 겨우 키워 틀을 잡아 놓는데, 성인이 됐다고 "이제 네가 스스로 알아서 해라."라며 내버려 둘 부모가 어디에 있겠나.

시스템과 상관없이 부모가 얼마나 풍부한 지식을 바탕으로 얼마나 철저히 관리하느냐에 따라 선수 실력이 더 성장할 가능성이 큰 것은 사실이다. 흥민이를 키운 손웅정 선생에 관한 이야기는 너무 잘 알려져 있고, 그 외에도 운동선수 출신 부모 아래에서 자란 자식들이 운동선수로 성공한 사례도 많다. 아무래도 부모 자신이 선수 출신이다 보니 경험과 노하우를 자식에게 잘 전할 수 있다. 그런 한편, 어릴 때는 분명히 가능성도 있고 실력도 뛰어났지만, 방향을 잡아 주는 사람이 없어서 실패하는 선수들도 많다. 특히 해외로 진출한 아이들의 경우 부모가 같이 가서 정신적으로 안정될 수 있게 도와주면 훨씬 좋았을 텐데 생각하면서 안타까워한 적도 있었다. 물론 우리도 선수가 혼자 나갈 때에는 좀 더 신경 쓰고 관리하려고 애쓰지만 부모의 빈자리를 완전히 메꿀 수는 없다. 절치부심 노력하여 혼자 힘으로 자리를 잡은 선수들이 없는 건 아니지만 절대 쉬운 일은 아니다. 한 명의 선수로 성장하고, 어느 정도 이상의 레벨을 꾸준히 유지하기 위해서 가족이라는 이름이 주는 안정감은 아주 중요한 요인이라고 할 수밖에 없다.

이번 장에서는 지금도 세계적인 선수를 꿈꾸며 구슬땀을 흘리는 어린 선수들, 어쩌면 그들을 위해 선수보다 더 열심히 공부하고 노력하고 있을 부모들을 위해 그간 내가 보고 듣고 경험한 것들을 이야기해 보려 한다.

축구를 해야 하는 성향을 타고난 아이와 그렇지 않은 아이

너무 당연한 얘기지만 선수로 키우려면 아이가 어릴 때부터 정말 공을 좋아해야 한다. 몸에 무리가 갈 정도로 연습을 시키라는 게 아니다. 스스로 공을 가지고 리프팅을 하거나 제기차기를 하면서 공과 함께 시간을 보내려는 성향이 있는지 살펴보라는 것이다. 그런 아이들은 그냥 공이 너무 좋아서 온종일 가지고 놀면서 행복해한다. 국내외 할 것 없이 크게 성공하는 선수들은 하나같이 그랬다. 최소한 아이에게 그런 정도의 열정이 있어야 축구를 시키는 게 맞지 않나 생각한다.

성향도 중요한데, 보통 초등학생이 축구를 시작하는 계기를 보면 축구부 감독이 잘할 것 같다며 먼저 제안하는 경우가 꽤 있는 편이다. 감독이 그렇게 말했다는 것은 신체 조건이 남달리 좋다거나, 달리는 걸 우연히 봤는데 기가 막히게 빠르다거나 했을 가능성이 있다. 뭔가 재능이 있어 보인다는 얘기다. 이런 제안을 받았다면 한번 시켜 보면서 관찰하는 것도 좋다. 아이가 정말 축구를 계속해도 괜찮은지는 시간이 좀 지난 후에야 판가

름할 수 있는데, 무엇보다 아이가 끈기 있게 계속 열심히 하는지를 봐야 한다. 대부분은 며칠 열심히 하다가 얼마 지나지 않아 다른 데 눈을 돌리기 마련이다. 그런 경우라면 너무 억지로 시키지 않는 편이 좋다고 생각한다. 축구는 몰입이 정말 중요한 스포츠다. 그래서 '다양한 능력의 소유자'에게는 맞지 않을 수 있다. 축구를 좋아하는 듯해서 시켜 보았는데 금방 흥미를 잃고 다른 일에 눈을 돌린다면 그냥 '우리 아이가 여러 방면에 관심이 많고 다양한 재능을 가지고 태어났구나.' 하고 긍정적으로 생각하면 좋겠다. 세상에는 축구 선수 말고도 좋은 직업이 많으니까.

많은 아이가 처음에는 손흥민을 꿈꾼다. 또 메시나 호날두 같은 선수가 되겠다는 희망으로 축구를 시작한다. 그러다 고등학교에 진학할 때쯤 되면 '진로'라는 거대한 벽이 눈앞에 나타난다. 그 전까지는 그저 재미있고 즐거운 마음으로 했을지 몰라도 그때부터는 다들 전투 자세로 들어간다. 고등학교는 프로 산하의 고등학교와 일반 고등학교로 나뉘어 있다. 어느 쪽으로 가는가 하는 지점부터가 사실상 축구 인생의 갈림길이다. 정말 실력이 좋은 아이들은 프로 산하로 간다. 중간쯤 되는 아이들은 축구부가 있는 일반고로 간다. 여기까지는 괜찮다. 문제는 실력이 없는 아이들이다. 그들은 원하든 원하지 않든 축구를 그만두어야 한다. 그렇게 첫 번째 절망이 시작된다. 무사히 축구를 계속하게 되었다 하더라도 기다리는 건 더 치열한 경쟁뿐이다. 이제 남은 길은 프로가 되는 것, 대학이나 실업 팀을 가는 것, 포기하는 것, 단 세 개뿐이다. 비로소 아이들은 자신들이 낯설고 새로운 세상에 진입했다는 걸 느낀다. 살아남는 건 부수적인 문제다. 프로 산하에 가든 축구 명문으로 손꼽히는 일반고에 가든 선발 멤버 열한 명 안에 들어서 주전이 되어야 한다. 그래야 프로든 대학이든 가서 축구를 계속할 가능성이 생긴다.

프로에 들어가지 못하는 것도 절망이지만 그렇다고 대학에 들어가는 것 역시 만만하지 않다. 어느 학교 출신인지, 우승이나 준우승 경험은 있는지, 주전은 얼마나 했는지 등을 재고 또 따진다. 설령 프로에 진출했다 하더라도 끝이 아니다. 기쁨은 잠깐이고 더 치열하고 더 냉정한 세계가 펼쳐진다. 실력에 따라 철저하게 돈과 대우가 달라진다. 그 모든 과정 하나하나가 경쟁임은 두말할 나위가 없다. 여기까지 오는 것도 오직 살아남는 아이들에게만 '겨우' 주어진 기회다. 잔인하고 엄정하다. 그게 이 세계다.

세상천지에 만만한 게 어디 있냐고 반문할 수 있다. 학생도 회사원도 자영업자도 다 힘들다고 말할 수도 있다. 맞는 말이다. 우리는 모두 각자의 꿈과 비전을 놓고 경쟁해야만 하는 사회에서 살고 있다. 하지만 한 명의 프로 축구 선수가 되는 과정은 그 모든 것과 비교해서도 더 힘든 일이라고 단언할 수 있다.

다른 운동에 비해서도 그렇다. 육체적, 정신적 소모는 상상을 넘을 정도로 크고, 경쟁 또한 극도로 치열하다. 물론 성공하면 그만큼 많은 것을 가질 수 있겠지만 결코 쉽지 않은 일임은 분명하다. 선수도 모든 걸 바쳐야 하지만 부모도 마찬가지다. 괜한 엄포를 놓는 게 아니다. 나는 그저 이 길의 치열함과 고단함에 대해 냉정하게 이야기하는 것이다. 그러니 선수로 키우기 위해서는 가장 먼저 이 모든 것을 감수할 수 있을 정도로 축구를 사랑하는지, 정말 축구밖에 모르는 아이인지를 고려해야만 한다. 간혹 아이는 축구를 별로 좋아하지 않는데 부모의 욕심 때문에 억지로 시키는 경우를 볼 때가 있다. 성공하기도 힘들 뿐 아니라 나이를 먹으면 부모를 원망할 수도 있다.

따라서 축구가 정말 내 아이가 원하는 길인지 깊이 고민해야 한다. 어쩌면 아이는 자신의 길이 아니라 그저 부모의 꿈을 대신 걷고 있는 것인지도 모른다. 만약 그렇다면 그건 꿈으로 향하는 게 아니다. 아이도 부모도 불행으로 가는 것이다.

재능에 관한 냉정한 이야기

선천적인 재능과 후천적인 노력, 무엇이 더 중요한가 하는 문제는 아주 오래전부터 끊이지 않는 논쟁거리가 아닌가 싶다. 무자르듯 딱 잘라 말하기는 힘들지만 개인적으로는 선천적인 재능이 30퍼센트, 후천적인 노력으로 이루어지는 게 70퍼센트 정도라고 생각한다. 이 말은 스스로 얼마나 노력하고 관리하는지가 훨씬 더 중요한 것이라고 볼 수도 있지만, 다른 한편으로 그 30퍼센트의 재능이 없으면 일정 레벨 이상은 가기 어렵다는 말이기도 하다. 특히 1퍼센트나 2퍼센트의 실력 차로 위치가 정해지는 유럽 리그에서는 더더욱 그렇다. 즉 퍼센트 면에서는 노력을 무시할 수 없지만, 비중 면에서 보자면 역시 재능 쪽에 더 무거운 추를 놓을 수밖에 없다.

지나치게 냉정하고 매섭게 들릴 수도 있겠지만 현실이 그렇다. 누구는 25퍼센트의 재능을 가지고 태어났고, 누구는 10퍼센트의 재능밖에 가지지 못한 채 태어났다고 가정해 보자. 둘이 똑같이 열심히 노력해서 70퍼센트의 공간을 채우더라도 처음 있었던 간극은 결단코 메워지지 않는다. 운이 좋으면 K 리그에서 어느 정도 수준까지는 올라갈 수 있겠지만 빅 리그에 가는 건 힘들다. 어쩌면 이런 말이 누군가에게는 비수가 될지도 모르겠으나, 나는 무작정 희망을 이야기하고 싶지도 않을뿐더러 그래서도 안 된다고 생각한다. 누군가의 인생이 걸린 일이기 때문이다.

빅 리그에서 뛰는 선수 중에 노력하지 않은 사람은 없다. 또 계속 노력하지 않는 사람도 없다. 모두가 죽도록 노력한다. 그럼에도 그 안에서 순위는 갈린다. 높은 자리에 오르기 위해서는

에이전트의 세계

256

운도 필요하고 타이밍도 맞아야 하고 사람도 잘 만나야 한다. 다 중요하다. 그럼에도 나는 재능이 차지하는 비중이 가장 크다고 생각한다. 물론 빅 리그에 진출했다는 것만으로도 넘치도록 감사한 재능을 가지고 태어났음이 분명하다. 하지만 그런 선수들 사이에서도 아주 약간의, 하지만 좁힐 수 없는 차이로 누구는 최고의 선수가 되고 누구는 후보가 되고 누구는 2군이 된다. 이 현실을 간과해서는 안 된다. 어쩌면 노력하면 된다는 말이, 최선을 다하면 할 수 있다는 대책 없는 희망이, 다른 기회를 걸어차 버리는 꼴이 될 수도 있다.

그래서 전문가들은 아이들을 평가할 때 기본적으로 얼마나 많은 재능을 가지고 태어났는지를 본다. 대표적으로 스피드 같은 걸 꼽을 수 있다. 연습으로 어느 정도까지는 따라잡을 수 있겠지만 태생적으로 발이 빠르지 못한 아이들은 아무리 죽을 만큼 노력하더라도 한계가 있다.

예전에 K 대학교 출신 선수를 함부르크에 보낸 적이 있었다. 강릉에서 열린 대학 대회에서 이 선수를 발굴했는데, 그 당시 고학년이 아니었음에도 팀 주장을 맡을 정도로 리더십이 있는 친구였다. 그 대회에서 K 대학은 포백 전술을 구사했는데, 이 어린 친구가 다른 수비수들의 위치 조율도 기가 막힐 정도로 잘했다. 사실 그런 리더십이나 센스도 타고나야만 하는 측면이 있다. 여기까지만 보면 축구 선수로서 많은 걸 가지고 태어난 친구였다. 우리는 저 정도면 괜찮겠다 싶어서 관련 영상을 함부르크에 보냈고, 구단으로부터도 테스트를 해 보자는 연락을 받았다.

함부르크 테스트 당시 연습 경기에서 이 친구가 아주 인상적인 모습을 보여 줬는데, 영어도 안 되고 이 팀에서 경기도 처음 하는 주제에 기존 선수들을 리드하는 거다. 다른 수비수 선수에게도 손가락으로 위치를 가리키며 "헤이! 넘버 식스! 이리로 이리로! 넘버 피프틴! 넌 저리로!" 이렇게 고함을 치는데, 아마 모르는 사람이 봤으면 그 팀의 주장인 줄 알았을 거다. 처음에는 무시하던 다른 선수들도 애가 워낙 난리를 치고, 또 수비도 잘하니까 나중에는 가라는 대로 가고 오라는 대로 오는 것이 아닌가. 이걸 보면서 감독이고 코치고 다 놀랐다. 우리 식으로 표현하면 다들 "저놈 물건이네!" 그랬다.

키 188센티미터에 실력 있겠다, 처음 본 독일 선수들도 리드하겠다, 구단에서 좋아하지 않을 수가 없었다. 결국 이 친구가 3년 계약을 받았다. 따지고 보면 이제 시작인 셈이다. 함부르크 2군에서 선수 생활을 하면서 3년 안에 좋은 실력을 보여서 1군으로 올라가면 그때는 제대로 된 대우와 인정을 받을 수 있다. 그렇게 첫 목표를 삼았다. 다 같이 이런저런 노력을 기울였고 선수도 전반적으로 나쁘지 않은 경기력을 보였다. 하지만 시간이 지나면서 조금씩 단점이 보이기 시작했다. 이 친구는 선천적으로 스피드가 없었던 것이다. 수비 실력 자체는 좋았지만, 팀이 빌드업을 해서 앞으로 나가는 상황이 오면 약점을 드러냈다. 본인도 이 사실을 잘 알고 있었기 때문에 웬만하면 앞으로 나가지 않고 기다리면서 수비에 치중하는 모습을 자주 보였다. 그러다 보니 팀에서 공격적인 전술을 쓸 때는 단점이 부각되었고, 하는 수 없이 앞으로 나갔다가 역습 상황에서 제대로 대처를 못해 골을 먹는 경우도 속출했다.

정말 다른 모든 부분에서는 너무도 괜찮은 선수인 만큼 발이 느리다는 이유 하나 때문에 포기하고 싶지는 않았다. 어떻게든 더 성장시키고 싶어서 신태용 감독이 올림픽 대표를 이끌 때 선수가 어떤지 살펴봐 달라고 한 적도 있었다. 나중에 같이 식사하면서 이야기를 나눴는데 신태용 감독 또한 다른 건 다 좋은데 스피드가 너무 부족해 본인이 구상한 전략에는 맞지 않는다는 평가를 내렸다. 그래도 초반에는 몇 차례 올림픽 대표팀에서 뛰기도 했지만 결국 탈락했고, 끝내 함부르크 1군으로도 가지 못했다. 그래도 현재 K 리그에서 뛰면서 어느 정도 자리를 잡았으니 선수로서 완전히 실패했다고 할 수는 없지만, 그를 높게 평가했던 나로서는 무척 속상했던 게 사실이다. 정말 많은 부분에서 재능도 있었고 본인도 열심히 했고 여러모로 좋은 선수임이 분명한데, '느리다'는 그 단점 하나를 극복하지 못해 세계 무대에서 뛸 수 없었다는 사실이 너무 안타깝다. 나조차도 이런 마음인데 본인은 오죽할까 싶다.

이런 게 바로 현실이다. 이런 경우는 얼마든지 있다. 모두가 원하고 모두가 꿈꾸는 세계에서 다른 것은 다 갖추어도 단 하나의 약점 때문에 발목을 잡힌다. 그래서 쉽지 않다. 스피드도 그렇지만 간혹 태생적으로 체력이 좋지 않은 아이도 있고, 성향이 적극성이지 않은 아이도 있다. 잘 먹이는 데도 크지 않는 아이도 있다. 안타까운 일이지만 또 어찌할 수 없는 일이기도 하다.

많은 사람이 대표적인 예외 사례로 메시를 이야기한다. 어렸을 때 허약했고 키도 작았다. 지금도 축구 선수 중에서는 작은 키다. 하지만 축구 역사에서도 최고로 손꼽히는 선수가 되지 않았느냐고 반문할 수 있다. 물론 그렇다. 언제나 어디서나 예외는 있고 100퍼센트 불가능은 없다. 하지만 누군가에게 정말로 도움이 되고 싶어 책을 쓰는 입장에서는 현실과 확률을 이야기할 수밖에 없다. 불확실한 가능성 하나를 믿고 가야 하는 고단함에 대해 말할 수밖에 없다. 나는 그것을 진정성이라고 생각한다.

다만 여기서 강조하고 싶은 건 재능이 있고 없고를 너무 어릴 때 판단하고 결정하지는 말라는 것이다. 만약 아이가 원한다면 어느 정도까지는 지켜보는 것도 나쁘지만은 않다고 생각한다. 처음에는 재능이 없다고 여겼지만 조금 늦게 빛을 발하는 경우도 분명 있다.

부모의 욕심 때문에 안 되는 아이를 억지로 붙잡고 있는 것도 좋지 않지만, 의지가 충만한 아이를 너무 일찍 단정해 포기하도록 하는 것도 좋은 선택은 아니다. 만약 아이가 축구를 하고 싶어 한다면 원하는 것을 마음껏 할 수 있게 해 주되, 선수 말고도 다양한 길이 있다는 걸 알려 주는 것도 좋은 방법이라고 생각한다.

3
축구 선수로 성공하기 위해 필요한 것들

재능, 근성, 발전 속도

성공하는 선수들, 성공 가능성이 있는 아이들은 무엇이 다를까? 첫 번째는 재능이다. 타고난 아이들은 분명 뭔가 달라도 다르다. 예전에 본 초등학생 사례다. 공격수였는데, 경기 중에 슛 찬스가 났다. 왼쪽에는 골대에서 좀 떨어진 위치에 수비수 한 명, 중앙에 골키퍼가 있고, 오른쪽에는 골대 쪽에 바로 붙어서 수비수 한 명이 있었다. 그 아이는 망설임 없이 오른쪽 골대를 향해 슈팅을 했다. 비록 빗나갔지만 무척 인상적이었다. 슈팅까지 이어지는 과정도 좋았다. 2~3명의 수비수를 달고서도 먼 거리를 혼자 질주한 다음 스스로 기회를 만들어 마무리까지 지었다. 이미 다른 아이들에 비해 월등한 기량을 가지고 있다는 생각이 들었다.

경기가 끝나고 아이에게 왜 아까 오른쪽으로 슛을 했냐고 묻자 이렇게 답했다. "왼쪽엔 수비수가 앞에 나와 있고 오른쪽엔 골대 바로 옆에 있었잖아요." 축구를 잘 모르는 사람들을 위해 이 상황을 설명하자면, 왼쪽에는 수비수가 골대와 좀 떨어진 거리에 있으니 그쪽으로 슛을 했다가 수비수에 맞으면 공이 밖으로 나갈 확률이 높다. 하지만 오른쪽은 수비수가 골대 바로 옆에 있으니 수비수에 맞더라도 운이 좋으면 굴절되어 골대 안으로 들어갈 수도 있는 것이다. 이 아이는 고작 만 11살 나이에, 그리고 그 급박한 상황에서 이걸 계산한 거다. 아니, 본능적으로 알고 있는 것이다. 이런 게 재능이고 축구 머리다. 세계적인 선수들은 하나같이 이런 능력을 가지고 있다. 찰나의 순간에도 찾아 들어갈 공간을 감각으로 느끼고 긴박한 순간에도 흔들리지 않고 한없이 여유롭다.

비근한 예로 2022 카타르 월드컵에서 우리나라와 포르투갈전 당시 두 번째 골을 만든 손흥민의 도움을 들 수 있겠다. 나중에 흥민이는 3~4명의 수비수에 둘러싸인 상황에서 단 하나의 길이 보였는데 그게 수비수 다리 사이로 희찬이에게 패스를 주는 것이라고 말했다. 이런 게 톱클래스 선수의 능력이다. 이걸 학습하면서 배우는 아이도 있지만, 본능적으로 아는 아이도 있다. 그 초등학생이 그랬다. 이 친구는 현재도 우리 회사에서 꾸준히 눈여겨보고 있다.

현대 축구에는 특히 수학적 개념이 많이 들어가기도 하고 선수들이 공을 계속 주고받으면서 공격하는 전술이 세계적인 추세가 되기도 하면서 축구 지능이 더욱 중요해졌다. 재능 있는 아이들은 상황을 이용할 줄 알고, 자기 팀 선수를 활용할 줄 안다. 다만 이런 플레이의 대단함을 일반인이나 부모가 정확히 알기는 어려울 수 있다. 그냥 '수비수를 잘 따돌렸구나.', '슛을 잘했는데 아깝게 빗나갔구나.' 이런 정도로만 생각하고 넘어가는 경우도 있다. 그래서 내 아이를 전문가들에게 보여 조언을 구하고 정확한 평가를 받는 일은 매우 중요하다. 그 외에도 체격이나 체력, 스피드 같은 것도 타고나야 하는 요소에 속하는 것들이다.

그다음에 아이가 노력형인지도 중요하다. 목표를 세웠으면 죽기 살기로 그 목표에 도달하려는 근성을 가진 아이도 있지만 게으르고 의지가 약한 아이도 분명히 있다. 코치가 아무리 얘기하고 부모가 죽어라 잔소리해도 안 된다. 속상하겠지만 누가 어떻게 해 줄 수 있는 게 아니다. 또 중요한 건 발전 속도다. 원하는 경지가 10이라면 여기까지 6개월 만에 올라오는 경우도 있고, 1년, 2년이 지났는데도 안 되는 경우도 있다. 어렸을 때는 잘했지만 자만심에 빠질 수도 있고, 스스로 노력하지 않을 수도 있고, 육체적인 한계를 맞을 수도 있다. 결국 세계적인 선수가 되려면 타고난 재능, 발전 속도, 노력, 근성, 축구 두뇌 모든 게 맞아떨어져야만 한다.

운, 사람 그리고 타이밍

선수로 성공하기 위해서는 운과 사람 그리고 타이밍도 아주 중요한 요소다. 예전에 점찍어 두었던 유소년 선수를 여기저기에 보내 테스트를 받게 한 적이 있었다. 그때 어떤 팀 감독은 선수 실력이 나쁘지는 않지만 자기가 원하는 스타일이 아니라며 거절했고, 또 다른 팀 감독은 자신이 찾던 유형이라며 발탁했다.

나중에 합격시킨 이유를 물어봤더니, 수비수와 맞닥뜨렸을 때 먼저 어깨를 넣고 달리는 모습에서 기본적으로 몸싸움을 할 줄 아는 아이라는 판단이 들었다는 것, 어떻게든 이겨서 볼을 취했다는 점에서 투지가 보였다는 것, 마지막으로 경기 중에 공격 기회가 난 적이 있었는데 그때 넘어지면서까지 슈팅을 가져가 스스로 마무리를 지었다는 것, 이 세 가지를 꼽았다.

그렇다면 이 선수가 앞 테스트에서는 그런 모습을 보이지 않았을까? 그럴 리는 없다. 여기서 운과 사람과 타이밍이 선수에게 얼마나 중요한가를 엿볼 수 있다.

한 감독은 투지나 몸싸움보다는 정교함을 중요하게 생각했고, 다른 감독은 그것보다 다른 요소를 더 중시했다. 즉 자기를

265

알아봐 주는 사람을 만나는 것이 선수에게는 매우 중요하다는 얘기다. 또 내 입장에서는 그 선수가 아직 완성형은 아니었기 때문에 각각 성향이 다른 감독에게 선보임으로써 최대한 정확한 판단을 내리고자 했다. 그리고 그중 한 감독의 눈에 들었다. 이것도 운에 속한다고 할 수 있다. 결정적으로 이 선수를 뽑은 감독의 팀에 비슷한 유형의 선수가 없던 상황이었으니 타이밍도 잘 맞았다. 운과 타이밍이 잘 맞물려 돌아간 예라고 할 수 있겠다.

선수로 자리를 잡는 일이 절대 쉽지 않다는 게 그래서다. 죽을 만큼 연습한다고 해서 무조건 되는 일이 아니다. 에이전트로 살면서 시간은 노력을 배신하지 않는다는 말을 다시 생각하게 됐다. 노력은 그냥 기본으로 전제되어 있는 값이다. 그것만으로는 안 된다는 걸 너무 많이 봐 왔다. 시간과 노력은 한정적이고, 결과는 언제나 미세한 차이로 갈린다.

운이나 사람, 타이밍 같은 요소는 레벨이 올라가면 올라갈수록, 프로가 된 이후일수록 더 큰 비중을 차지한다. 좋은 구단에 갔는데 갑자기 감독이 바뀌면서 선수를 외면할 수도 있다. 그건 선수가 못해서가 아니다. 선수마다 장점이 있고, 스타일이 있는데 감독이 그 선수 스타일을 선호하지 않는 것일 뿐이다. 감독이 구사하려는 전략과 선수가 맞지 않을 수도 있다. 그걸 노력으로 극복할 수는 없다. 그저 실력이란 칼을 날카롭게 벼려 놓은 채 언제 찾아올지 모르는 기회를 기다리고 또 기다리는 방법이 유일할 뿐이다.

어떻게 관리할 것인가

한 명의 유소년을 프로로 키우기 위해서, 특히 관리 측면에서 부모의 노력은 절대적이다. 현재 우리나라는 시스템이 놓치고 있는 점들이 너무 많기 때문에 부모가 선수 이상으로 공부를 해야 한다. 돈도 많이 들어간다. 그걸 기꺼이 감당할 각오가 되어 있는 부모들을 위해 내 아이를 좀 더 철저하고 체계적으로 관리할 수 있는 방법 몇 가지를 소개한다.

우리가 운동을 하다 보면 몸에 근육이 붙으면서 재미와 보람을 느낀다. 하지만 운동을 사흘만 쉬어도 근육은 빠지기 시작한다. 그러다 보니 근육을 계속 유지하기 위해 매일매일 운동하면서 이른바 운동 중독에 걸리고 나중에 몸에 큰 무리가 가는 경우가 왕왕 있다.

아이들도 마찬가지다. 어느 정도 실력이 올라가면 그때부터 더 축구를 더 좋아하고 더 잘하려고 노력한다. 실력에 대한 욕심이 커지면 커질수록, 축구에 대한 재미를 느끼면 느낄수록 누가 잡아 주지 않으면 점점 무리하게 된다. 성인들은 그냥 좀 피곤하고 말겠지만 성장기에 있는 아이들은 선수 인생이 끝장날 수도 있는 문제다.

　이런 부분에 대해 많은 부모가 나름대로는 이런저런 신경을 쓰겠지만 이왕이면 전문 피지오 테라피스트에게 주기적으로 관리를 맡기는 것을 추천하고 싶다. 마사지를 받으면 피로한 근육이 빠르게 회복해 다시 운동을 했을 때 큰 무리가 없다. 이보다 더 중요한 점이 있다. 피지오 테라피스는 근육 상태를 확인한 다음 언제까지 휴식을 취하고, 이후에 어느 정도의 강도로 어떤 운동을 해서 어디 근육을 경직시키고, 다시 얼마나 쉬면서 경직된 근육을 다시 완화시켜야 하는지를 체계적으로 조언하고 시행할 수 있도록 도와준다. 이런 전문적인 과정을 거치면 선수 몸에 무리가 가지 않으면서도 가장 빠른 시간에 축구에 필요한 근육을 키울 수 있다.

　또 요즘엔 모든 게 데이터로 통하는 시대다. 본인이 한 경기에서 몇 킬로미터를 뛰는지, 속도는 얼마나 나오는지, 30미터를 뛰는 데는 몇 초가 걸리고, 100미터를 뛰는 데는 또 얼마나 걸리는지를 모두 알 수 있다. 선수들을 전문적으로 관리하는 퍼스널 트레이닝 센터에 가면 이런 데이터를 기반으로 어디를 어떻게 얼마나 더 관리해야 하는지 구체적으로 파악해 알려 준다. 이를테면 이 선수가 취약한 근육이 대퇴부인지, 햄스트링인지, 종아리인지를 파악하고 그 부위를 키우기 위한 훈련을 받도록 돕는다. 자기 몸을 잘 아는 프로들도 대부분 개인적으로 이

런 트레이닝 센터에서 관리할 정도이니, 아직 몸 관리를 제대로
할 줄 모르는 유소년들에게는 더욱 필요한 일이다. 이런 곳에서
전문적으로 관리를 받는 아이와 그냥 학교 운동장만 주야장천
뛰는 아이를 비교했을 때 누가 더 빨리 성장할지는 명확하다.
물론 가난한 집에서 태어나 제대로 된 관리를 받지 못했음에도
세계 최고 레벨로 우뚝 선 선수들의 일화도 종종 볼 수 있다. 말
했듯이 세상에 불가능은 없고, 언제 어디서나 예외는 있다. 냉
혹하지만, 나는 다만 확률을 이야기할 뿐이다.

이 외에 식이에 관한 부분도 관리를 받을 수 있는데 영양 분
석을 통해 선수가 단백질과 탄수화물과 지방을 얼마나 섭취해
야 하는지 알 수 있다. 이것도 요즘엔 굉장히 발전해서 선수 개
인 체질을 분석해 체지방 수치가 제일 낮을 때가 언제인지, 어
떤 음식이 본인과 가장 잘 맞는지 파악하는 게 가능하다.

예전에 흥민이도 토트넘에 있을 때 몸이 무거워진 적이 있
었다. 이래서는 안 되겠다 싶어서 영양 분석가에게 보냈다. 그
러면 선수에게 맞춘 하루 식단을 계산해 준다. 하루에 탄수화물
은 100g 이상 섭취 금지, 닭고기 120g, 브로컬리·당근 등 채소
100g, 참치나 연어 같은 생선 60g을 섭취하라는 식이다. 이렇게
식단을 조절한 후 체지방을 검사하면 당연히 몸이 가벼워진다.
보통 선수들의 적정선은 지방 11퍼센트이다. 이를 중시했던 일
본 축구 국가 대표 팀은 선수 체지방이 12퍼센트를 넘으면 쫓

아내기도 했을 정도다. 체지방이 많다는 건 곧 몸이 둔하다는 뜻이고, 몸이 둔하다는 것은 관리를 제대로 하지 못했다는 뜻이기 때문이다.

부모들이 이런 부분을 체계적으로 관리해 줘야 제대로 성장할 수 있다. 그냥 하는 말이 아니라 부모가 해야 할 게 정말 많다. 가끔 몸보신을 해 준다고 민간에서 좋다는 걸 무턱대고 먹이기도 하는데, 아이는 그냥 뚱뚱해지고 마는 경우도 많다. 전문가를 만나서 조언을 들어야 한다. 돈과 시간을 써야 한다. 영양 분석가도 찾아가고, 피지오 테라피스트도 찾아가고, 트레이닝 센터도 찾아가야 한다. 그렇게 선수의 몸을 관리하고 밸런스를 체크해 최상의 몸을 만들어 주어야 한다. 한 명의 선수를 키우려면 부모 또한 인생을 갈아 넣어야 한다는 게 결코 과장된 말이 아니다.

4
유럽으로 가기 위한 길과 준비

해외에서 시작하는 길

뮤지컬 배우들 사이에서 흔히 하는 농담으로 '뉴욕에서, 브로드
웨이로 가는 가장 빠른 길은 연습'이라는 말이 있다. 많은 것을
함의하는 얘기일 텐데, 일단은 뉴욕이든 어디든 물리적으로 이
동을 해야 뭐가 되도 되지 않을까 싶다.

축구 선수도 마찬가지다. 나는 유럽에서 대성하기 위해서는
만 16세 이전에 나가는 게 좋다고 본다. 하지만 피파 규정이 매
우 까다로워서 쉽지만은 않다. 이런 이유 때문에 어릴 때부터
아이를 데리고 이주 형식을 취해 유럽으로 가는 사람들도 있다.
축구만 놓고 보면 유럽 환경이 좋은 건 사실이다. 영국만 해도
웬만한 동네에는 아스널 산하 아카데미, 풀럼 산하 아카데미 등

이 즐비하다. 정기적으로 선발 대회도 열리니, 거기서 테스트를 받은 다음 입단하는 방식으로 아이를 키워 보는 것도 하나의 방법이 될 수 있다. 대표적으로 이강인이 스페인에서 이런 식으로 성장한 케이스다.

　이강인 선수 얘기가 나오고 보니 내가 그에게서 받았던 첫인상이 기억난다. 때는 2019년 가을, 투르크메니스탄과 월드컵 2차 예선을 앞두고 대표 팀은 조지아와 평가전을 하기 위해 튀르키예에 가 있었다. 홍민이와 희찬이를 응원하고 관리하기 위해 튀르키예를 방문했는데, 거기서 나는 두 선수 외에도 팀 막내였던 강인이를 초대해 식사를 한 적이 있다. 우리는 그 자리에서 많은 얘기를 나누었는데, 어릴 때부터 스페인에서 자라서인지 당시 한국말이 유창하지는 않았지만 어깨를 들썩이며 말하는 게 귀여웠고, 축구에 대한 남다른 열정과 자신감이 많이 느껴졌다. 그러한 열정이 힘을 발휘했는지 그 후 4년 만에 네이마르가 속해 있는 파리 생제르맹 FC로 이적했다. 고작 22살의 어린 나이에도 불구하고 프랑스 리그 최고 구단에 들어간 것이다. 지금보다 앞으로가 더 기대되는 선수다.

　다만 지나치게 어린 나이에 나가는 것의 단점도 고려해 봐야 한다. 축구에는 도움이 될지 모르지만 정서적인 측면이나 교우 관계에서 부정적인 영향을 미칠 수 있기 때문이다. 따라서 선수의 재능이나 성격, 환경, 부모의 경제력 등 다양한 부분

2019년 U-20 축구 대표 팀 훈련 당시.
이강인 등 선수들이 무게추가 실린 썰매를 끌며 달리고 있다.

을 종합적으로 검토한 후에 결정해야 한다. 저 집이 가니까 우리 집도 간다거나, 우리 아이보다 축구도 못하는데 합격했다는 말만 듣고 섣불리 결정하는 건 금물이다. 여기서 분명히 말하고 싶은 것은 부모의 주관적인 판단은 철저히 배제해야 한다는 점이다.

부모들 둘이서만 우리 아이는 메시급이라고 철석같이 믿고 해외로 나가는 경우도 꽤 많다. 예전에 몇 번 상담을 해 줬던 어떤 가족은 아이 실력이 부족해 해외에서는 어렵겠다는 평가를 듣고도 아빠가 축구를 좋아한다는 이유로 가족이 전부 독일로 갔다. 아들이 3부 리그에 입단하기는 했지만, 그 이상 성장이 안 돼서 걱정이라는 연락을 받은 적이 있었다. 거듭 강조하지만, 혹시 이주를 생각하고 있다면 세 명 이상의 전문가를 만나 보라고 권해 드린다. 무작정 시작하기보다 내 아이의 현재 위치를 냉정하고 분명하게 평가받은 후 결정하는 것이 중요하다. 이주라는 건 어찌 보면 인생을 건 승부일 수도 있다. 그런 만큼 실패할 확률을 줄이고 가능성은 높일 수 있는 방법을 꼼꼼하게 따져 보아야 한다.

가장 좋은 방법은 에이전트 눈에 드는 것

직설적으로 말해서 유럽으로 가는 정석이자 가장 안전한 방법은 전문 에이전트와 계약하는 것이라고 생각한다. 우리 스카우터들만 해도 청소년, 유소년 할 것 없이 우리나라에서 열리는 거의 모든 대회를 다 보고, 독일 지사 스카우터들도 파견을 나오면 보통 4주 정도 한국에 머물면서 전국을 돈다. 우수한 선수를 찾으러 다니는 것이다. 낭중지추라 했다. 정말 실력 있고 재능 있는 아이라면 눈에 띄지 않을 수 없다.

"쟤 누구야? 잘하네. 스피드 좋네. 볼 다루는 기술 좀 봐라. 애가 겁도 없네? 방금 크로스는 경기장 전체를 다 보고 있다는

274

거잖아? 시야 좋네. 방금 슈팅 봤어? 절묘하게 구석을 찌르는 슈팅이잖아. 심지어 왼발, 오른발을 다 쓰는군!" 이런 선수를 어떤 에이전트가 탐내지 않겠나.

우리 회사의 경우 유소년 발굴과 관련해 매주 2~3번 이상 회의를 하는데 그 자리에서 스카우터들은 회사에서 공통으로 사용하는 체크리스트로 각자 발견한 선수의 장점을 어필한다. 그 과정을 거쳐 최종 계약을 맺으면 보훔이나 함부르크, 브레멘 같은 독일 구단을 포함해 프랑스, 영국, 스페인, 이탈리아 등 각 나라 구단에 테스트를 보내는 방식으로 다음 행보를 이어 나간다.

우리 같은 전문 에이전시는 선수의 수준과 장단점, 기본적인 스타일과 포지션을 충분히 파악한 다음, 그런 타입을 필요로 하는 구단을 찾아 선수 자료를 보내기 때문에 확률이 높기도 하고 좀 더 안정적으로 유럽에 갈 수 있기도 하다.

이 책을 보고 있는 선수 부모들께 냉정하게 말하면, 정말 당신의 아이가 비슷한 연령대에서 상위권이라면 이미 에이전시에서 연락이 왔을 것이다. 만약 그런 연락을 받지 못했다면 아이가 아직 두각을 나타내지 못하고 있다는 뜻이다. 그렇다고 실망할 필요는 없다. 인생의 길이 길듯, 축구의 길 또한 길다. 지치지 않고 이 길을 더 잘 걸어갈 수 있도록 준비하고 관리해 주시라는 말씀을 드리고 싶다.

좋은 에이전트를 고르는 법

정말 압도적인 수준으로 실력이 좋다면 여러 에이전시에서 연락이 올 가능성이 크다. 이때 어떤 에이전시와 계약하는지에 따라 쉬운 길이 열릴 수도 있고, 어려운 길이 열릴 수도 있다. 물론 닫힐 수도 있다. 내 아이의 인생이 크게 좌우될 만큼 중요한 문제이므로 정말 신중하게 알아보고 또 고민해야 한다.

조금 다른 이야기지만, 손흥민이나 황희찬 정도 수준의 선수라면 에이전트의 협상력에 따라 계약 조건이나 연봉 수준 등이 달라질 수는 있겠지만 그렇다고 유럽에서 뛰지 못하거나 하지는 않을 것이다. 하지만 유소년은 얘기가 다르다. 에이전트 능력에 따라 독일이나 영국에 갈 수도 있지만 K 리그에서 끝날 수도 있다. 그래서 유능한 에이전트와 계약하는 것이 무엇보다 중요하다.

나는 좋은 에이전트의 첫 번째 요건은 소통 능력이라고 생각한다. 일단 말이 잘 통해야 한다. 선수가 원하는 걸 정확히 파악하고, 장점과 단점에 대해 구체적으로 이야기를 나눌 수 있어야 한다. 이를 통해 장점은 더 키우고, 단점은 보완할 수 있어야 한다.

두 번째는 선수를 성장시키려는 의지가 있어야 한다. 특히 유소년이라면 당장 수익을 내려고 해서는 안 된다. 길게 보고 선수와 함께 호흡하며 인생이라는 트랙 위를 함께 달리는 러닝

에이전트의 세계

메이트가 되어야 한다.

세 번째는 네트워크다. 유럽에 선수를 보낸 경험이 없는 에이전트라면 아무래도 좀 더 주의가 필요하다. 이들에게 "어떤 선수를 어떤 구단에 보냈나요?" 물어보면 아마 답변이 궁색할 것이다. 기껏해야 "아, 제 친구가 누구누구 에이전트입니다. 연락하면 다 됩니다." 혹은 제가 "OO 구단에서 뛰는 누구의 삼촌입니다." 뭐 이럴 가능성도 있다. 물론 아직 첫발을 떼지 못한 신생 회사지만 진정성을 지닌 곳도 있을 것이다. 다만 위험 요소가 너무 많다. 경계해야 한다. 요즘엔 조금만 검색을 해 봐도 해당 회사 정보를 충분히 파악할 수 있는 만큼 유럽에 보내 준다는 말에 들떠 너무 쉽게 믿지 말고 꼼꼼히 알아봐야 한다.

일전에 한 유소년 선수와 계약하기 전에 내가 어떤 선수들을 담당했는지 얘기했더니 선수와 직접 통화를 할 수 있겠느냐고 물어본 부모가 있었다. 현명한 태도라고 생각한다. 에이전트가 거리낄 게 없다면 아이에게 "그 선수 좋아하니? 통화 한번 해 볼래? 네 선배이기도 하니까 궁금한 것도 물어보고, 어떻게 해야 훌륭한 선수가 될 수 있을지 조언도 들어봐라." 이런 상황이 일반적이다. 이건 에이전트에게도 좋은 방식이다. 우리의 열 마디보다 유럽에서 뛰고 있는 선수의 말 한마디가 훨씬 더 큰 확신을 줄 수 있다. 비슷한 맥락으로, 이왕이면 큰 회사와 계약하는 게 좀 더 유리한 측면이 있다. 그만큼 경험도 많고 더 많은 구단과도 소통할 수 있는 만큼 내 아이에게 맞는 팀을 찾을 수 있는 가능성도 높아진다.

또 에이전트가 얼마나 구체적인 그림을 그리는지도 중요하게 봐야 한다. 단순히 "독일 보내겠습니다.", "스페인으로 가시죠." 이렇게 말하는 게 아니라, 선수를 정확하게 분석한 후 그걸 바탕으로 진로를 결정하는지 따져야 한다. 실력과 성향에 따라 길은 여러 가지다. 일본을 거쳐 이탈리아로 갈 수도 있고, 네덜란드를 거쳐 독일로 갈 수도 있다. 선수 스타일과 다양한 루트를 이상적으로 결합할 줄 아는 에이전시를 골라야 한다.

여기서 잠깐 내 이야기를 하자면 나와 티스가 스텔라 스포츠와 합병한 것도 큰 에이전시가 유리하다는 걸 절실하게 느꼈기 때문이다. 일을 하다 보니 규모가 있는 회사일수록그만큼 구단에 미치는 영향이 크다는 사실을 조금씩 알게 되었다. 특히 희찬이를 라이프치히에 이적시킨 이후에 보니 이 구단에서 뛰고 있는 스텔라 스포츠 소속 선수가 많았다. 그래서인지 스텔라 스포츠는 우리나 여타 에이전시보다 구단과 커뮤니케이션도 훨씬 수월하고, 정보도 빨리 입수하는 등 특별히 더 대우를 받는다는 느낌을 받았다. 어중간한 선수들 몇 명 데리고 있는 에이전시가 요청하면 구단이 이런저런 핑계를 대며 미팅을 미루지만, 에이스를 많이 데리고 있는 에이전시가 연락하면 무서울 정도로 빠르게 답을 주는 등 차별을 보이기도 했다. 조금씩 큰 에이전시와 함께하는 것이 하나의 방법이 될 수 있겠다는 생각이 들 무렵 스텔라 스포츠에서 합병 제안이 왔다. 스텔라 스포츠는 축구 에이전시 중에서는 세계 최대의 규모이기도 했고, 그 간판 만으로 라이프치히 구단에서 대우를 받는 모습도 봤기 때문에 우리에게도 좋은 기회라는 생각이 들었다.

결국 여러 차례 미팅 끝에 티스는 스텔라 스포츠 독일 지사 대표, 나는 스텔라 스포츠 한국 지사 대표를 맡기로 했다. 이후 세계 최대의 연예 기획사이자 세계에서 두 번째로 큰 스포츠 에이전시인 CAA가 다시 ICM을 인수·합병하면서 우리 회사도 자연스럽게 CAA 스텔라 코리아가 되었다.

큰 기업들이 이런 식으로 인수와 합병을 반복하면서 계속 덩치를 키우는 것도 비슷한 이유다. 그럴수록 구단과의 협상에서 더 유리한 고지를 점령할 수 있기 때문이다. CAA 스텔라 코리아로 바뀐 후에는 전 세계에 18개 지사들과 함께 워크숍도 열고, 컨퍼런스도 개최하면서 강력한 축구 비즈니스 네트워크를 얻게 되었다. 또 한국이나 일본으로 오고 싶어 하는 세계 각지의 선수 관련 정보를 여러 지사로부터 받는데, 어차피 같은 회사 소속 지사이기 때문에 믿을 수 있다. 우리나라 유망주들도 지사 그룹에 올리면 더 많은 구단에서 관심을 가지는 만큼 해외로 보내는 것도 활발해졌다. 여전히 우리 방식대로 선수를 관리하되 세계 최고라 할 수 있는 회사의 지원을 빈는 셈이다. 한 회사의 대표로서는 좀 더 안정적인 운영이 가능해졌고, 에이전트로서는 큰 에이전시가 가진 힘을 얻었다.

기본적으로 에이전트는 선수에 대한 자신과 믿음이 없으면 처음부터 테스트에 데리고 나가지도 않는다. 구단의 테스트를 보겠다는 건 키우겠다는 의미고, 투자하겠다는 뜻이다. 유소년을 해외 구단에 알리고 테스트를 진행하는 건 당연히 비용이 많이 드는 일이다. 그럼에도 그렇게 하는 이유는 선수에게 확신이 있기 때문이다. 이 확신은, 어리지만 유럽에 갈 수 있을 만한 실력이 된다는 확신이고, 더 훌륭한 선수가 될 거라는 확신이며, 언젠가 세계 정상급 선수들 사이에서도 존재감을 드러낼 거라는 확신이다. 그래서 기꺼이 돈과 시간을 쓴다. 우리 회사의 경우는 계약한 유소년들에게 외국어도 가르친다. 영어는 기본이고, 상황에 따라 독일어나 일본어를 포함한다. 매일 영어 문장이나 인터넷 강의 링크를 보내 기본적인 문법과 축구 용어 및 기본 회화 등 하루 다섯 개씩 문장을 외우게 하고, 정기적으로 확인도 한다. 나중에 계약을 맺고 그때부터 공부하면 늦기 때문에 미리미리 준비를 시키는 것이다. 이 또한 투자의 일환이다. 투자란, 미래 가치를 위해 현재 내가 가진 자본과 정성을 쏟는 일이다.

5

다른 길도 있다

반드시 선수만이 정답은 아니다

부모들은 거의 예외 없이 주관적이다. 부모로서 어쩔 수 없는 속성이라고 생각한다. 내 아이는 최고고, 조금만 노력하면 세계를 호령할 수 있다고 확신한다. 미안하지만 당신의 확신은 틀렸다. 부모들을 상대로 강연할 때가 종종 있는데 그때 꼭 하는 말이 있다. "여러분의 눈을 믿지 마십시오. 미안하지만 여러분은 전문가가 아닙니다. 객관적인 지표를 믿으십시오." 판화가 이철수 선생의 작품 중에 이런 글이 있다. "마음을 열고 들으면 개가 짖어도 법문이다." 좀 더 나은 인생을 위한 진리의 말이라고 생각한다. 하지만 너무 많은 부모들이 이걸 자신의 아이에게 적용한다. "마음을 열고 보면 우리 애도 메시다."

근거 없는 믿음 때문에 객관적 지표가 변질되고 마는 것이다. 이것은 부모와 자식 모두를 불행으로 이끌 수도 있다. 부모라면 오히려 누구보다 더 냉정하고 객관적으로 봐야 한다.

그렇다고 기계처럼 대하라는 말이 아니다. 아이들일수록 칭찬과 격려가 필요하다. 다만 응원은 응원대로, 칭찬은 칭찬대로 하되 내 아이가 정말 재능이 있는지, 또래와 비교했을 때 어느 정도 수준인지 냉정하게 파악해야 한다. 대회에서 MVP에 올랐다거나, 골을 제일 많이 넣었다거나, 도움왕이 되었다는 정도의 타이틀은 있어야 또래에서 상위권이라고 할 수 있고, 유럽에 한번 도전해 볼 수 있는 수준이라고 할 수 있다.

만약 아이가 좀 더 어려서 객관적인 지표를 정확히 모르겠거나 운동을 계속 시킬지 말지 고민이라면 전문가를 만나 보는 방법도 있다. 아이를 오랫동안 봐 온 소속 학교 축구부 감독이나 유소년 팀 코치들은 주관적인 판단이 들어갈 수 있으니, 외부 전문가 중에서 최소 세 사람 이상 만나 조언을 구해 볼 것을 추천한다. 내 아이에 대해 냉정하게 평가를 받으면 그에 맞춰 훈련 방식과 전략을 짤 수도 있고, 부모가 미처 파악하지 못했던 아이의 장점을 찾을 수도 있다. 이를테면 "축구 머리가 좋아서 스루 패스, 키 패스 하나는 기가 막히다.", "다른 건 몰라도 크로스 하나는 정확하다." 같은 특성들은 전문가들이 보다 더 명료하게 판단해 줄 수 있는 영역이다. 우리 아이만의 무기가 무엇인지를 찾았다면 그 무기를 더 갈고 닦는 노력이 필요하다. 총알같이 빠르다면 그때부터는 공을 몰면서 스피드를 낼 수 있는 훈련에 집중한다거나, 슈팅이 좋다면 특정 위치를 정해 그 자리에서만큼은 눈을 감고도 골을 넣을 수 있게 연습시키는 과정이 필요하다. 이런 훈련의 대표적 성과로 손흥민 존을 꼽을 수 있겠다.

물론 사람마다 성장하는 속도는 다르다. 특히 유소년들은 앞으로 어떻게 될지 현재 수준만 놓고 속단할 수 없다. 간혹 고등학교 때까지는 상을 타지도 못하고 눈에 띄지도 않았는데 갑자기 뜨는 선수가 있다. 대표적인 예로 양현준을 꼽을 수 있다. 축구를 늦게 시작했고 학창 시절 내내 두각을 나타내지 못했다. 처음 프로 생활도 2군에서 시작했다. 많은 2군 선수가 끝내 1군에 진출하지 못하고 거기서 선수 생활을 접기 마련이다. 하지만 양현준은 월등한 실력을 보인 끝에 1군에 진출했고 그때부터 더욱 존재감을 드러냈다. 그러다 마침내 2022년 우리나라 K 리그 올스타 팀과 토트넘 간 친선 경기에서 수비수 세 명을 제치는 멋진 플레이로 축구 팬들 머릿속에 자신의 이름 '양현준' 세 글자를 각인시켰다. 따지고 보면 정말 늦게 터진 셈이다. 이런 선수는 분명 유럽으로 나갈 재목임이 분명하다.[15]

---

15 _ 양현준 선수는 2023년 7월 24일, 셀틱으로 이적을 확정지었다.

2022년 7월 13일 서울월드컵경기장에서 열린
K 리그 올스타 팀과 토트넘의 경기 당시 양현준 선수

이런 경우도 심심찮게 나타난다는 것을 선수도 부모도 알기 때문에 진로를 포기하기 어려울 수 있다. 지금까지 노력해 온 시간도 아쉬움으로 남는다. 하지만 이걸 알아야 한다. 비교적 늦게 성장했다는 양현준도 최소한 일반고에 뽑혔고 거기서 주전으로 뛸 정도는 됐다는 거다. 최소한 이 정도 수준은 돼야 프로 선수의 길을 도모할 수 있는 셈이다.

따라서 아이가 원한다면 고등학교 때까지는 시켜 보되 도저히 일정 수준 이상으로 올라가지 못한다면 그때부터는 조금씩 다른 길을 안내해 주는 과정이 필요하다고 생각한다. 사실 어느 정도 나이가 되면 아이들도 느낀다. '내가 타고나지 못했구나.', '달리기를 하면 늘 꼴찌구나.', '나는 결국 프로가 못 되겠구나….' 슬프고 아프지만 결국 깨닫게 된다. 실력이 떨어지면 경기에서 뛰지 못한 채 계속 벤치만 지키는데 그걸 어떻게 모를 것이며, 또 그런 복잡한 심경 속에서 어떻게 성장이란 걸 할 수 있겠는가.

나는 이때도 부모의 역할이 정말 중요하다고 생각한다. 건강이나 취미 측면에서 보면 축구는 훌륭한 생활 운동이다. 그렇게 평생 즐기는 수준에서 하면 된다. 그 대신 다른 옵션을 줄 수 있다. "만약 축구 선수로 성공하지 못하면 뭘 하고 싶니?" 질문을 던지고 함께 대화해야 한다. 간혹 아이는 현실을 받아들이는데 부모가 놓지 못하는 경우도 있다. 어떤 심정이고 어떤 마음인지 충분히 안다. 하지만 인정해야 한다.

비록 선수로는 성공하지 못했더라도 진로만 잘 찾는다면 그간의 경험이 쓸모없는 건 결코 아니다. 일례로 우리 선수 중에 가능성이 크다고 생각해 아꼈던 아이가 있었다. 본인의 의지도 강했고, 나도 어떻게든 성공시키고 싶었다. 오스트리아, 독일, 영국을 거쳐 일본까지 경험했지만 결국 부상 때문에 일은 쉽게 풀리지 않았다. 이 길이 그렇다. 가능성이 차고 넘쳐도 선수로 자리를 잡고 계속 프로로 활동하려면 노력과 행운이 모두 따라야 한다. 결국 해외에서 성공하지 못하고 부산 아이파크에 입단했지만 금세 은퇴하고 말았다. 이때도 나는 몹시 안타까웠으나 본인이 나에게 그랬다. "어떻게든 꾸역꾸역 버텼다면 선수 생활을 좀 더 할 수 있었겠지만 그게 무슨 의미가 있겠습니까. 저는 프로로 성공하기 힘들다는 걸 깨달았습니다. 그 대신 제가 성공할 수 있는 다른 길을 찾겠습니다."

그리고 본인의 이름을 건 축구 아카데미를 열었고, 오픈한 지 갓 1년 만에 벌써 약 200명의 축구 꿈나무들을 키우고 있다. 그 과정에서 조금씩이지만 다양한 나라에서 선수 생활을 했다는 경험이 강력한 무기가 되었음은 물론이다. 각 나라 축구의 특징과 장점을 잘 파악해 응용했을 뿐만 아니라, 그 나라에서 배웠던 훈련 프로그램 중에서 좋았던 것들을 모아 자기만의 새로운 훈련 커리큘럼을 완성했다. 나 또한 그 아카데미와 협업하여 좋은 유소년들을 추천받았고 몇 명의 정보를 해외 구단에 보내기도 했다. 아마 시간이 쌓이면 그 숫자는 훨씬 더 많아질 것이다. 우리 회사는 좋은 선수를 쉽게 발굴할 수 있고, 아카데미는 더 많은 아이를 해외로 보낼 수 있다. 나로서도 좋은 일이지만 아카데미를 운영하는 그 친구 입장에서도 더할 나위 없는 홍보가 되니 서로 윈윈인 셈이다. 한때는 선수와 에이전트였지만 이제는 서로 도움을 주고받는 사업 파트너가 되었다.

축구라는 길에 들어섰다면 당연히 누구나 선수로 성공하기를 바란다. 모두에게 간절한 꿈이지만 모두가 이룰 수 있는 건 아니다. 앞에서 에이전트로서 협상에 임할 때 늘 제2, 제3의 대책을 세워 놓고 들어간다는 얘기를 했었다. 그 이유는 명확하다. 우리가 목표로 하는 최상의 조건이 받아들여질 가능성이 크지 않기 때문이다. 그래서 일단은 처음 생각한 조건을 관철하기 위해 여러 가지를 준비하고 최선을 다해 노력한다. 그렇게 해도 안 될 때를 대비해 이런 방법, 저런 방법을 추가로 계획하는 것이다.

인생도 마찬가지다. 인생은 협상보다 훨씬 더 길고 복잡한 만큼 더 많은 경우의 수를 생각하고 준비해야 한다. 축구 분야는 생각보다 훨씬 넓고, 할 수 있는 일이 많다 선수로서 이루고 싶었던 꿈을 달성하지 못했다고 해서 인생이 실패한 것이 절대 아니다. 꼭 선수가 아니더라도 행복하게 살 수 있는 길은 얼마든지 있다. 나는 많은 유소년 선수와 그들의 부모가 이 사실을 꼭 기억했으면 좋겠다.

프로가 되지 못한 선수들은 어디로 가는가?

앞에서도 이야기했지만 프로 축구 선수가 되려면 축구협회와 학원 축구 소속 선수 기준 10만 명 중 1퍼센트, 국가 대표가 되려면 0.1퍼센트 안에 들어야만 한다. 정말로 힘들고 어려운 일이다. 게다가 한 명의 선수를 키우기 위해 드는 비용도 만만치 않다. 다른 스포츠에 비해 장비 비용이 좀 적게 든다고 해도 초등학교 때부터 1년에 약 1,500만 원, 중학교와 고등학교 때는 1년에 약 2,000만 원 정도는 잡아야 한다. 아이를 키우는 비용을 제외하고 오롯이 축구에만 들어가는 비용이다. 물론 잘하는 아이는 좀 적게 들고 못하는 아이는 좀 많이 들겠지만, 아무리 적게 잡아도 2억 원 이상은 지출할 수밖에 없다. 여기서 만약 따로 레슨까지 시킨다면 3억 원 이상이 들 수도 있다. 이렇게 많은 돈을 써 가며 키워도 프로에 진출하지 못하면 말짱 도루묵인 셈이다. 물론 프로에 진출해서 몇 년 정도 꾸준히 경기에 나간다면 3~4배 이상, 국가 대표급이 된다면 10배, 손흥민이나 김민재 정도의 선수가 되면 1,000배 이상을 벌 수 있겠지만 그럴 가능성이 있는 건 10만 명 중 한두 명 정도에 불과할지도 모른다. 프로가 되는 것도, 이후에 안정적으로 계속 경기에 출전하는 것도 어느 하나 쉬운 게 없다. 그렇다면 축구에 인생을 바쳤지만 결국 프로가 되지 못한 99퍼센트의 친구들은 어디서 뭘하고 있을까?

한 시절 누구보다 빛나는 재능을 가진 선수들을 많이 봐 왔다. 그들의 성장이 나의 기쁨이고 보람이었다. 그들이 한국 축구의 대표 선수로 자리매김하고 더 큰 꿈을 꾸는 상상을 하며 함께 땀 흘리고 함께 웃었다. 하지만 성공은 멀고 실패는 가깝다. 그게 축구다. 때로 정말 운이 없는 경우도 있었고, 피치 못할 부상 때문에 다시는 그라운드에 설 수 없는 경우도 있었다. 그날 그 시간 그 경기에 뛰지 않았으면 어땠을까? 아니, 하다 못해 그 선수가 아니라 다른 선수를 마크하고 있었다면 다치지 않았을까? 그랬다면 지금쯤 승승장구하고 있을까? 머릿속으로 수많은 '만약'을 그려 보지만, 세상엔 어찌해도 어찌할 수 없는 일이 있다. 여기까지는 어떤 선수에게나 있을 수 있는, 슬프지만 너무나 흔한 일이다. 하지만 그다음을 어떻게 맞이하느냐는 사람마다, 선수마다 다르다. 쉽진 않아도 축구라는 큰 카테고리 안에서 자신만의 길을 찾는 친구도 있고, 수렁에서 빠져나오지 못하는 친구도 있다. 물론 짧게는 초등학교 6년, 길게는 고등학교 졸업 후 대학 3년까지 15년 동안 축구만 해 왔는데 프로에 진출하지 못한다면 엄청난 절망과 괴로움에 빠질 수밖에 없다. 더구나 이 아픔은 가족들까지 같이 겪게 될 가능성이 높다. 나는 선수를 육성하고 키우는 것도 중요하지만, 이런 친구들에게 새로운 길을 알려 줄 수 있는 교육 또한 반드시 병행되어야 한다고 생각한다. 그게 큰 안목에서 보면 한국 축구의 발전을 위하는 길이기도 하다.

어떤 분야든 10년 이상 하면 전문가가 된다고 한다. 그런 경험을 살려 제대로 된 방향만 찾는다면 충분히 길은 열려 있다.

그러기 위해서는 우선 절망을 이겨 내고 새로운 도전에 직면할 수 있는 의지를 심어 주는 것이 첫 번째다.

예전에 꽤 재능이 있다고 생각해 해외 각국으로 테스트도 보러 다니고, 실제로 좋은 평가도 받았던 선수가 있었다. 하지만 끝내 부상이 발목을 잡았다. 절망에 빠져 헤어나지 못했고 가족들의 걱정도 이만저만이 아니었다. 부모님이 나를 찾아와 너무 힘들어하시길래 그 친구에게 연락해 함께 축구를 보러 갔다. 거기서 이런 얘기를 했다.

"선수만 보지 말고 경기장 전체를 한번 봐라. 축구 경기를 치르고 리그를 운영하기 위해서는 선수, 감독, 여러 코치와 트레이너뿐 아니라 선수를 치료해 줄 의사, 근육을 풀어 줄 피지오테라피스트, 멘털을 관리해 줄 스포츠 심리학자 등 많은 분야의 사람들이 필요하다.

또한 경기장을 담당하는 시설 관리자, 잔디 관리사, 경기 중계를 담당하는 아나운서와 해설 위원, 심판, 경기 전과 하프 타임에 행사를 준비하는 이벤트 기획자, 경기가 끝나면 관련해서 기사 쓸 스포츠 기자, 분석가 등등이 존재한다. 한 경기를 위해 수많은 사람이 각자의 자리에서 자기 일을 하고 있다. 그런데 너는 왜 선수만 하려고 하니?

너처럼 10년 넘게 축구를 했던 선수 출신들이 할 수 있는 게 얼마나 많은데, 프로에 진출하지 못했다고 좌절하고 고민에 빠져 사냐? 냉정하게 들릴지 모르겠다만, 더 이상 선수는 너의 길이 아니다. 여기까지 했으면 충분하다. 선수로 10년을 축구에 투자한 만큼 축구 관련 분야에서 일한다면 다른 일반 사람과 비교해서 너는 엄청나게 유리하다. 너만큼 선수들 마음을 잘 알고 감독들의 생각을 잘 알고, 부상당했을 때 어떻게 해야 하는지 잘 아는 사람이 어디 있겠니. 이제 방황은 그만하고 그동안의 경험을 살려서 뭘 하면 좋을지 이참에 한번 진지하게 생각해 보면 좋겠다.”

나는 끝내 프로가 되지 못한 수많은 친구들에게도 같은 말을 해 주고 싶다.

축구 산업의 다양한 직업군

현재 축구와 관련된 직업군은 크게 나누면 대략 30여 개 정도다. 결론적으로 꼭 선수가 아니라도 잘만 고민해 보면 분명 하나쯤은 자신의 적성에 맞는 직업을 찾을 수 있을 거라고 생각한다. 보는 눈이 좋아서 축구를 잘하고 못하고를 정확히 판단할 수 있겠다 싶으면 스카우터, 관리의 영역에서 발군의 능력을 발휘할 수 있겠다 싶으면 에이전트, 글 쓰는 걸 좋아하면 기자, 꼼꼼한 성격을 가지고 있다면 분석관이나 기록관, 공부를 잘한다면 스포츠 법률, 말을 잘한다면 해설, 이렇게 폭넓게 생각해 보면 어떨까. '몸'에 대한 기본적인 이해도가 높다면 이를 바탕으로 영양 분석가, 피지오 테라피스트 같은 직업을 선택할 수도 있다. 스트레스가 많은 스포츠인들을 위한 레크리에이션 강사나 스포츠 전문 심리 치료사 길로 나가는 것도 괜찮다. 요즘엔 특히 스포츠도 정신력 싸움이라는 인식이 보편화되면서 스포츠 관계학이나 멘털 관리와 관련한 직업이 점점 부상하는 추세다.

선수 출신이라면 트레이너가 되는 데에도 유리하다. 오랫동안 운동을 했으니 대퇴근이 어떻고, 대둔근이 어떻고 하는 전문적인 내용을 훨씬 빠르게 이해할 수 있을 뿐 아니라, 종아리 근육은 어떻게 키우고, 스피드를 올리기 위해서는 어떤 근육을 단련해야 하는지 잘 알고 있다. 애초에 기본 소양은 다 갖추고 있는 상태로 출발하는 셈이다. 부상 관리도 마찬가지다. 부상당한 선수에게 정말로 필요한 건 '괜찮다', '힘내라', '할 수 있다' 이런 위로가 아니다. 선수 출신 트레이너가 자신의 경험을 토대로 구체적인 재활 방향을 제시해 준다면 그게 선수에게도 훨씬 유용하다.

내가 경기장에 데리고 가서 조언해 준 그 친구도 지금 영국에서 열심히 트레이너 공부를 하고 있다. 나는 분명 그 친구가 유능한 트레이너가 되리라 확신한다. 수많은 부상이 그때는 상처고 좌절이었을지 모르지만, 그 경험을 이론과 접목한다면 그

것은 그 친구만이 가질 수 있는 강력한 무기가 된다.

그 밖에도 코치나 감독 등 지도자의 길을 걸을 수도 있고, 심판으로 뛸 수도 있다. 구단과 관련한 직무도 다양하다. 팀 매니저, 이벤트 기획, 홍보, 마케팅 등등 수없이 많은 길이 있다. 이모든 직업에서 '선수 출신'이라면 일반인에 비해 분명한 이점이 작용한다. 이를테면 기사를 쓰더라도 단순히 사실 관계를 나열하는 것보다 예전에 있었던 합숙 경험이나, 성공한 선수의 숨겨진 일화 같은 걸 가미하면 훨씬 풍부한 기사를 뽑아낼 수 있다.

축구에는 이처럼 다양한 길이 있다. 프로에 진출하지 못했다고 하더라도 좌절하지 말고 자신의 또 다른 재능은 무엇인지, 무엇을 좋아하는지 진지하게 고민해 보기를 바란다. 그렇게 좋아하는 걸 찾았다면 다음으로는 그 분야의 전문가를 꼭 만나보는 걸 권한다. 본격적으로 무엇을 어떻게 공부해야 하는지 구체적인 조언을 얻어야 한다. 예컨대 축구를 오래 했다는 건 분명 유리한 점이지만 그것만으로 축구 분석관이 될 수는 없다. 축구 분석관이 되려면 분석하는 방법을 배워야 한다. 전문가와 대화를 하다 보면 어떤 공부를 해야 하는지, 자격증은 무엇이 필요한지 등 명확한 방향성을 찾을 수 있다. 동시에 그런 공부를 해서 분석관이 되면 이 능력을 바탕으로 스포츠 해설 위원이 될 수도 있고, 선수 능력치에 대해 분석하면서 에이전트가 될 수도 있다. 이런 식으로 자신의 커리어를 쌓고 점점 영역을 확대해 나가면 더할 나위 없다.

이때도 선수 생활을 오래 했다면 분명 유리한 측면이 있다. 특성상 에이전트, 코치, 트레이너, 해설 위원, 기자 등과 만날 수밖에 없기 때문이다. 그런 점에서 나는 특히 부모들에게 아이가 축구를 하면서 쌓았던 인맥을 소중히 여길 수 있도록 지도하시라고 말씀을 드린다. 그들과 나중에 어떤 식으로 연결될지 어떤 도움을 받게 될지 알 수 없는 일이기 때문이다.

또 하나 강조하고 싶은 것은 어학 능력이다. 다른 언어는 차치하더라도 영어만큼은 필수다. 축구 선수로 성공해서 해외에 나갈 때도 큰 도움이 되고, 축구 관련 분야에서 일을 하게 되었을 때 세계를 무대로 글로벌하게 활동하기 위해서도 반드시 필요하다. 영어라는 무기를 장착해 놓으면 선수가 되지 못하더라도 진출할 수 있는 분야가 더 넓어진다. 나는 축구를 하는 아이들에게 이런 교육을 필수로 해야 한다고 생각한다. 이를 통해 본인 스스로 선택 범위를 넓힐 수 있도록 해야 한다.

한 명의 프로 축구 선수가 된다는 건 분명 대단한 일이다. 하지만 몇 번이나 말했듯 그 길은 쉽지 않다. 프로라는 열차에 오르지 못하는 사람들이 훨씬 더 많다. 우리 아이는 특별하다는 편협한 생각에 빠지지 않아야 한다. 프로의 길, 그것도 높은 길에 다다른 사람과 그 길에 서지 못한 사람의 비율을 보면 실패한 쪽이 훨씬 많다. 그래서 지금은 선수의 길에 최선을 다하더라도 다른 미래를 대비해야 한다. 그리고 오랜 기간 축구를 했다는 건, 결과가 어찌 됐건 결단코 실패가 아니다. 마음을 다잡고 축구라는 거대한 산업 안에서 새로운 적성을 찾는다면 그것은 분명 보람 있는 일이다. 꼭 선수가 아니어도 새롭고 즐거운 삶을 영위할 수 있다. 나는 그걸 성공이라고 말하겠다.

영국의 사례

영국의 경우 축구와 관련하여 다양한 전문학과 과정을 운영하며 축구 전문가를 양성하는 대학들이 많이 있다. 러프버러 대학교, 리버풀 대학교, 코번트리 대학교, UCFBUniversity Campus For Football Business 대학교 등이 대표적이다. 졸업생 대부분은 영국 내 프리미어 리그 구단을 비롯해 유럽 각지에서 근무하며, 대학교에서 배운 전문 지식을 실무에 많이 활용하고 있다. 특히 UCFB는 실질적으로 축구 관련 모든 학과 과정을 제공하는 축구 산업 전문 대학교라고 할 수 있는 곳이다. 대부분의 학과에 '풋볼 비즈니스Football Business', 즉 '축구 산업'이라는 말이 들어간다. Football Business & finance(재무), Football Business & Marketing(마케팅) 같은 식인데, 이 외에도 Media(미디어), Coaching(코칭), Management(경영), Science(과학), Law(법률) 등 그야말로 축구 산업과 연관된 모든 분야의 과정을 제공한다.

이 대학이 재미있는 게 웸블리 스타디움 구장 안에 있다. 그래서 학생들은 축구장으로 등교하고, 축구장을 바라보면서 수업한다. 때로는 데이비드 베컴, 알렉스 퍼거슨, 게레스 사우스게이트 같은 축구계 거물들이 와서 특강을 하기도 한다. 보통 이 대학교는 졸업 전에 무조건 인턴십을 하는데 이런 쟁쟁한 사람들이 강사이다 보니 베컴이 운영하는 축구 클럽, 퍼거슨의 인맥으로 자매 결연을 맺은 축구 에이전시 같은 곳에서 인턴십을 경험할 수 있다.

UCFB 수업 및 졸업식 모습

이런 인턴십 프로그램을 통해 쌓은 경험을 토대로 세계 각지의 축구 구단에서 팀 매니저, 구단 마케터, 영양 관리사, 피지오 테라피스트, 코치, 협회의 비디오 분석관 등 다양한 분야에서 축구 관련 산업에 기여한다. 통계에 따르면 졸업생의 취업률이 무려 96%에 달한다.

우리나라는 축구 관련 직업을 가지기 위한 전문적인 교육과정이나 기관이 많지 않다. 그래서 축구 기자가 되고 싶어도 일단 어느 학과든 대학에 들어가 졸업한 후 언론사에 취업해야 한다. 그다음엔 현장에서 '구르면서' 알아서 전문성을 길러야 하는 방식이다. 앞서 언급한 영국의 대학들은 축구 산업과 미디어Football Business and Media 학과가 따로 있어서 애초부터 축구 기자 양성을 목표로 한다. 법률 쪽도 그렇다. 우리나라는 스포츠 전문 변호사가 되려고 해도 딱히 구체적인 방법이 없다. 로스쿨을 졸업하고 변호사 시험에 합격한 다음 본인이 그냥 분야를 스포츠나 상법으로 잡는 식이다. 하지만 이 학교에서는 국제법을 기준으로, 축구를 비롯해 스포츠와 관련이 있는 법률 위주로 공부한다. 한국에 비해 스포츠 법률 전문가를 양성하는 데 시간을 훨씬 단축할 수 있을 뿐 아니라 전문성을 키우는 데에도 유리하다.

축구는 세계적인 인기 스포츠인 만큼 수많은 팬들로부터 뜨거운 관심과 사랑을 받고 있다. 이 말은 상업적인 가능성과 경제적인 기회가 무궁무진한 시장이라는 뜻이다. 리그, 클럽, 선수, 스폰서, 방송사, 광고주 등과 관련된 비즈니스에서부터 스포츠 마케팅, 스포츠 의류, 이벤트, 티켓 판매에 이르기까지 다양한 분야가 미로처럼 산업계 전반에 뻗어 있다. 이제 우리도 축구를 더 경제적인 관점에서 다루어야 하고, 스포츠와 관련된 경제학, 경영학, 법률, 심리학 등 여러 학문 분야에서 더 전문적인 인력들을 많이 배출해야 한다.

한국 축구의 미래를 위해서는 사람을 키워야 한다. 그것은 비단 선수만이 아니다. 축구 산업은 결코 선수만으로 이루어지지 않는다. 더 많은 전문가가 생기고, 그들이 각자의 자리에서 제 역할을 충실히 수행할 때 비로소 한국 축구는 더 발전할 것이다.

에이전트의 세계

초판 1쇄 발행 2023년 12월 10일

글	장기영
펴낸이	박정우
편집	고흥준
디자인	디자인 이상

펴낸곳	출판사 시월
출판등록	2019년 10월 1일 제 406-2019-000107 호
주소	경기도 고양시 일산동구 문봉길62번길 89-23
전화	070-8628-8765
E-mail	poemoonbook@gmail.com

ⓒ 장기영
ISBN   979-11-91975-18-5 (03810)